Franz von Langen

Die schiefe Bahn

Alle Namen und alle Ereignisse in dieser Geschichte sind frei erfunden. Jede Ähnlichkeit mit lebenden oder gar verstorbenen Personen, mit bestehenden Unternehmen, Einrichtungen sowie mit öffentlichen oder auch nicht-öffentlichen Stellen ist nicht beabsichtigt, sondern wäre rein zufällig.

Franz von Langen ist Rechtsanwalt und Strafverteidiger seit 1991. Er lebt und arbeitet seit 2005 in Konz und in Trier. Als Moderator und Redakteur hat er über einige Jahre immer wieder Inhalte für Radiosender und Internet-Plattformen in Regensburg, Trier und Luxemburg geschrieben und moderiert. Aktuell ist er zusätzlich noch freier Dozent an der IHK in Trier für Recht und Steuern.

„Die schiefe Bahn" ist nun sein dritter Roman nach den Büchern „Alles was Recht ist" und „Der tiefe Fall", beide erschienen als E-Books im Verlag TWENTYSIX, wieder mit dem Ex-Anwalt und Journalisten Peter Pfeffer, der diesmal nicht nur einen Mörder verteidigen, sondern dazu noch seine entführte Tochter Nora aus den Fängen eines mörderischen Entführers retten muss.

Franz von Langen

Die schiefe Bahn

(Mord verjährt nicht)

Bibliografische Information der Deutschen Nationalbibliothek: Die Deutsche Nationalbibliothek verzeichnet diese Publikation in der Deutschen Nationalbibliografie; detaillierte bibliografische Daten sind im Internet über http://dnb.dnb.de abrufbar.

TWENTYSIX
Eine Marke der Books on Demand GmbH

© 2020 Franz von Langen
Dieses Werk ist urheberrechtlich geschützt. Jede unerlaubte Veröffentlichung, jede Verbreitung oder Vervielfältigung von Teilen oder dem gesamten Werk ist strengstens untersagt und wird sowohl straf- als auch zivilrechtlich geahndet.

*Herstellung und Verlag:
BoD – Books on Demand, Norderstedt
ISBN: 978-3-740786601*

Ein Peperback aus Trier

„Jeder Körper behält seine Geschwindigkeit nach Betrag und Richtung so lange bei, wie er nicht durch äußere Kräfte gezwungen wird, seinen Bewegungszustand zu ändern."

Isaac Newton

Kapitel 1

Schlag um Schlag lichtete sich das Grün vor seinen Füßen. Dichtes Gestrüpp und die ineinander gewachsenen Sträucher knickten zur Seite. Das große Buschmesser lag gut in der Hand und war das einzige Mittel gegen die harten Brombeerranken, die sich im Laufe der letzten Jahre hier zügellos vermehrt hatten. Ihre Stacheln bohrten sich sogar in die dicken Arbeitshandschuhe, die die Waldarbeiter trugen. Deren Reste mussten später am Waldrand verbrannt werden. Es gab keine weitere Verwendung. Die Bäume würden nach ihrer Befreiung wieder ungestört weiter wachsen können. Und das war alle zehn Jahre auch mehr als notwendig. Gerade die Brombeere wucherte gerne auf kargen Böden andere Gewächse zu und nahm ihnen die Nährstoffe. An für sie guten Standorten konnte sie bis auf fünf Meter in die Bäume hinauf klettern und von dort ihre Zweige wieder herabhängen lassen. Sie liebte kalkhaltige Böden und Sonne.

Michael Brösch hielt kurz inne, zog sich den Helm mit dem Gesichtsschutz und die Handschuhe aus und wischte sich den Schweiß von der Stirn. Es war zwar erst kurz nach acht Uhr morgens, aber schon sehr warm. Der Sommer schien der heißeste der Wetteraufzeichnungen zu werden. Er war froh, dass er heute schon gegen Mittag Feierabend machen konnte. Danach würden die Grünarbeiten an dieser Stelle zur Tortur werden. Der Klimawandel war deutlich zu spüren. Die Winter wurden immer milder. Das Frühjahr war kurz und ging schnell in den Sommer mit teils sehr hohen Temperaturen über. Werte um die 40 Grad waren schon keine Seltenheit mehr. Hinzu kam noch eine steigende Trockenheit, die es ihm und seinen Mitarbeitern der Stadt Trier immer schwerer machte, die zahlreichen Parks und Grünflächen in einem guten Zustand zu halten. Ohne künstliche Bewässerung war es in der heutigen Zeit gar nicht mehr möglich. Es gab leider immer weniger dauerhaften und kräftigen Regen.

Er sah den Hang hinunter auf die Mosel, deren Wasserstand in den letzten Tagen sehr gesunken war. Wenn nicht bald wieder Regen fiel, würden es die Lastschiffe schwer haben, diese Wasserstraße weiter zu benutzen. Ähnlich ging es der Saar und auch dem Rhein, der bereits erste alarmierende Tiefstände bekannt gab. Wenn die Entwicklung so weiter ginge, würde die Schifffahrt eingestellt werden müssen. Ein großer Verlust für Trier. Die Vergnügungsdampfer, die die Mosel befuhren, brachten jedes Jahr eine Menge Touristen in die berühmte Weinregion, die für ihren Riesling sehr beliebt war.

Aber er war nicht zum Vergnügen hier. Der gelernte Garten- und Landschaftsbauer hatte noch einen Knochenjob zu erledigen. In dieser Steillage bei ansteigender Hitze und in der dicken Arbeitskleidung waren die Rodungsarbeiten richtig anstrengend. Es gab keine Möglichkeit, Maschinen einzusetzen, da sie auf dem Hang nicht gut stehen konnten. Also war die Sache hier reine Handarbeit, um die sich keiner seiner Kollegen drängte. Aber es musste getan werden. Dieses Jahr hatte es ihn getroffen. Er war mit seinen 35 Jahren und seiner robusten Figur auch fit genug dafür. Schwere körperliche Arbeit machte ihm nichts aus. Nach seiner Lehre hatte er in einem großen Betrieb in Trier gearbeitet, der viele Gärten und Grünflächen gestaltet hatte. 2009 war Schluss. In der Wirtschaftskrise und der nachfolgenden Kündigungswelle wurde er entlassen und hatte nach zwei Jahren Glück, die Stelle bei der Stadt zu bekommen. Das Amt StadtGrün suchte gerade einen Nachfolger für einen Landschaftsbauer, der in Rente gegangen war. Der öffentliche Dienst war gut bezahlt und krisensicher. Wie wichtig das war, zeigte sich gerade jetzt in Zeiten der weltweiten Corona-Krise.

Durch den neuartigen und wohl aus China stammenden Corona-Virus, genannt 'Sars-CoV-2', hatte sich in der ganzen Welt die Lungenkrankheit 'Covid-19' ausgebreitet. In Folge dieser Pandemie waren die weltweiten Handelsketten und Absatzmärkte fast vollständig zusammengebrochen. Unternehmen kamen an die Grenzen ihrer Liquidität und mussten staatliche Hilfen in Anspruch nehmen. Es wurde fast flächendeckend in Deutschland die Kurzarbeit eingeführt, in denen der Staat einen Großteil der Löhne zahlte. In allen Betrieben, in denen das nicht mehr half, wurde schließlich gekündigt. Großveranstaltungen fanden wegen der Übertragungsgefahr nicht mehr statt. Viele Künstler, Eventmanager und Ausstatter standen ohne Rücklagen vor dem Aus. Kinos und Theater waren geschlossen. Film- und Fernsehproduktionen völlig zum Erliegen gekommen. Die Gastronomie stellte auf außer Haus Verkauf oder auf Bringdienste um. Zum Glück konnte der öffentliche Dienst in Trier mit Sparmaßnahmen überleben und seine Ämter, wenn auch anfangs digital oder im Home Office, weiter betreiben.

StadtGrün war für alle öffentlichen Grünflächen, wie Park- und Friedhofsanlagen der Stadt zuständig und sorgte dafür, dass Trier nicht nur die älteste sondern auch eine der schönsten Städte Deutschlands war. Der Erhalt der Bäume war besonders wichtig, da vor einigen Jahren ein maroder Baum mitten in der Stadt umgestürzt und Menschen unter sich getötet hatte. Der Fall war damals durch die gesamte Presse gegangen. Seit dieser Zeit wurde besondere Sorgfalt auf die Prüfung und Pflege des Bestands gelegt.

Michael Brösch schob seine schwarzen Haare wieder unter den Helm, zog sich seine Handschuhe an und setzte die Arbeit fort. Bis Mittag wollte er auf jeden Fall einen Großteil der Fläche, die fast die Größe eines Fußballfeldes hatte, geschafft haben. Die Arbeit war zwar eintönig und anstrengend, aber sie musste gemacht werden. Wenn ein Großteil der Brombeeren beseitigt war, hätte die Stadt für die nächsten Jahre wieder Ruhe in diesem Bereich und die Bäume konnten sich erholen.

Seine Machete war extrem scharf und konnte die Sträucher gut schneiden. Sie war durch ihre Schneidelänge wesentlich praktischer als ein Beil. Ein fester Hieb genügte, wenn die Brombeeren sich nicht all zu dick entwickelt hatten. Nach ein paar Hieben hatte er sie von den Bäumen getrennt. Er wollte jetzt noch ein paar Meter in Richtung Norden frei legen und würde dann umkehren, um die Reste aus dem Wald zu ziehen, wo sie gesammelt wurden, um sie später zu verbrennen. Dies würde er dann mit einer langen Harke erledigen, die ihn vor den scharfen Stacheln ganz gut schützen würde. Übrig wären nur noch einige Marken in den Baumrinden, die sie verkraften würden.

Über sich sah er den roten Kalksandstein durch die Bäume schimmern, der von der Sonne bereits bestrahlt wurde. Darüber war der Waldweg, der zur Stadt und zur FH führte. Unter ihm befand sich die Straße zu den Häusern, die am Hang lagen. Der Wald lag genau zwischen den Häusern und der Felswand und stabilisierte sie damit auch ein wenig. Trotzdem hatte Michael Brösch einen schweren Stand und war bei den Schlägen in diesem dichten Unterholz extrem vorsichtig. Vor ihm hatte sich eine regelrechte Wand von Brombeersträuchern gebildet, die er versuchte aufzuteilen, um die einzelnen Segmente abzuschneiden. Er hatte den oberen, fast zwei Meter hohen Teil gekappt, drückte ihn zur Seite und arbeitete sich nun zum Boden vor. Hinter der Wand war eine lichte Stelle. Dort sah er zwischen den Ranken plötzlich einen weißen Fleck. Es war ein Schädel. Er zuckte zurück und konnte seinen Augen kaum glauben, aber es war ein menschlicher Schädel. Vorsichtig kappte er die restlichen Ranken ab und sah weitere Knochen, wohl Arme und Beine, dann Reste von Kleidung und eine Tasche. Daneben lag ein Handy und andere Utensilien. Kleine Fliegen landeten auf den Gebeinen, die fast ausgeblichen waren. Auch Ameisen waren noch am Werk. Er stand da, wie vom Schlag gerührt, und konnte keine weitere Bewegung mehr machen. Vor ihm lag ein Mensch, der hier offensichtlich schon vor einiger Zeit hineingefallen war. Vom Waldweg oberhalb. Wahrscheinlich abgerutscht. Anders konnte der Körper nicht an diese Stelle gelangt sein. Es gab keinen Zugang. Nicht bei diesem Bewuchs. Unmöglich. Wie lange hatte der Körper wohl hier gelegen? Schwer zu sagen.

Er sah zum ersten Mal im Leben eine Leiche und zitterte vor Aufregung am ganzen Körper. Dann griff er zur Tasche seiner Arbeitsjacke und zog das Handy heraus. Mit zitternden Fingern wählte er die Nummer der Polizei und wartete.

„Polizeiinspektion Trier. Mein Name ist Reuss. Was kann ich für Sie tun?"

„Ja, hallo, hier ist Michael Brösch von der Stadtverwaltung. Ich bin gerade in Pallien am Steilhang an der roten Wand und mit der Rodung beschäftigt. Vor mir ... liegt ein Skelett. Eine ... menschliche Leiche, glaube ich. Kommen sie bitte sofort."

„Eine menschliche Leiche? Sind Sie sicher? Vielleicht ist es nur ein totes Tier?"

„Herr Reuss. Ein Tier, das Jeans und T-Shirt trägt? Und außerdem ein Handy und andere Dinge in einer Tasche dabei hat? Das ist Blödsinn! Das hier sind eindeutig menschliche Überreste. Kommen Sie bitte sofort. Mir wird schon ganz komisch."

Brösch hörte, wie der Beamte mit Kollegen sprach. Schweißperlen liefen ihm über das ganze Gesicht. Er konnte seine Augen nicht von dem Körper, den er vor sich sah, abwenden. Der war circa 1,70 bis 1,75 Meter groß, wenn die Abstände der Knochen noch halbwegs stimmten. Teile eines weißen T-Shirts und einer blauen Jeans waren noch zu erkennen. Außerdem die Reste von weißen Turnschuhen. Einer lag relativ weit vom Körper entfernt. Die Reste einer Stofftasche lagen zerfetzt daneben. Das war wahrscheinlich Tierfraß. War auch dem Leichnam anzusehen. Er war fast bis auf die Knochen abgenagt worden. Nur wenige Reste waren übrig geblieben. Schwer zu sagen, welcher Mensch hier abgestürzt war. Könnte ein Mann oder eine Frau gewesen sein, wobei die Tasche eher für eine Frau sprach. Es könnte aber auch eine Art von Rucksack gewesen sein. Da war sich Michael Brösch gar nicht sicher. Seine Hände zitterten immer noch heftig. Und ihm war schon ganz schön flau im Magen.

„Sollen wir auch einen Notarzt schicken?" hörte er die Stimme im Hörer plötzlich.

„Nein, nein. Das können Sie vergessen. Hier kommt jede Hilfe zu spät. Die Leiche ist schon stark verwesen. Liegt anscheinend schon länger hier. Wurde wohl ewig nicht gefunden. Kein Wunder, bei diesem unzugänglichen Gelände. Außerdem ist hier alles mit Gebüsch und mit Brombeeren zugewachsen. Deswegen bin ich ja auch hier."

„Alles klar, Herr Brösch. Dann bewahren Sie erst mal die Ruhe. Der Anblick ist für Sie bestimmt nicht leicht. Ich schicke Ihnen die Kollegen und ein Team von der KTU. Das ist die Kriminaltechnische Untersuchung. Zur Spurensicherung. Rühren Sie bitte nichts an und verändern Sie an dem Leichenfund und der Umgebung nichts."

„Den Teufel werde ich tun. Das können Sie mir glauben. Ich gehe jetzt zum Rand und gebe Ihren Beamten ein Zeichen. Die sollen vor der Wand in die Straße abbiegen, die zum Wohnkomplex führt. Dahinter geht der Weg in den Wald rein und dort stehe ich, falls mich meine Beine noch tragen. Ich bin nämlich gerade ein bisschen wackelig."

„Wir schicken noch einen psychologischen Betreuer für alle Fälle. Ich glaube, den können Sie vielleicht ganz gut gebrauchen, oder?"

„Eigentlich bräuchte ich jetzt einen doppelten Schnaps, aber ich bin ja im Dienst. So wie Sie, Herr Reuss. Dann erst mal vielen Dank und sagen Sie Ihren Leuten, dass sie schnell machen sollen. Mir ist es an diesem Ort nicht mehr ganz wohl. Ich möchte so schnell wie möglich hier weg. Das ist die erste Leiche, die ich gefunden habe."

„Kann ich mir gut vorstellen, Herr Brösch. Ging mir beim ersten Mal auch so. Darauf ist man nicht vorbereitet. Bleiben Sie trotzdem ganz cool und vernünftig. In wenigen Minuten werden meine Kollegen da sein. Der Rest kommt dann auch schnell. Und dann haben Sie es für heute erst mal hinter sich. Auf Wiederhören."

„Jo. Tschö."

Michael Brösch warf noch einen letzten Blick auf den toten Körper und überlegte, ob er ein Foto von diesem ungewöhnlichen Fund machen sollte. Dann wurde ihm klar, wie pietätlos diese Aktion wäre. Tote haben einfach ihre Ruhe verdient. Keiner sollte daraus noch irgendeinen persönlichen Vorteil ziehen, in dem das Foto in einer Galerie verewigt würde. Oder, noch schlimmer, wie nach vielen Verkehrsunfällen Fotos in den öffentlichen Netzwerken auftauchten, damit sich die Inhaber der

Profile mit den Fotos bei ihren Freunden wichtig machen konnten. Hauptsache viele Klicks. Nur das zählte in der heutigen Zeit. Nein, das wollte er in keinem Fall. Sollten doch die Beamten die Bilder machen. Er steckte das Handy wieder in die Tasche, drehte sich um und ging durch die Bresche, die er durch den Wald geschlagen hatte, langsam und vorsichtig zurück. Hätte er heute Morgen schon gewusst, was er hier im Wald finden würde, dann wäre er mit Sicherheit einfach im Bett geblieben. Hätte, hätte, na ja...ist klar, oder?

Kapitel 2

Es dauerte keine zehn Minuten bis Michael Brösch den Streifenwagen kommen sah. Er hatte erst mal in Ruhe eine Zigarette geraucht. Das machte ihn wieder ein kleines Bisschen gelassener. Das blaue Licht leuchtete schon ab dem Eingang zur Straße, die zum Wald hinauf führte, hell über dem Dach des weiß-blauen Einsatzfahrzeugs. Und zu hören war es auch. Der Klang der Sirene wurde von den Felsen im Hintergrund zurückgeworfen. Es war, als wenn zehn Einsatzfahrzeuge kommen würde. Einige Anwohner des neben ihm liegenden Hauses hatten schon aufgeregt ihre Köpfe aus den Fenstern geschoben, um ja nichts Wichtiges zu verpassen. Schaulust war in der heutigen Zeit leider stark vertreten. Hilfskräfte hatten damit immer mehr zu kämpfen. Menschen, die beim Leid anderer offensichtlich nichts verpassen wollten, standen dem Einsatzpersonal, wie Polizei und Feuerwehr aber auch Notärzten, immer mehr im Weg oder behinderten in Extremfällen sogar deren Arbeit. Polizeibeamte gingen in der letzten Zeit verstärkt gegen diese Gaffer vor und verhängten auch hohe Strafen. Ob sie damit jedoch dieses widerwärtige Verhalten eindämmen, war zu bezweifeln.

Kurz bevor sie Michael Brösch erreichten, schalteten die Beamten die Sirene aus. Es wurde auch Zeit. Dieses Martinshorn war wirklich laut. Als die Streife anhielt, ging auch das Licht aus. Die uniformierten Beamten stiegen aus und hatten vorher schon ihre Gesichtsmasken angelegt. Sie kamen auf Brösch zu, der seinen Helm vor dem Rauchen abgelegt hatte, und hielten einen Abstand von 1,5 Metern wegen der immer noch bestehenden Infektionsgefahr mit dem Corona-Virus. Die Infektionszahlen in Deutschland waren zwar in den letzten Wochen relativ konstant geblieben, aber man wollte keinen größeren Ausbruch dieser Krankheit, die insbesondere die Atemwege befiel und mit heftigem Fieber einher ging, provozieren. In der übrigen Welt waren schon Hunderttausende infiziert worden und die Hälfte war davon gestorben.

„Tach, tach. Haben Sie keine Gesichtsmaske?" fragte einer der beiden Beamten.

„Wieso, bin ich Darth Vader?" Er grinste, aber keiner der Beamten grinste zurück. Sie sahen so aus, als würden sie in diesem Punkt keinen Spaß verstehen.

„Doch, doch. Sie liegt im Fahrzeug." Er deutete auf den am Eingang zum Waldrand geparkten orangenen Kleinlaster mit Ladefläche, auf dem verschiedene Werkzeuge des Grünamts lagen.

„Ich krieg unter den Dingern nur keine Luft. Und die brauche ich, nach dem, was ich gerade da oben gesehen habe, in verstärktem Maße."

„Schön, wir halten dann einfach den notwendigen Abstand. Mein Name ist übrigens Frank Otto und das ist mein Kollege Baumbach. Sind Sie Michael Brösch? Haben Sie die Leiche hier im Wald gefunden und bei uns angerufen?"

Michael Brösch nickte. Das Zittern war fast verflogen. Er fühlte sich aber immer noch flau im Magen. Otto machte ein verständnisvolles Gesicht. Er war blond. Der kleinere der beiden und etwas fülliger. Lag bestimmt am guten Trierer Essen und an dem einen oder anderen Bierchen, das es dazu gegeben hatte. Baumbach war deutlich größer und auch drahtiger. Ausdauersportler. Marathon oder Triathlon oder so was. Bestimmt an die 1,90 Meter, mit kurzem schwarzem Haar und bestimmenden dunklen Augen, fast durchdringend. Er nahm seinen Beruf mit Sicherheit sehr ernst. Keiner, mit dem sich ein Krimineller unbedingt anlegen sollte. Er würde wohl dabei den kürzeren ziehen.

„Können Sie uns hinführen, Herr Brösch?"

„Klar. Aber den letzten Meter mache ich nicht mehr. Das verstehen Sie wohl?"

„In Ordnung. Ist verständlich. Wir kommen dann schon selber klar," sagte Otto.

Michael Brösch ging voraus und die Beamten folgten ihm. Sie trugen diese blauen Schutzhandschuhe, um den Tatort nicht mit Fingerabdrücken zu verunreinigen. In seiner rechten Hand hielt Baumbach eine Kamera. Sie stapften den Hang hinauf und begaben sich dann in die schmale Bresche, die Brösch heute bereits geschlagen hatte. Vorsichtig bewegten sie sich im Gänsemarsch durch die Gasse, um nicht an Resten der Brombeersträucher und ihren Stacheln hängen zu bleiben. Durch die Bäume und das Gestrüpp kamen sie schon nach wenigen Minuten zum Leichnam. Es waren nur einige Vogelstimmen, knackende Äste und erste Geräusche vom Moselufer zu hören. Nach einigen Minuten erreichten sie den Fundort der menschlichen Überreste.

Brösch blieb stehen und ließ die Beamten passieren. Er lehnte sich an einen Baum, den er freigelegt hatte, und sah aus sicherer Entfernung zu, wie die beiden Beamten erste Untersuchungen am Leichnam vornahmen. Baumbach machte die Fotos und der gedrungene Otto sprach in ein kleines Diktiergerät über den Zeitpunkt, den Ort und das Ergebnis ihres Einsatzes. Er fertigte danach noch eine grobe Skizze auf seinem Einsatzblock. Beide versuchten dabei, Abstand zur Leiche einzuhalten und ja nichts zu verändern. Der Erkennungsdienst war in diesen Dingen mehr als pingelig.

„War eigentlich noch jemand bei Ihnen, Herr Brösch?" fragte Otto.

„Nein, ich war allein. Sie wissen doch bestimmt, dass die Stadt sparen muss. Auf so einer Fläche wie hier wird normalerweise nur ein Mitarbeiter eingesetzt. Das muss reichen. Notfalls brauche ich eben ein bisschen länger als geplant. Aber das ist nicht mein Problem. Ich arbeite nach Tarif. Kennen Sie als Beamte ja auch, oder?"

„Klar. Leider kommen bei uns noch der Schichtdienst und die Überstunden dazu. Das können wir uns eben nicht aussuchen. Haben Sie noch andere Personen hier oben gesehen, die sich in der Nähe dieser Stelle aufgehalten hatten? Ein Wanderer oder ein Spaziergänger? Eventuell auch ein Bewohner aus dem Haus von nebenan?"

„Nein, niemand. Um diese Zeit ist hier oben auch noch nicht so viel los. Die Leute sind gerade erst aufgestanden. Es ist schließlich Samstag. Viele müssen heute nicht oder zumindest nicht so früh arbeiten. Außer uns natürlich." Er seufzte.

„Was schätzen Sie, Herr Brösch? Kann diese Person," er zeigte auf den hinter ihm liegenden Leichnam, „kann die hier zu Fuß rein gegangen sein?" fragte Baumbach.

„Keine Ahnung. In den letzten zwei oder drei Jahren mit Sicherheit nicht. Da wird hier schon alles zu gewesen sein. Das sehen Sie ja selbst." Er zeigte auf das dichte Gestrüpp links und rechts. „Da müsste die Person schon ein Masochist sein. Sie wäre von den Brombeerstacheln zerrissen worden. Wenn sie überhaupt so weit gekommen wäre. Wie dicht es vorher war, kann ich nicht genau sagen. Ich bin heute zum ersten Mal hier. Aber ich vermute, sie ist vom Hang gestürzt und dann hier rein gefallen. Erst über die Felsen weg, zwischen den Bäumen hindurch und dann rein in die Sträucher."

Otto sah nach oben. Durch die Baumwipfel konnte man die Kante der roten Wand aus Kalksandstein, die circa fünfzehn oder zwanzig Meter hoch lag, gerade so erkennen.

„Abgestürzt, meinen Sie?" Er sah ihn an. „Aber da oben ist ein Schutzzaun, soweit ich weiß. Da kann man nicht so einfach abstürzen."

„Herr Otto, ich bitte Sie. Das Ding ist ca. 1,30 Meter hoch. Da steigt man doch locker drüber, wenn man will." Er sah ihn an. Otto war einen guten Kopf kleiner als er.

„Na ja. Mehr oder weniger. Also für mich wäre der Zaun kein Problem..."

„Hab schon verstanden," knirschte Otto und diktierte wieder in sein Gerät.

„Vielleicht wurde die Person aber auch runter geworfen?" überlegte Brösch.

Otto stoppte das Diktat. „Wieso runter geworfen? Wer sollte denn so was tun?"

„Na ja, ein Mörder, der sich der Leiche entledigen wollte, damit sie nicht so schnell gefunden wird. Wenn überhaupt. Oder ein Vergewaltiger, der sein Opfer loswerden wollte, bevor es ihn anzeigen kann. Gucken Sie denn keine Krimis? Tatort oder SoKo oder so was? Sieht man doch andauernd im Fernsehen. Jeden Tag..."

„Sie wissen schon, dass solche Sachen nicht immer realistisch sind, oder? Solange wir keine eindeutigen Anzeichen für eine Fremdeinwirkung haben, müssen wir zunächst von einem Unfall ausgehen. Wir sind nun mal im wirklichen Leben, Herr Brösch."

Sein Funkgerät machte sich bemerkbar. Eine Stimme sagte ihm, dass die Kollegen von der KTU angekommen wären. Man würde auf sie warten. Otto bestätigte den Ruf und gab Baumbach ein Zeichen. Sie verließen den Ort und stapften zurück.

Zwei Kollegen in weißen Ganzkörperanzügen warteten schon auf sie. Auch sie hatten Kameras und andere Utensilien in Alukoffern dabei, um den Fundort genauestens zu dokumentieren und zu untersuchen. Ihre Feststellungen waren die Grundlage für die weiteren Nachforschungen und Erkenntnisse in diesem Fall und würden hoffentlich hilfreich sein, um die Identität der Person heraus zu finden. Selbst nach Jahren kann ein

Kriminaltechniker noch Spuren an einer Leiche sichern, die für die Herkunft des Opfers oder die Person des Mörders wertvolle Hinweise liefern kann. Seien es DNA-Spuren an Kleidung oder Knochen, Einwirkungen am Skelett oder an den Zähnen. So konnte man durch das Abgleichen dieser Daten nicht nur aktuelle, sondern auch einige alte und zum Teil noch ungeklärte Fälle lösen. Voraussetzung war allerdings, dass die Beweismittel nicht durch andere Personen verunreinigt wurden, zum Beispiel durch fremde DNA, Finger- und Fußabdrücke, Reifenspuren oder ähnliches.

„Na, liebe Kollegen, alles schön besichtigt? Und schön vorsichtig gewesen? Oder mal wieder mit den Einsatzstiefeln alle wichtigen Spuren platt getreten? Wäre ja nicht das erste Mal." Der Techniker nickte seiner Kollegin, die neben ihm stand, wissend zu.

„Na, na, Kollege Neumeyer" fuhr Baumbach ihn an, „Eingereiste aus dem Saarland sollten aber den Mund nicht so voll nehmen. Kennst wohl das elfte Gebot nicht?"

Bernd Neumeyer sah ihn unter seinen weißen Maske fragend an. „Und das wäre?"

„Nit doof gin." erwiderte Otto. „Wärst du ne Trierer, dann wüsstest du das."

„So was wie 'nicht dumm kommen'," raunte ihm seine Kollegin leise zu.

„Na gut. Sehen wir uns den Schlamassel mal an, den ihr uns übrig gelassen habt," maulte Neumeyer beleidigt und stapfte mit seinem Koffer in Richtung Wald. Birgit Klein folgte ihm mit schnellen kurzen Schritten. Schon nach wenigen Minuten begann der Schweiß ihnen ins Gesicht zu laufen. Die Anzüge waren fast komplett luftdicht.

„Und kommt nicht vom Wege ab im dichten Wald!" rief ihnen Otto hinterher. „Der Kollege ist heute Morgen wohl mit dem falschen Fuß aufgestanden, was?"

„Neumeyer ist öfter so drauf," kommentierte Baumbach. „Dabei macht er selber bei den Untersuchungen Fehler. Kannst du dich noch erinnern, als wir seine Frau wegen Mordes gesucht haben? Und das nur, weil die eines seiner Speichelstäbchen benutzt hatte und ihre DNA daran geklebt hat? Ich werde nie vergessen, wie wir morgens mit dem SEK an der Tür standen. Er im Schlafanzug und sie im Nachthemd. Da war aber Schluss mit der saarländischen Fröhlichkeit." Er lachte unter seiner Maske.

Otto stimmte kurz mit ein, bis er Michael Brösch ins Gesicht sah, der ernst blieb.

„Tschuldigung, Herr Brösch. Ist ein besonderes Verhältnis zum Kollegen. Schauen Sie zur Straße. Da kommt der Psychologe. Mit dem sollten Sie jetzt mal reden."

Michael Brösch sah einen schlanken Mann mit legerer sommerlicher Kleidung und grau melierten Haaren, wohl Mitte 50, der den Weg zu ihnen nach oben suchte. Er kam langsam auf sie zu und winkte den Beamten.

„Und danach gehen Sie am besten nach Hause. War sicherlich genug für Sie. Arbeiten können Sie die nächsten Stunden an dieser Stelle sowieso nicht mehr. Wird alles noch abgesucht und gesichert. Danach erfolgt der Abtransport. Danke für Ihre Mithilfe."

Otto und Baumbach gingen zum Streifenwagen und gaben ihre Funkmeldung an die Einsatzzentrale ab. Dann drehten sie um und fuhren wieder in Richtung Innenstadt.

Brösch erzählte dem Psychologen alles zum Leichenfund und hörte sich einige Worte von ihm an, die ihn psychisch wieder etwas stabilisieren sollten. Der Tod gehört zum Leben. Alles ein einziger Kreislauf. Ein Mensch ist von uns gegangen und wird nie mehr zurückkehren. Das haben wir zu akzeptieren. Nichts ist ewig und so weiter...

Es war okay, aber auch nicht mehr. Er war froh, endlich gehen zu können. Auf dem Weg ins Amt gingen ihm aber noch einige Gedanken durch den Kopf. Wer war die Person und wieso war sie in den Wald gestürzt? Warum wurde sie erst jetzt gefunden? Und – war es wirklich nur ein Unfall? Oder steckte hinter diesem gruseligen Fund doch noch etwas anderes? Michael Brösch lud den LKW im Hof aus, meldete sich im Gebäude vom Dienst ab und fuhr mit seinem Wagen nachdenklich nach Hause.

Kapitel 3

Kriminaldirektor Jürgen Klopf parkte seinen silbernen Mercedes der C-Klasse auf dem extra für ihn reservierten Platz in der Kürenzer Straße in Trier, direkt vor dem Dienstgebäude der Kriminaldirektion in der Nähe des Hauptbahnhofs. Es war nicht gerade eine leise Gegend, da die Fahrgeräusche der vielen Züge, die hier täglich passierten, trotz der verminderten Geschwindigkeit auch in den Gebäuden daneben noch deutlich zu hören waren. Heute war Montag. Montag Morgen. Gerade fuhr der Regionalzug nach Koblenz ein, der seinen Fahrgästen eine der schönsten Strecken des Moseltals auf dem letzten Stück in Richtung Rhein präsentierte. Da der Zug an den teils sehr engen Stellen nicht so schnell fahren konnte, hatte man immer wieder einen schönen Ausblick auf den Fluss, sein romantisches Tal und auf die idyllischen Dörfer.

Klopf war in Koblenz geboren und aufgewachsen und hatte dort in den verschiedenen Dienststellen die ersten Stationen seiner polizeilichen Laufbahn bis zum mittleren Polizeivollzugsdienst absolviert. Auf einer Demo in Köln wurde er durch einen Stein schwer am Kopf getroffen und musste Wochen im Krankenhaus verbringen. Danach war ihm klar, dass er nicht noch länger zu solchen Einsätzen gerufen werden wollte.

Er strengte sich an und schaffte die Aufnahme in den höheren Dienst. Als er hörte, das in Trier die Stelle eines Kriminalkommissars frei war, hatte er nicht lange gezögert. Er konnte seine Frau Brigitte davon überzeugen, mit ihm und den beiden Kindern in die älteste Stadt Deutschlands zu ziehen, um die nächsten Sprossen der Karriereleiter zu erklimmen. Mit 48 Jahren, die man ihm nicht ansah, hatte er es zum Kriminaldirektor gebracht und war mittlerweile der Leiter der Direktion in Trier.

Sein Vorgänger wurde vor ein paar Jahren versetzt, da es Probleme in einem Vermisstenfall gegeben hatte.

Das wäre normalerweise nicht der Grund, um einen hohen Beamten wie Horst Schäfer zu versetzen, aber der Fall der vor ca. zehn Jahren verschwundenen Maja Graf hatte in der Presse deutschlandweit sehr hohe Wellen geschlagen. Die von Schäfer eingesetzte Kommission, die den Fall untersuchen sollte, hatte in vier Jahren keine brauchbaren Ergebnisse geliefert. Hinzu kamen dann noch Pannen und Nachlässigkeiten bei der Ermittlungsarbeit und ein Streit mit der zuständigen Staatsanwaltschaft Trier.

Die Familie der verschwundenen Studentin hatte mit ihrem Anwalt versucht, auf die in ihren Augen völlig unzureichende Tätigkeit der Polizei einzuwirken, aber ohne Erfolg. Als man seine Tochter nach weiteren Jahren immer noch nicht gefunden hatte, starb Majas Vater am Verlust seines Kindes. Seine Frau aber hatte nicht aufgegeben, sondern zusammen mit der Bevölkerung Triers und den Medien weiter versucht, Informationen über den Verbleib der Tochter zu erhalten. In allen Geschäften und Kneipen der Stadt waren Handzettel mit Bildern von Maja und den bisher bekannten Fakten über den letzten Verbleib verteilt worden. Selbst ein Aufruf in der Sendung 'Aktenzeichen XY ungelöst' führte zu keinem stichhaltigen Hinweis. Als die negativen Wogen über den Fall immer höher schlugen, nahm man den leitenden Beamten aus der Schusslinie und der Weg für Jürgen Klopf war plötzlich frei.

Er nahm das graue Sakko seines Anzugs vom Lederrücksitz. Dazu trug er ein blaues Oberhemd mit rotblau gestreifter Krawatte. Als Leiter der hiesigen Dienststelle war er sich der Wirkung seines Auftretens bewusst. Einige seiner Kollegen nahmen es mit dem zivilen Outfit, das ihnen als Kriminalbeamten statt der

Uniform zugestanden wurde, nicht so genau. Er wollte sich aber als ihr Vorgesetzter eindeutig positionieren und natürlich auch eine angemessene Form von Seriosität in diesem Amt ausstrahlen.

Er warf noch einen letzten Blick auf seine gescheitelten, kurz geschnittenen, braunen Haare im Innenspiegel, die er leicht über die Narbe am Kopf drapiert hatte, stieg aus und zog das Sakko an. Er sah aus wie ein Banker oder Anwalt. Aber gerade das gefiel ihm gut. Gab ihm ein Gefühl von Überlegenheit. Dann griff er zu seiner schwarzen Aktentasche auf dem Beifahrersitz, verriegelte den Wagen und begab sich zum neben dem Parkplatz liegenden Haupteingang. Er hatte seine neue Ermittlungseinheit zum Leichenfund in Pallien für heute Morgen um neun Uhr zusammengerufen, denn die Untersuchungsergebnisse waren eingetroffen. Der Gerichtsmediziner Dr. Karl Börner, ein erfahrener aber auch etwas eitler Pathologe, würde nun hoffentlich die Identität der verstorbenen Person und auch die Todesursache aufklären können. Danach würde man noch die Presse informieren und eventuell auch weitere Ermittlungen einleiten. Das Telefon hatte die letzten zwei Wochen vor Anfragen nicht mehr still gestanden. TV- und Radiosender sowie verschiedene Zeitungen wollten unbedingt wissen, wer hinter der unbekannten Person, die im Wald gefunden wurde, steckte. Und er auch.

Er passierte den Pförtner und ging die Treppe zu den Diensträumen im ersten Stock hinauf. Dabei trug er vorschriftsmäßig den Mund- und Gesichtsschutz, der in der vor einiger Zeit erlassenen Corona-Verordnung für alle Bundesländer in geschlossenen Räumen zwingend vorgeschrieben war. Am Ende des langen Ganges lag sein Büro und dahinter der Tagungsraum für die verschiedenen Sonderkommissionen, die in den letzten Jahren gebildet wurden. Trier galt zwar als eine der sichersten Städte in ganz Deutschland, was die tägliche Rate an Straftaten anging, aber es gab doch immer wieder einige schwere Verbrechen, die nur im Team aufgeklärt werden konnten. Dazu zählte seit 10 Jahren auch das bisher ungeklärte Verschwinden von acht jungen Frauen im Stadtgebiet und im Umland, das sich im Süden bis zur Grenze des Saarlandes und im Westen nach Luxemburg und auch nach Belgien erstreckte. Es handelte sich um Studentinnen oder Auszubildende, die zuletzt in Clubs oder auch auf verschiedenen Partys gesehen wurden und dann spurlos verschwanden. Man hatte bis heute nichts mehr von ihnen oder ihrem Verbleib gehört. Auch die Nachforschungen hatten keine verwertbaren Ergebnisse geliefert. Es gab zwar schon einige Verdächtige, aber keine gesicherten Erkenntnisse, die zu einer Anschuldigung ausreichen würden. Also hatte man ab einer gewissen Zeit die Fälle auf Eis gelegt. Die Erfahrung zeigte, dass ab ein oder zwei Jahren keine Informationen mehr eingingen, die zur Lösung führten. Das hatte aber nichts mit dem fehlenden Interesse der Beamten, sondern vielmehr mit dem abnehmenden Erinnerungsvermögen der Zeugen und Beteiligten zu tun. 'Cold cases' nannte man solche Fälle im amerikanischen Fachausdruck. Manchmal wurden sie nach fünf bis sechs Jahren wieder aktiviert, aber in den seltensten Fällen gelöst.

In seinem Büro nahm Jürgen Klopf die Akte über den Leichenfund aus der Tasche und legte sie auf seinen Schreibtisch. Er passte perfekt zu der restlichen Einrichtung, die ausschließlich vom Hersteller UTM Haller stammte. Es war ein Büromöbel-System, das vielseitig kombinierbar war. Ähnlich einem Baukastensystem. Funktional. Klare Linien, klare Farben. Hier war es Schwarz und Chrom. Metall und Glas. Das gesamte Gebäude war nach der notwendigen Renovierung in diesem Stil eingerichtet worden.

Nicht ganz billig, aber haltbar. Er suchte auf der gläsernen Oberfläche nach neuen Nachrichten oder Post-Its, die für ihn deponiert wurden und in seiner Abwesenheit eingegangen waren. Nichts. Auch die Mailbox seines Dienstapparates zeigte keine neuen Nachrichten oder Anrufe in Abwesenheit. Er fuhr seinen Dienstrechner hoch und warf einen letzten Blick auf eingegangene E-Mails. Dort waren noch drei neue Anfragen wegen des Leichenfundes eingegangen. Er würde diese beantworten, wenn er auch wirklich neue Informationen hätte. Wahrscheinlich in einem Zug mit der Presseerklärung, die sein Referent in dieser Sache noch verfassen würde. Er sah auf die gegenüberliegende Pinnwand und die Vermisstenmeldungen, die alle noch aktuell waren. Acht junge und alle sehr hübsche Mädchen, die ihr Leben noch vor sich hatten.

Alle hatten auch ein gutes Elternhaus. Kein Grund, plötzlich wegzulaufen. Die Fotos strahlten Zuversicht und Neugier auf das, was in ihrem Leben noch kommen würde, aus. Und Lebensfreude. Keine Kandidatinnen für einen möglichen Suizid. Das hatten auch alle Angehörigen bestätigt. Sie konnten sich das plötzliche Verschwinden ihrer Töchter und Enkeltöchter nicht erklären. Keine Anzeichen für ein Stimmungstief oder gar Depressionen. Auch wenn nicht alle Jugendlichen über solche Dinge frei reden, es hätte doch verdächtige Verhaltensweisen geben müssen. Gab es aber nicht.

Jürgen Klopf sah auf die Bürouhr. Sie hing neben der großen Nacht-Fotografie der Porta Nigra, an der die Scheinwerfer fahrender Autos wie bunte Streifen vorbei zogen. Es war kurz vor neun. Er nahm die Akte und sein Diensthandy, steckte es in seine Sakkotasche und ging zum Konferenzraum. Durch die Glasscheiben konnte er bereits den Kreis seiner Kollegen sehen, die sich um den großen Tisch versammelt hatten.

Auch hier herrschte UTM Haller vor. Schwarzes Holz und verchromte Stahlstangen. Dazu ein grauer Teppichboden. Zwölf Stühle, von denen nur sechs besetzt waren. Es waren vier Kommissare und zwei weitere Hauptkommissare im Raum, die er aus den Abteilungen K 9, K 10 und K 11 abkommandiert hatte, um diesen Fall und mögliche weitere Umstände und Ursachen zu untersuchen. Er hatte versucht, die Struktur dieser Sonderkommission mit jungen und älteren Kollegen so locker wie irgend möglich zu gestalten. Zwei Kommissare waren gerade mal Anfang 30 und hatten ihren Dienst erst vor kurzem aufgenommen. Dies war ihr erster größerer Fall. Klopf hoffte auf frischen Wind also neue Einfälle und Ideen in den Ermittlungen. Die junge Kollegin und der junge Kollege waren laut ihrer Beurteilung von hoher Intelligenz und sehr schneller Auffassungsgabe, was zu sehr guten Noten in ihrer bisherigen Karriere geführt hatte.

Julia Schenk aus Bonn und David Kneese aus Kaiserslautern waren quasi die neue Generation von Polizeibeamten. Fit in den neuesten Ermittlungsmethoden und mit den neuesten Computer- und Fahndungsprogrammen. Ausgebildet in neu entwickelten Deeskalationskursen, in Selbstverteidigung, Waffentechnik und in Psychologie. Sie waren von sogenannten Profilern ausgebildet worden, die ihnen die Denkweise eines Täters aus den unterschiedlichsten Bereichen und Schichten beigebracht hatten. Sie konnten sich dadurch in den Täter hinein versetzen und seine Abläufe nachvollziehen.

Mehr ging nicht. Sie waren das Pendant zu den beiden älteren Hauptkommissaren, die noch einen reiferen Ausbildungsstand hatten. Was bei Jens Thiel und

Christian Braun, den beiden gebürtigen Trierern, zählte, war die ungeheure Erfahrung, die sie in ihren Dienstjahren gesammelt hatten. Sie hatten es im Laufe ihrer Jahre schon mit Mördern, Vergewaltigern und Kinderschändern zu tun und hatten einen hohen Anteil ihrer Fälle aufgeklärt. Sie waren zwar nicht mehr auf dem allerneuesten Stand der Ausbildung, da sie schon aufgrund ihrer Familien und Dienstzeiten nicht mehr jede Fortbildung besuchen konnten, aber sie hatten den berühmten „Riecher", wenn es um die Täter ging. Und den musste man erst mal bekommen. Alles eine Sache der Routine und Menschenkenntnis. Die beiden weiteren Kommissare waren schon mit dem ersten Vermisstenfall der damals verschwundenen Maja Graf beschäftigt gewesen.

Eigentlich wollte Jürgen Klopf eine ganz neue Mannschaft für diese Kommission aufstellen. Aber bei Durchsicht der damals ermittelnden Beamten stellte er fest, dass Bianca Schön und Torsten Schneider die besten Hinweise gesammelt hatten. Auch wenn sie leider von Horst Schäfer und dem damals leitenden Oberstaatsanwalt Klaus Lange nicht gut genug verwertet wurden, was schließlich zur Einstellung des Falles führte. Gerade die Zeugenaussagen zu einer immer noch unbekannten Person, die ein Auto mit einem Luxemburger Kennzeichen gefahren hatte, und einem vorbestraften Mann aus dem Saarland, der die Bezeichnung 'Spitzbart' bekam, wurden nicht weiter verfolgt, da die Ermittlungen von oberster Stelle blockiert wurden. Warum das damals passierte, wusste keiner der Beteiligten. Ein unbekannter Geschehensablauf, hieß es schließlich im Bericht, habe bei dem Verschwinden von Maja Graf stattgefunden. Fall abgeschlossen. Sache erledigt. Ende Gelände.

Jürgen Klopf ging hinüber in den Konferenzraum und begrüßte die Kollegen, die den Abstand von 1,50 Metern eingehalten hatten und deshalb keine Masken trugen. Auch er nahm seine Maske jetzt ab. Der Zug nach Koblenz fuhr los. Dank der ebenfalls neu eingebauten Schallschutzfenster sah man ihn fast geräuschlos vorbeiziehen. Er dachte kurz an zu Hause, an die Eltern, die immer noch in der Stadt am Rhein lebten und die er, so oft es seine Zeit zuließ, besuchte. Er liebte sie und sie wussten das auch.

„Guten Morgen, meine Damen und Herren. Schön, dass Sie sich alle vollzählig und pünktlich versammelt haben. Wo ist denn unser hochgeschätzter Chef-Pathologe?"

„Herr Dr. Börner hat sich telefonisch entschuldigt. Er wird sich um wenige Minuten verspäten. Maximal eine Viertelstunde." Bianca Schön sah ihren Chef wissend an. Sie war eine sehr schöne Blondine, die auch als Model arbeiten könnte. 1,70 Meter groß, schlank, ein schön geschnittenes Gesicht und eine Figur wie die Göttin Aphrodite. Die Jeans und das weiße Hemd zusammen mit den legeren weißen Sneakern unterstrichen ihre Schönheit. Sie wusste das, war aber nie abgehoben oder arrogant aufgetreten. Sie wusste, wie manche Kollegen sie ansahen, aber sie machte sich nichts daraus. Sie war mit ganzem Herzen Polizistin und liebte diesen Beruf. Darum war sie auch eifrig und immer pünktlich. Und sie war clever. Klopf schätzte das sehr.

„Hat er etwa verschlafen? So kenne ich unseren ewig umtriebigen und in sich selbst verliebten Mediziner gar nicht. Er ist doch ein Pedant und war immer überpünktlich."

„Herr Dr. Börner lässt ausrichten, dass er am achten Loch zwei Strafschläge gebraucht hat. Das hat ihm das Zeitmanagement kaputt gemacht. Aber er läge am neunten Loch bei Par, müsste nur noch einputten und wäre dann sofort auf dem Weg zu uns."

Die blauen Augen seiner Kollegin sahen Klopf ohne zu zwinkern an. Nur ein leichtes Lächeln umspielte ihre Mundwinkel. Sie kannte das Verhältnis von Börner zu ihrem Chef genau. Hart aber herzlich. Nicht immer eine Wellenlänge, aber großer Respekt.

„Der Herr Doktor spielt noch schnell eine kleine Runde Golf, bevor er sich bemüht, seinen Dienst anzutreten? Ich hasse diese überhebliche Art von ihm. Wirklich."

„Er sagte noch irgendwas von 'gesunder Geist in einem gesunden Körper' oder so und dass er die Bewegung draußen dringend gebraucht hätte." Die Kollegen lachten leise.

„Na gut. Dafür ist er auch einer der besten Pathologen Deutschlands. Also warten wir auf unseren Gerichtsmediziner und fangen schon mal mit den bisherigen Fakten zum Leichenfund in Trier-Pallien an. Kollege Thiel, wären Sie bitte so freundlich, uns die vorzutragen?"

KHK Jens Thiel war Anfang 40, mittelgroß und ein kleines bisschen übergewichtig. Aber er war ein guter Sportler, der sich vor allem dem Boxen verschrieben hatte. In seiner Jugend war er zweimal Rheinland-Pfalz-Meister im Mittelgewicht gewesen. Heute trainierte er nur noch aus Spaß und für die Fitness. Er war Fan der Eintracht in Trier und liebte Kassler mit Teerdisch, einer Mischung aus Sauerkraut und Püree. Das hatte seine Mutter schon immer gekocht und er verband viele schöne Augenblicke im Beisein seiner Familie damit. Sein Bruder und seine Schwester lebten mittlerweile in Hamburg und München. Nach dem Jura-Studium hatte es beide berufsbedingt dahin verschlagen, aber zu den Familientreffen kamen sie immer noch regelmäßig. Thiel wollte ursprünglich das Studium an den Polizeidienst anhängen, hatte aber die Lust verloren, sich noch einmal jahrelang in Hörsäle zu setzen, um stundenlang Vorträge von Professoren über sich ergehen zu lassen. Ihm gefiel sein Job und das war genug.

Seine Dienstzeiten waren zwar schuld daran, dass sich nie eine feste Beziehung bei ihm gehalten hatte, aber er hatte sein Schicksal akzeptiert. Er nahm die kurzen und zum Teil sehr heftigen Amouren mit, die sich im Lauf der Zeit boten und genoss sie. An das Auseinandergehen hatte er sich gewöhnt und war froh, dass es dabei keine größeren Auseinandersetzungen mit den jeweiligen Frauen gegeben hatte. Er liebte die Ruhe in seinem Leben und wollte keinen Stress. Den hatte er schon in seinem Job.

„Ja, Chef. Sehr gerne. Also: Die Spurensicherung hat die Gebeine eines Menschen im Wald an der Mosel gefunden und sicher gestellt. Ein Mitarbeiter der StadtGrün, Herr Michael Brösch, hat die Leiche entdeckt und die Polizei informiert. Der Zustand des Körpers deutet auf eine lange Liegezeit hin. Es gab anscheinend Tierfraß und andere Zersetzungsformen, die dazu geführt haben, dass eine Identifizierung nur sehr schwer möglich ist. Wir warten dazu die Bestimmung der Zähne und der Knochen ab, die uns Dr. Börner sicherlich noch vortragen wird. Es gab auf jeden Fall keine DNA, die uns bezüglich der Person weiter gebracht hätte. Neben dem Körper wurden noch die Reste einer Art Tasche oder Rucksack aus Stoff und auch eine Halskette gefunden. Es deutet dabei einiges auf eine weibliche Person hin. Männer tragen solche Ketten eher nicht. Woher sie stammt, wissen wir bisher noch nicht. Die Reste der Kleidung, die wir dort gefunden haben, lassen auch keinerlei Rückschlüsse zu. Jeans, T-Shirt, Turnschuhe, zerrissen und ausgebleicht. Aber wir haben auch ein Handy gefunden. Natürlich in einem schlechten Zustand und nicht mehr zu verwenden, aber der Typ und die Art des

Gehäuses gibt uns ein ungefähres Alter vor, so etwa acht bis zehn Jahre."

Klopf sah ihn an. „Acht bis zehn Jahre? Gibt es eine vermisste Person, die in diesen Zeitraum fällt?"

„Ja, Chef. Gibt es. Das kann nur Maja Graf sein. Die übrigen Mädchen sind danach verschwunden. Da gab es schon andere, modernere Handy-Modelle. Smartphones."

„Und wenn nun jemand sich kein modernes Handy leisten kann oder will? Und ein einfaches benutzt hat? Das ist doch eine eher wage Spur, oder?"

„Na ja, Frauen sind da vielleicht etwas anders gepolt, als wir Männer." Er warf einen vorsichtigen Blick zu Bianca Schön hinüber. „Sie legen schon Wert auf die schönen neuen Dinge. Gerade was den rasanten Handy-Boom der letzten Jahre betrifft."

„Da hat der Kollege Thiel recht." Sie nickte zustimmend und sah auf ihr Handy. Es war das neueste Modell aus der Simsung-Reihe. Und sie war schon stolz darauf.

„Okay, okay." Klopf sah etwas verwirrt zu ihr hinüber und verdeckte sein drei Jahre altes Handy mit dem Aktendeckel. Eine Übersprungshandlung. „Sonst noch was?"

„Jeans, T-Shirt, Turnschuhe, Kette und Tasche passen auf Maja Graf, aber leider auch auf drei andere Mädchen. Ist durch den Zustand alles eher ungenau. Maja Graf soll in der Nacht ihres Verschwindens in der Nähe auf einem FH-Fest gesehen worden sein. Es sind nur wenige Meter bis zur Klippe an der roten Wand. Leider waren auch zwei andere Mädchen nach einem FH-Fest verschwunden. Die Kleidung stimmt überein."

Klopf sah Thiel an, der lustigerweise ebenfalls Jeans, ein T-Shirt und Turnschuhe trug. Er war der Typ des eher etwas lässigeren Kriminalbeamten. Aber ein guter

Polizist. Und er trug seine kurzen braunen Haare immer mit ordentlichem Seitenscheitel.

„Eine Körpergröße ist schwer zu ermitteln, da die Knochen durch Tierfraß verlagert wurden. Wir tippen mal 1,70 bis 1,75 Meter, aber alles ohne Gewähr. Mehr haben wir momentan leider nicht. Alles weitere hängt wohl von unserem Chef-Pathologen..."

Und wie auf ein Stichwort flog die Tür zum Konferenzzimmer auf. Dr. Karl Börner stapfte in Golfschuhen, karierten Hosen, gelbem Polo-Hemd und kariertem Pullunder in den Raum. Auf dem Kopf trug er eine Schiebermütze und vor dem Gesicht eine Maske mit zwei gekreuzten Golfschlägern auf jeder Wange, die seinen kunstvollen, schwarzen Bart bedeckte. Die Tür fiel krachend ins Schloss.

„Recht schönen guten Morgen, meine Damen und meine Herren. Ich bitte zutiefst, meine kleine Verspätung zu entschuldigen. Aber Schuld daran trägt nur dieser blöde Seitenwind am achten Loch. Mein Ball flog schon Richtung Grün als die Böe ihn um drei Meter nach links wehte. Da war leider das Wasserloch. Der Ball war natürlich in der Tiefe verschwunden. Keine Chance, ihn weiter zu spielen. Kostete mich leider zwei Strafschläge und zehn Minuten länger bis zum Einlochen meines neuen Balls. Ich habe mein Par aber trotzdem mit zwei Birdies an anderen Löchern retten können. Das bedeutet übrigens," und er sah den immer noch stehenden Thiel eindringlich an, „dass ich beide Löcher mit einem Schlag unter Par, also Bahndurchschnitt, gespielt habe. Das wissen ja vielleicht einige, ähm, Sportinteressierte nicht auf Anhieb."

Mit diesen Worten zog er seine weißen Golfhandschuhe aus, warf seine Akte auf den Tisch und ließ sich auf einen freien Stuhl neben dem Platz von Klopf fallen. Er nahm seine Maske ab und rückte seine

Hornbrille gerade. Thiel sah ihn mit einer Mischung aus Genervtheit und Frustration an. So ein Schnösel. Er wollte gerade erwidern, aber bevor er den Mund öffnen konnte, fiel ihm Klopf schon ins unausgesprochene Wort.

„Schön, dass es ihr straffes Sport-Programm möglich gemacht hat, vorbeizuschauen, Herr Dr. Börner. Kollege Thiel hat gerade die ersten Fakten des Leichenfundes für uns zusammengetragen. Nun wüssten wir von Ihnen gerne, welche Erkenntnisse Sie und die Rechtsmedizin für uns haben. Wissen sie, um wen es sich bei der Leiche handelt?"

„Ja, allerdings." Er machte eine dramaturgische Pause und sah erwartungsvoll in die Runde. „Bei der Leiche handelt es sich um eine weibliche Person. Die Untersuchung des Gewebes und der enthaltenen DNA sowie der Knochenbau deuten darauf hin."

„Toll. Und das ist alles, was unsere hochmoderne Gerichtsmedizin herausgefunden hat? Das schränkt den Opferkreis in Trier auf knapp 50.000 Menschen ein. Bin ich froh, dass wir diese Erkenntnisse haben. Jetzt ist die weitere Ermittlungsarbeit kein Problem mehr. Danke, Herr Doktor." Thiel ging mit einem abwertenden Blick hinüber zum Kaffeeautomaten und goss sich eine frische Tasse ein. Murmelte dabei leise ein paar weitere Worte wie 'unglaublich hochnäsiger Akademiker-Snob' und kam zurück.

„Wenn der Herr Hauptkommissar ein wenig geduldiger wäre, würde sich sein, ich nenne ihn mal kritischer, Kommentar schnell erübrigen. Consilio et prudentia, wie der Lateiner sagt. Ach ja, das wurde auf der Polizeischule nicht unterrichtet, ich vergaß. Mit Rat und Klugheit, so die Bedeutung, kommt man immer zum Ergebnis." Börner lächelte kurz in Richtung Thiel und sah dann wieder in seine Unterlagen.

„Herr Dr. Börner, bitte, fahren Sie fort." Klopf wurde langsam ungeduldig.

„Die weitere Untersuchung der DNA lässt auf ein Alter der weiblichen Person zum Zeitpunkt ihres Todes von circa 21 Jahren schließen."

„Mann, Herr Dr. Börner. Geht es nicht etwas genauer?" entfuhr es Torsten Schneider.

„Wir haben drei vermisste Mädchen, die beim Verschwinden 21 Jahre alt waren."

„Ja, aber nur eines, das zu einhundert Prozent mit bereits vorliegender DNA und deren Zahnstand mit einem uns vorliegenden Zahnarztbefund übereinstimmt..." - Pause.

„Und der Name?" Klopf starrte ihn an. „Nun spannen Sie uns nicht auf die Folter."

„Der Name der jungen Frau ist...Maja Graf." Er blickte triumphierend in die Runde.

Die Beamten sahen einander an. Einige atmeten tief durch. Und Börner genoss den Moment als stille Huldigung seiner unglaublichen pathologischen Fähigkeiten. Er liebte es einfach, die Hauptperson zu sein und im Mittelpunkt zu stehen. Thiel nahm ein großen Schluck Kaffee und setzte die Tasse behutsam auf dem Tisch ab.

Klopf durchbrach als erster das versammelte Schweigen.

„Maja Graf? Und da sind Sie sich absolut sicher? Keine Zweifel, keine Ähnlichkeit zu einem der anderen Mädchen, die vermisst werden?" Klopf sah ihn ungläubig an.

Börner nahm sich die wenigen Sekunden für seine dramaturgische Pause und fügte als Antwort knapp und eindeutig hinzu: „Nein." Dann wurde sein Blick eine kleine Spur entrüsteter und er fügte hinzu: „Herr Kriminaldirektor, ich bitte Sie. Sie sollten meine

Fähigkeiten in den letzten Jahren doch ausreichend kennen gelernt haben. Habe ich in den letzten Jahren nur ein einziges Mal eine falsche Analyse abgeliefert? Na gut, eine rhetorische Frage, die ich auch gleich selbst beantworten kann: Nein. Also bitte."

„Warum fragen Sie so genau nach, Chef?" entfuhr es Christian Braun. „Wenn Börner sagt, dass sie es ist, dann ist sie es auch. Endlich haben wir ein Ergebnis, das wir den Medien präsentieren können."

„Doktor Börner, wenn es beliebt, Herr Kommissar." Dazu ein entrüsteter Blick des Pathologen, der auf seinen Titel sehr stolz war. 'Das Opfer und die Analyse' war der Titel seiner prämierten Arbeit, die ihm endlich die lang ersehnte Promotion brachte. Darin hatte er sich mit allen bis dahin bekannten Untersuchungsarten beschäftigt und die Schlussfolgerungen daraus verfeinert. Außerdem hatte er noch ein halbes Dutzend neuer und von ihm entwickelter Methoden hinzugefügt. Er galt spätestens ab diesem Zeitpunkt als eine der größten Koryphäen in der Gerichtsmedizin des Landes.

„Kriminalhauptkommissar." kam es kurz und knapp aus der Ecke Christian Brauns.

„Meine Herren, bitte," intervenierte Klopf, „wir werden uns hier jetzt nicht um Titel und um Anreden streiten. Der Fall Graf hat vor einigen Jahren kein gutes Licht auf die hiesige Polizei und die Staatsanwaltschaft geworfen, denken Sie mal daran. Wir haben uns viel Kritik seitens der Öffentlichkeit, der Eltern von Maja Graf und ihres Anwalts anhören müssen. Versäumnisse bei den Suchmaßnahmen, bei den Ermittlungen des Verbleibs der jungen Frau, bei den Zeugenvernehmungen und der Spurensuche. Mein Vorgänger Horst Schäfer musste aufgrund dieser Vorfälle seinen Platz räumen und der ehemalige Kollege Wilhelm Hopp hat nach seiner Pensionierung in einem Brandbrief an den Trierischen

Volksfreund heftige Kritik an den damaligen Ermittlungen geübt. Spuren seien nicht ausreichend verfolgt worden, das Phantombild des 'Spitzbarts' sei nicht veröffentlicht worden, dessen Vernehmung sei nur ein „Witz" gewesen und den Widersprüchen in seinen Aussagen nicht ausreichend nachgegangen worden, obwohl dieser Mensch eindeutig zweimal in der Nähe von Maja Graf erkannt worden war. Er hat sich damit unter seinen ehemaligen Kollegen sicher keine Freunde gemacht, ich weiß, aber ich möchte diese Sache auch nicht so unreflektiert stehen lassen. Als ich vor meiner Ankunft in dieser Dienststelle von den Vorkommnissen gehört habe, ist mir auch schon so einiges aufgefallen, dass ich nicht ganz verstanden habe."

Er hielt kurz inne, nahm einen großen Schluck Kaffee und sah auf Bianca Schön und Torsten Schneider, die am Anfang ihrer Laufbahn der SoKo Graf zugeteilt waren. Sie hatten die Studenten und Bekannten von Maja nach dem FH-Fest befragt und einige, teils interessante Aussagen gesammelt.

„Warum wurde nach der Zeugenaussage des Anwohners in der betreffenden Nacht nicht sofort die angegebene Stelle, von der er die Hilferufe wahrgenommen hatte, in Augenschein genommen. 'Lass mich in Ruhe' und die Hilferufe sind doch eindeutige Zeichen, dass sich eine Person in Not befunden hat. Und das um 4.30 Uhr, also zum Ende des Fests und zu einem Zeitpunkt, wo es in der Stadt schon ruhiger war, also ein Mensch in seinem Bett bei geöffnetem Fenster in der Lage ist, Hilferufe vom anderen Moselufer durchaus zu hören. Die Wohnungen in Pallien wurden erst Tage später von den Kollegen durchsucht, ebenso die alten Weltkriegsbunker und die Gärten. Niemand ist aber in das Waldstück zwei Meter hinter einem Garten gegangen, von dem Zeugen behauptet haben, vier Tage lang ein

Wimmern und leise Hilferufe gehört zu haben. Es sei schwer zugänglich gewesen, war damals die Antwort der betreffenden Kollegen."

Klopf sah mit aufgerissenen Augen jedem einzelnen der Anwesenden ins Gesicht.

„Keiner kam offensichtlich auf die Idee, ein paar Leute vom Grünamt zu holen, die das Waldstück geöffnet hätten, um es abzusuchen. Unglaublich. Man stelle sich das vor: Maja Graf lag vielleicht nach ihrem Sturz tatsächlich noch einige Tage an den Felsen, schwer verletzt, einsam und verlassen, kämpfte mit dem Tod und rief mit letzter Kraft nach Hilfe, aber niemand kam. Und das keine zwei Meter vom nächsten Gartengrundstück und dem nächsten bewohnten Haus entfernt. Ich möchte, dass sie sich alle dieses Bild von einem jungen Mädchen vor Augen führen, dass wir im Stich gelassen haben und das vielleicht hätte gerettet werden können. Tun wir also jetzt unser Bestes, um zu ermitteln, wie diese junge Frau ums Leben kam. War es wirklich ein Unfall oder war es ein grausames Verbrechen? Und bei Letzterem: Wer kommt als Täter in Frage? Ich will, dass Sie keinen Zeugen vergessen, jeden Stein an der roten Wand umdrehen und allen Spuren nachgehen, die damals vielleicht übersehen worden sind. Wir werden den Eindruck, den diese Behörde damals hinterlassen hat, nachhaltig verändern und wir werden diesen Fall lösen. Und wenn wir dabei alles richtig machen und keine Fragen offen bleiben, werden wir vielleicht auch den Verbleib der anderen Mädchen endlich klären können. Alles klar?"

Während der letzten Worte hatte er mehrmals in die Runde geblickt und festgestellt, dass in den Gesichtern der Kollegen eine deutliche Entschlossenheit zu erkennen war. Es ist wie überall im Leben, dachte er, du musst wie ein guter Trainer in der Lage sein, deine Mannschaft zu motivieren, um das Optimale aus den einzelnen Spielern heraus zu holen. Dann erzielst du auch gute Ergebnisse mit dem gesamten Team.

„Dr. Börner, wissen Sie schon etwas über die mögliche Todesursache?"

Der Pathologe rückte die Hornbrille zurecht und sah in seine Unterlagen.

„Also, nach meiner maßgeblichen Meinung haben wir es hier nur mit typischen aus dem Sturz von der oberen Felskante resultierenden Verletzungen zu tun. Es sind zum Beispiel kleinere Frakturen an den Armen und den Beinen sowie Prellungen am Kopf, die leichte Spuren am Schädel zurückgelassen haben. Äußere Gewalteinwirkungen, die von einer anderen Person ausgegangen sein könnten, waren nicht ersichtlich. Ich betone aber ausdrücklich, dass der Zustand der Leiche und die lange Liegedauer an der Stelle, wo man sie gefunden hat, nicht dazu beigetragen hat, dass es möglich war, genauere Untersuchungen durchzuführen. Dies gilt auch für mögliche fremde DNA. Wenn es die früher mal gegeben hat, ist sie jetzt vollständig verschwunden."

„Also gut, meine Damen, meine Herren," Klopf sah seinen Mitarbeitern noch einmal eindringlich in die entschlossenen Gesichter. „Es liegt noch ein Haufen Arbeit vor uns und den werden wir gezielt und effektiv angehen. Die Kollegen Braun und Thiel," er sah anerkennend zu ihnen hinüber, „werden zunächst die Mutter von Maja Graf und eventuelle weitere Angehörige aufsuchen, um ihnen den schrecklichen Fund schonend mitzuteilen. Das dürften Sie bei Ihrer Erfahrung hinkriegen, denke ich. Denken Sie daran, dass diese Frau psychisch vorbelastet ist. Die damaligen Ermittlungen haben ihr schwer zu schaffen gemacht. Und dann die Sorgen über die Tochter, die über all die Jahre nicht gefunden wurde. Schließlich ist vor einigen Jahren auch noch ihr Mann gestorben. Daneben ist sie nicht besonders gut auf uns zu sprechen, da sie uns mit ihrem Anwalt schon einige Versäumnisse vorgeworfen hat. Falls Fragen zu einem möglichen Täter kommen, lassen Sie sich bitte auf nichts ein. Verweisen Sie einfach auf die laufenden Ermittlungen. Wir werden uns wieder bei ihr melden. Vielleicht ist sie auch in gewissem Maß froh, endlich zu wissen, was mit ihrem Kind passiert ist."

Braun und Thiel nickten ihrem Chef zu. Mit solchen Nachrichten kannten sie sich gut aus.

„Ich werde ihr die unangenehme Botschaft übermitteln." Braun sah kurz zu Thiel.

„Sorry, Jens, aber Du hast manchmal eine, ich sage mal, etwas direkte Art, Menschen unangenehme Nachrichten mitzuteilen. Ich glaube, hier brauchen wir wirklich eine große Portion Einfühlungsvermögen. Lass mich das machen, okay?"

„Wie Du meinst," grummelte Thiel ihm zu. Er war wohl mehr der Mann für Täter und Verdächtige. Opfer und Angehörige zu informieren, hatte ihm noch nie gelegen. Das überließ er dann doch lieber dem fünf Jahre älteren Braun.

„Die Kollegen Schön und Schneider, die damals schon mit den Ermittlungen im Fall Graf zu tun hatten, werden sich noch einmal die Akten vornehmen und jeden Zeugen, jede Aussage und jeden Hinweis überprüfen. Vielleicht wurde doch etwas übersehen oder falsch gewertet. Ich möchte," und sein Blick wurde geradezu durchdringend, „dass wir diesmal keine Fehler machen. Fragen Sie noch einmal überall nach, holen Sie die Leute ins Präsidium, gehen Sie zum Tatort. Irgendwo müssen noch Spuren sein, die damals vielleicht übersehen wurden. Ach, und machen Sie bitte mit der KTU Falltests am Felsen. Ich will wissen, wo der Körper abgestürzt ist, wenn er an dieser Fundstelle aufkam. Und bitte keinen großen Presseaufwand dabei, okay? Apropos..."

Er sah auf die beiden jungen Kollegen Schenk und Kneese, die voll konzentriert an seinen Lippen hingen und dabei fast alles wortgetreu in ihre Tablets tippten.

„Presse. Sie beide werden den Fall für Fernsehen, Radio und Zeitungen aufbereiten und eine entsprechende Pressemeldung verfassen. Verweise Sie bitte auch auf die noch laufenden Ermittlungen und gehen Sie nicht auf Details ein. Die könnten Ihnen von den Journalisten um die Ohren gehauen werden. Ich habe keine Lust, auf der PK, die Sie danach einberufen, gelöchert zu werden, ohne Antworten zu haben. So was sieht nun mal nicht gut aus und kann unsere ganze Behörde in Verruf bringen."

„Chef, haben Sie nicht etwas vergessen?" Julia Schenk hob den dunklen Wuschelkopf und stoppte die Notizen auf ihrem Tablet. Ihre braunen und wachen Augen strahlten Energie und Willenskraft aus, die sie bis in diese SoKo in Trier gebracht hatten.

„Na, Kollegin Schenk, da bin ich ja mal gespannt. Erleuchten Sie mich."

„Fernsehen, Radio und Zeitungen sind ja ganz nett, aber Sie sind leider nicht mehr auf der Höhe der Zeit. Sie haben die sozialen Medien vergessen. Schnell und direkt. Die Menschen haben fast alle Internet und informieren sich auch viel mehr über Foren. Insbesondere die jüngere Generation," sie sah kurz nach unten, um dem Blick von Braun und Thiel auszuweichen, „hat sich von den älteren Medien fast vollständig gelöst. Ich werde auf unseren Facebook- und Instagram-Seiten einen Blog zum Thema Maja Graf einrichten, wenn Sie nichts dagegen haben. Dann können sich alle Interessierten sowohl informieren als auch melden, falls sie noch Informationen für uns haben, die uns weiterhelfen könnten. Das geht auf jeden Fall schneller."

„Gute Idee, Kollegin Schenk. Und Sie, Kollege Kneese, nehmen Sie Kontakt mit den IT-Leuten auf. Ich will wissen, ob in dem Handy noch Daten rekonstruierbar sind. Letzte Anrufe, SMS. Das ganze Programm. Und überprüfen Sie beide bitte in diesem Zusammenhang noch einmal die Zeugenaussagen zu den Telefonaten von damals."

Auch David Kneese notierte alles mit seinem Tablet. Der junge Mann mit Zopf und Kapuzenpulli wurde oft für einen Soziologie-Studenten gehalten, war aber ein sehr aufstrebender Kopf im Polizeidienst. Seine sportlichen Ergebnisse waren zwar eher durchschnittlich, was auch seine schlaksige, schmächtige Figur manifestierte, aber in Sachen Ermittlungstechnik und Profiling war er nicht zu schlagen. Klassenbester in diesen Kursen. Man sollte seinen oft teilnahmslosen Blick nicht falsch interpretieren. Er war immer hellwach und bekam dabei auch die unscheinbarsten Fakten mit.

„Insbesondere beim Freund," murmelte er in seinen Bildschirm.

„Wie bitte, Kollege Kneese?" Klopf war erstaunt, eine Rückmeldung zu hören.

„Insbesondere beim Freund." Er blickte seinen Chef an. „Dieser Freund, den Maja damals hatte. Aus der Death-Metal-Szene. Mit dem hat sie doch mehrfach telefoniert. Sogar noch kurz vor ihrem Verschwinden." Er sah auf die offenen Fenster der Akten, die er sich neben seinen Notizen im Tablet hochgeladen hatte. „Der war schon vom Fest weg und mit seinen Freunden in die Stadt gefahren. Angeblich wollten sich beide dort treffen. Er hat aber irgendwann nichts mehr von ihr gehört und sich dann einfach nicht mehr um sie gekümmert. Ein Jahr später macht er mit seiner Band einen Song samt Musikvideo zum Verschwinden eines Mädchens und zu dessen

Vergewaltigung mit anschließender Ermordung in einem Gewölbekeller. Schon komisch, oder?"

Klopf sah ihn ungläubig an. Dieses Faktum hatte selbst er nicht gewusst. „Sehen Sie. Es gibt genug zu tun. Also, liebe Kollegen, an die Arbeit. Zeigen wir der Stadt Trier und seinen Bewohnern, dass wir es besser machen können. Besser als damals."

Schenk und Kneese sahen sich an, als die Kollegen ihre Akten, Notizblöcke und Stifte sorgfältig in die Aktentaschen einpackten und schoben ihre Tablets in die Hüllen.

„Willkommen im 21. Jahrhundert." Beide seufzten, zogen ihre Masken über Mund und Nase und gingen voller Tatendrang in ihre Büros.

Kapitel 4

Sebastian Ullmen sah von seinen Büchern auf. Die Sonne schien durch die Fenster der Bibliothek und direkt auf seinen Schreibtisch. Jalousien absorbierten einen Teil der Strahlen und sorgten für Lichtschlitze, die sich über die Seiten verteilten. Es war ein bisschen anstrengend, sich dabei auf den Inhalt der Bücher zu konzentrieren, aber er konnte sich sehr gut fokussieren. Konnte er schon seit der Schule. Nebensächliches ausblenden und Wichtiges in den Vordergrund stellen. Nur so hatte er die täglichen Auseinandersetzungen seiner Eltern ignoriert und sich in seine Scheinwelt geflüchtet, die aus Trappern und Indianern, aus Weltreisenden und U-Boot-Kommandanten, aus Astronauten und Dinosauriern bestand. Nach diversen Gewalttätigkeiten, die immer häufiger von seinem Vater an der Mutter begangen wurden, kam er schließlich in eine wohl situierte Pflegefamilie, die kinderlos geblieben war. Er hatte noch eine ältere Schwester, die von dem Arztehepaar adoptiert worden war. Beide Eltern gestorben. Ein furchtbarer Autounfall, der von einem auffahrenden LKW verursacht worden war. Der Fahrer war, wie es häufiger vorkam, mit seinem Handy beschäftigt und hatte das Stauende viel zu spät gesehen. Er hatte den PKW vor ihm völlig zerstört. Hannas Eltern, die von der Arbeit zurückkamen, hatten keine Überlebenschance. Sie kam mit sechs Jahren zu den Ullmens und hatte sich mittlerweile zu einer respektablen und in Trier sehr bekannten Frauenärztin entwickelt. Sie trat damit in die Fußstapfen ihres Ziehvaters, der die Praxis jahrelang aufgebaut hatte. Sebastian wollte das nie. Er hatte ganz andere Pläne. Er wollte die Menschen durchschauen. Wollte nicht nur verstehen, was sie zu den Dingen trieb, die sie taten, sondern auch ihr Verhalten vorhersehen. Er wollte nie wieder in eine Situation geraten, die er nicht kontrollieren konnte. So wie damals, in seinem chaotischen und katastrophalen Elternhaus, das ihn so viele Jahre tyrannisierte und verängstigte. Das sein Leben, seine Schulzeit und seine Beziehung zu anderen Menschen so negativ beeinflusst hatte. Er wollte nie wieder Opfer sein. Also begann er das Studium der Psychologie, die Lehre von der menschlichen Seele.

Er sah sich im Raum um. Seine Kommilitonen waren ebenfalls in ihre Bücher vertieft. Ein Großteil waren frühe Semester, die zum ersten Mal diese Luft schnupperten. Ein Gemisch aus Körpergerüchen, Papierseiten, Leinenbuchdeckeln und Teppichboden. Dazu kam etwas Undefinierbares, wenn einige Studenten unter dem Tisch heimlich die Schuhe auszogen. Musste man mögen. Sebastian Ullmen war das egal. Er war in seiner eigenen Welt der Geisteswissenschaft und beschäftigte sich mit der Prüfung, die er bald ablegen sollte. Dann würde er diesen Raum für immer verlassen. Er wollte an der Universität aber weiter als Dozent tätig sein. Promovieren und danach auch eine Professur anstreben. Das dürfte alles unproblematisch sein. Er hatte sehr gute Noten in seinen Kursen und würde die Abschlussprüfung sicher sehr gut absolvieren.

Er war gerne hier. Inmitten dieser Stätte des Wissens. Der vielschichtigen Menschen. Männer und Frauen, die danach trachteten, das Stadium der Weisheit zu erreichen. Über sich hinaus zu wachsen. Anderen Menschen überlegen zu sein. Vollkommen.

Er hörte in den Raum hinein. Stille. Bis auf ein gelegentliches Räuspern, ein leises Husten oder das Rascheln beim Umblättern von Seiten. Manchmal auch ein Tippen auf den Tasten eines Notebooks oder ein leises Flüstern. So viele junge Menschen, in sich und in die Materie vertieft, mit der sie sich gerade beschäftigten. Rücken, Köpfe und Gesichter, die sich über das beugten, was andere zu Papier gebracht hatten. Die meisten hatte er im Zuge seines Studiums schon kennen gelernt. Er kannte fast alle Gesichter, aber nicht unbedingt alle Namen. Von den Mädchen schon. Die waren ihm immer schon lieber gewesen als die Jungen. Er mochte ihre Ausstrahlung, die Augen, Haare, Figuren, ihre Anatomie und die Art, sich zu bewegen. Er hatte sie alle in den vergangenen Jahren studiert und auch angefangen, sie zu kategorisieren. Die coolen, die lebhaften, die schüchternen, die redseligen, die offenen, die verschlossenen, aber auch die ganz besonderen, die natürlichen Exemplare. Unverfälscht, echt, ehrlich. Die waren sehr selten, aber wenn er eine solche junge Frau kennenlernte, war das immer ein ganz erhebender Moment für ihn. Diese Reinheit, diese Unschuld und auch diese Unbekümmertheit ließen ihn auf einer Woge des Glücks reiten. Er brauchte dieses Gefühl. Es lenkte ihn von seiner Kindheit ab. Zeigte ihm, das es auch gute und eher liebevolle Elternhäuser gab, die diesen Einfluss an ihre Kinder weiter gaben. Klar, gab es auch in solchen Familien Auseinandersetzungen, aber die führten nicht zum totalen Psychoterror der schwächsten Mitglieder. Die kamen und gingen, wurden geklärt und eskalierten nicht. Die Harmonie wurde nicht vollends zerstört, sondern blieb erhalten. Eine große Kunst, die nur von Menschen beherrscht wurde, die so aufgewachsen und erzogen wurden. Die es so erlernt hatten und dass Erlernte an die nächste Generation weitergaben. So war es seit unseren Vorfahren, den Primaten schon gewesen, und so ging es in der Menschheitsentwicklung immer weiter. Wir imitieren das vorgelebte Verhalten unserer stärksten Vorbilder, unserer Eltern. Dann das weiterer Menschen, die in unser Leben treten. Aber auch wenn unsere Kindheit schon Jahre zurückliegt, verfallen wir doch wieder in die Muster, die uns ab den frühen Jahren vorgegeben wurden. Es ist auf alle Zeiten in unserem

Unterbewusstsein abgespeichert. Es kann nie mehr gelöscht und nie vergessen werden. Es ist Teil unseres Lebens geworden.

Eine Studentin in der zweiten Reihe vor ihm drehte sich um, lächelte ihm zu. „Hallo", hauchte er ihr lautlos zu. Sie lächelte noch einmal und widmete sich dann wieder ihrer Lektüre. 'Dumme Gans', dachte er sich. 'Denkst, du kriegst deine Paranoia mit diesem Studium in den Griff? Weil du dich mit der Thematik beschäftigst, vergisst du, dass Daddy dich damals angefasst hat? Eine Art Selbsttherapie? Träum weiter.' Als hätte sie seine Gedanken gehört, drehte sie sich noch mal um, lächelte wieder. Sebastian zwinkerte ihr zu. Sie wurde rot und drehte sich um. 'Stehst auf ältere Semester? Kein Wunder nach der Prägung durch deinen alten Herrn.' Sie hatte ihm alles nach ein paar Tagen, in denen sie sich kennengelernt hatten, erzählt. Passierte ihm oft. Die Frauen, die er ansprach, mochten ihn sofort. Seine ruhige überlegene Art, die er ausstrahlte, sein Talent, zuzuhören und seine Höflichkeit spielten dabei eine große Rolle. Genau wie sein Aussehen: 1,80 Meter groß, schlank, sportlich und immer gut gekleidet. Er kam nie im Schlabberlook in die Uni. Lässig aber schick war seine Devise. Niemals overdressed. Einziges Manko: Erblich bedingter Haarausfall. Anfangs wenig, dann in den ersten zwei Jahren an der Uni immer mehr. Mittlerweile hatte er eine Glatze, die er jeden Morgen akribisch pflegte. Aber die Frauen mochten ihn trotzdem. War wohl der Bruce-Willis-Effekt. Die Glatze passte zu ihm als Typ und das war entscheidend.

Einen Tisch weiter saß eine Kommilitonin im zweiten Semester. Hübsch, aber sehr affektiert. Sah bei jeder sich bietenden Gelegenheit in den Spiegel. Achtete immens auf ihr Äußeres, postete jeden Mist auf Facebook. Gespräche mit ihr dauerten nicht lange. Irgendwann gingen ihm die Komplimente aus. Dann gab es kein Thema mehr. Ein völlig gestörtes Selbstwertgefühl und dazu ein ausgeprägter Narzissmus. Auch Missbrauch, dachte er sich gleich. Nicht unbedingt sexueller, aber eher psychischer Art. Wohl in der früheren Kindheit. Musste Rollen übernehmen, die den Erwachsenen gehörten. Pass auf deine Geschwister auf, kümmer dich um das Essen, mach sauber. Und nie konnte sie es recht machen. Nie gab es Anerkennung oder Liebesbeweise. Nie konnte sie wirklich mal unbeschwert Kind sein. Klassischer Fall. Gab es oft.

So konnte er fast jeder der Anwesenden ihren Typus zusagen, hatte er analysiert und kategorisiert, Vorlieben und Abneigungen registriert und sich ab und zu auch einmal auf ein Abenteuer sexueller Art mit ihnen eingelassen. Aber nie mehr als ein oder vielleicht zwei Mal. Zum einen wurde es ihm dann langweilig und zum anderen war es ihm wichtig, dass der Abstand gewahrt wurde. Es sollte niemals der Eindruck bei den Frauen geweckt werden, dass er mehr im Sinn hatte. Eine dauerhafte Beziehung? Nein danke. Sebastian Ullmen brauchte seine Unabhängigkeit. Keine Bindungen. In einem solchen Fall wiegelte er schnell ab. Sprach von seinen Verlustängsten, die er durch den Tod seiner Eltern erlitten hatte. Auch wenn die noch lebten. Er kannte die Geschichte von Hanna und übernahm sie ganz einfach, schmückte sie je nach Person mit unterschiedlichen Details aus. Das wirkte immer. Die jungen Kommilitoninnen versuchten sich in die Lage zu versetzen und das Erzählte nachzuvollziehen. Voller Verständnis und erzwungenem Einfühlungsvermögen gaben sie ihm das Signal, er könne sich jederzeit an sie wenden. Sie seien immer für ihn da. Perfekt. Früher war es allerdings einfacher. Da führte er solche Gespräche gerne in Clubs oder Diskotheken. Oder auch auf den verschiedenen Uni-Festen. Der Alkohol und die Stimmung halfen. Aber heute, in diesen Corona-Zeiten, wurde es schwieriger. Die Abend-Gastronomie hatte geschlossen, größere Veranstaltungen waren abgesagt. Abstand und Isolation bestimmten den Alltag. Immerhin wurde der Lehrbetrieb wieder aufgenommen, wenn auch mit den entsprechenden Abstands- und Hygieneregeln. Und mit den Masken.

Das machte die Kontaktaufnahme schwieriger. Er konnte sehr gut in den Gesichtern der jungen Frauen Ausdruck und Stimmungen erkennen. Reduziert auf die Augen war das nicht mehr so einfach. Aber er lernte langsam, auch aus diesen Signalen schlau zu werden. Wie heißt es so schön? 'Die Augen sind der Spiegel der Seele.' Sie waren der Gradmesser für die Ehrlichkeit der Worte, für die Wahrhaftigkeit des Menschen und auch für die gesamte innere Einstellung. Richtig erkannt und ausgewertet waren sie eklatant wichtig für die richtige Einschätzung des jeweiligen Gegenübers. Dies hatte sein Studium der verschiedenen Frauentypen ganz klar ergeben. Sebastian Ullmen wusste mittlerweile, was hinter den Worten steckte, die er hörte. Was wirklich war und nicht, was er glauben sollte. Er hatte die meisten schon durchschaut. Das machte den Kontakt nicht mehr ganz so aufregend. Spannender war der Typus Frau, der sich ihm nicht gleich erschloss. Der sagte, was er meinte und ihn damit herausforderte. Seine Analyse. Nach den Lügen, den Schwachstellen, aber auch den Ängsten und Nöten.

Er blickte ein letztes Mal durch den Raum voller Bücherregale und Tische. Rücken und Gesichter. Vertieft in ihre Lektüre, interessiert, gelangweilt oder einfach müde. Manche arbeiteten die Nächte in verschiedenen Aushilfsjobs. Einige Lokale hatten nach dem totalen Lockdown am Anfang der Infektionswelle jetzt wieder für wenige Gäste geöffnet. Also nahmen auch die Studenten ihre Chance auf einen 450-Euro-Job wieder auf. Und das ging teilweise eben bis zwei oder drei Uhr morgens. Um acht Uhr wieder an der Uni aufzuschlagen, war da fast unmöglich. Viele kamen erst mittags. Schwierig, das erforderliche Lernpensum so zu schaffen. Deshalb brauchten einige auch länger als die Regelstudienzeit. Wenn sie es überhaupt schafften. Er würde es schaffen. Das notwendige Studiengeld kam von zu Hause. Man war im Hause Ullmen sehr froh über die Fortschritte, die der Sohn im Studium schaffte und honorierte es.

Gerade wollte sich Sebastian wieder mit seinem Lehrbuch zur klinischen Psychiatrie, das er in seinem Klinikjahr brauchen würde, beschäftigen, als eine junge Frau in den Lesesaal kam, die er hier noch nie gesehen hatte. Blonde, mittellange Haare, blaue Augen, circa 1,70 Meter groß, schlank, sportlich. Ein schlichtes T-Shirt und Jeans, Jogging-Schuhe, nichts besonderes. Sie blieb stehen, suchte nach einem freien Tisch. Für Sebastian war es so, als ob die Sonne im Raum aufging. Von diesem Mädchen ging ein Strahlen aus, dass er lange nicht mehr gesehen hatte. Er war wie geblendet. Es war ihre ganz persönliche Ausstrahlung, ihr Wesen, ihre Reinheit, die sie gerade im Raum verteilte. Sie sah in seine Reihe. Er nahm blitzschnell den Arm hoch und gab ihr ein Zeichen. 'Der Tisch neben mir ist frei,' gab er ihr lautlos zu verstehen und war ganz aufgeregt ob ihrer Reaktion. Und tatsächlich. Sie nickte und ging mit einem Lächeln durch die Tischreihen auf ihn zu, setzte sich an den Tisch neben ihm.

„Danke für den Tipp." flüsterte sie durch die Gesichtsmaske und nahm sie ab. Es war eine unaufgesetzte, unverfälschte Schönheit, die Sebastian Ullmen anlächelte. Er war nahezu verzaubert. Brachte für Sekunden kein Wort heraus. Dann fasste er sich ein Herz und antwortete kurz: „Gern geschehen." Er sammelte sich langsam und sah zu, wie sie ihre Bücher, Blöcke und Stifte sortierte. Dann schlug sie ein Buch auf. Klare Sache. Studienanfängerin. Ein Lehrbuch für die Einführung in das Studium. Komisch. Ein Studienbeginn im Sommer? Sehr ungewöhnlich. Aber das passte zu diesem Typ Frau, der ihn vom Fleck weg faszinierte. Er wollte die Initiative ergreifen und begann mit der Konversation. „Hallo. Ich bin Sebastian. Habe dich hier noch nie gesehen. Wie heißt Du?" Sie sah zu ihm hinüber. „Oh, hallo, ich bin Nora. Nora Pfeffer."

Kapitel 5

Die Beamten Braun und Thiel standen vor der Eingangstür in Gusterath, einem Dorf, nur ein paar Kilometer außerhalb von Trier, und klingelten.

'Graf' stand auf einem selbst gemachten Tonschild neben der Klingel. Links und rechts neben der gläsernen Eingangstür Pflanzkübel auf Waschbetonplatten. Kleine Figuren aus Ton dazwischen. Ein typisches, fröhliches Familienheim. Und nun kamen sie.

Ein Schatten erschien hinter dem Glas und öffnete die Tür. Es war die Mutter von Maja, Hiltrud Graf. Eine mittelgroße, schlanke Frau in den Fünfzigern mit einem scharf geschnittenen Gesicht, kurzen Haaren und einer randlosen Brille. Sie hatte eine Kochschürze um die Hüften gebunden und erschrak beim Anblick der Polizisten.

„Guten Tag, Frau Graf. Ich bin Kriminalhauptkommissar Christian Braun und das ist mein Kollege Thiel. Wir sind von der Kriminalpolizei Trier." Er zeigte seine Marke. „Dürfen wir hereinkommen?"

Hiltrud Graf zeigte keine Reaktion. Stand da wie versteinert. Sie war gerade dabei, einen Kuchen für sich und die Nachbarinnen zu backen. Die wollten nachmittags zum Kaffee kommen. Eine willkommene Abwechslung in der täglich gleichen Routine. Frühstück, Abwaschen, Putzen, Wäsche, Einkaufen, Mittagessen, bei schönem Wetter im Garten arbeiten, sonst ein paar Handarbeiten, Abendessen, Fernsehen. Alles ohne Mann und Kind. Seit so vielen Jahren, die sie gar nicht mehr zählte. Sie hatte damit aufgehört, als ihr Mann gestorben war. Jeder Tag war wie der andere. Für sie ging es nur noch um das Überleben, das Weiterleben. Tag für Tag. Die Hoffnung, dass ihre Tochter noch leben würde, hatte sie mit dem

Tod ihres Mannes aufgegeben. Er war der letzte, der immer noch geglaubt hatte, sie würde eines Tages zurückkommen. Er hatte sogar jeden Abend eine Kerze aufgestellt und in ihrem Zimmer, das bis heute noch genauso eingerichtet war, wie Maja es verlassen hatte, für sie gebetet. Hiltrud Graf überkam das Gefühl, dass jetzt der Moment war, den sie so lange gefürchtet und gleichzeitig auch herbei gesehnt hatte. Es war die Gewissheit über das Schicksal ihrer Tochter, wie grausam und schmerzhaft es auch sein mochte. Es war soweit. Ihr Herz schlug bis zum Hals. Ihre Hände begannen zu zittern. Sie sah die Beamten an.

„Jahrelang habe ich das meiste zum Verbleib meiner Tochter aus der Presse erfahren. Von Ihnen habe ich nichts gehört. Immer wieder habe ich mich bei Ihnen gemeldet und nachgefragt. Keine Antworten. Und jetzt stehen sie vor meiner Tür? Mutig."

„Frau Graf," setzte Braun an. „Ich weiß, dass meine Kollegen in der Vergangenheit nicht alles richtig gemacht haben, aber..."

„Nicht alles richtig gemacht? Schlampige Ermittlungen? Fehlende Mitteilungen an die besorgten Angehörigen? Sie haben mein Kind in seiner Not total allein gelassen."

Thiel schob sich nach vorne. „Hören Sie, Frau Graf. Sind Sie sicher, dass wir das hier vor der Tür besprechen sollten? Wollen Sie uns nicht doch hineinbitten?"

Hiltrud Graf sah Thiel an. Ein entschlossenes, aber freundliches Gesicht. Fast wie ihr verstorbener Mann. Könnte er doch heute bei ihr sein. „Na gut. Kommen Sie rein."

Sie ging voran in Richtung Küche. Es roch nach Zitronenkuchen. Der Ofen wärmte den Raum zusätzlich. Schüsseln und ein Mixer standen auf der Arbeitsplatte.

Mehl und eine Schachtel Eier daneben. Sie setzten sich an den kleinen Küchentisch.

„So, was wollen Sie mir denn so Wichtiges mitteilen, dass Sie persönlich hier bei mir vorbeikommen? Wissen Sie, das hätte ich mir schon vor Jahren gewünscht."

„Frau Graf," begann Braun, „wir haben vor einigen Tagen die sterblichen Überreste eines Mädchens gefunden. Die Gerichtsmedizin hat jetzt festgestellt, dass es sich bei dieser jungen Frau um ihre Tochter Maja handelt. Es tut mir sehr leid."

Hiltrud Grafs Gesichtszüge froren sein. Es war doch ein Unterschied, ob man eine Nachricht unbedingt hören wollte, um nach vielen Jahren endlich Gewissheit über einen unerträglichen schwebenden Zustand zu haben und dann doch mit dieser Form der Endgültigkeit die letzten Hoffnungsschimmer auf das bessere Ende zu verlieren. Sie fühlte sich hin und her gerissen, aber sie hatte es auch irgendwie schon geahnt. Mütterliche Intuition wahrscheinlich. Die ersten Tränen rollten über die Wangen. Sie nahm ein Stück Küchenpapier von der Rolle und drückte es vor die Augen. Minuten vergingen, bis sie wieder den Kopf hob und die Beamten ansah.

„Und Sie sind ganz sicher, dass es sich um Maja handelt? Entschuldigen Sie, aber bis heute bin ich von Ihrer polizeilichen Arbeit nicht so überzeugt." Sie schneuzte kurz in das Küchentuch.

„Das ist auch absolut verständlich, Frau Graf. Aber ich darf Ihnen versichern, dass es keinerlei Zweifel gibt. Die Untersuchungen haben eindeutige Übereinstimmungen ergeben. Außerdem haben wir einige persönliche Dinge gefunden, die Ihrer Tochter laut der Vermisstenanzeige gehört haben. Nach den erkennungsdienstlichen Arbeiten können wir sie Ihnen geben." Christian Braun sah ihr voller Mitgefühl in die Augen.

„Es sind die Sachen, die sie am Tage ihres Todes bei sich hatte," bemerkte Thiel dazu. „Sehen aber nicht mehr allzu gut aus. Na, ja, haben ja auch lange da rumgelegen."

Er erntete einen bitterbösen Blick von seinem Kollegen, der ihm klar machte, jetzt keine weiteren Äußerungen dieser Art mehr zu tätigen.

„Was der Kollege meint, ist, dass die Habseligkeiten Ihrer Tochter an der Fundstelle Wind und Wetter ausgesetzt waren und deswegen ziemlich gelitten haben."

„So wie ich," ergänzte Hiltrud Graf. „All die Jahre ohne ein Lebenszeichen meiner Tochter oder Informationen zu ihrem Verbleib. Wo wurde sie denn gefunden?"

„In Pallien, an der roten Wand. Unterhalb des Weges an der Felskante. Sie ist wohl von da oben in den kleinen Wald gestürzt, der neben den Wohngebäuden liegt."

„Das ist doch der Weg, der von der Fachhochschule in die Stadt führt. Ich dachte, dass Gelände sei von Ihnen abgesucht worden? Schließlich hatte doch ein Zeuge damals ausgesagt, dass er nachts Hilferufe von dieser Stelle gehört hätte. Warum haben Sie sie dann nicht gefunden? Sie waren doch mit so vielen Beamten dort. Haben doch das Gelände um die Fachhochschule tagelang abgesucht. Wissen Sie eigentlich, dass ich mit meinem Mann, Gott habe ihn selig, oft auf der anderen Moselseite spazieren war? Da waren wir ja nur ein paar Meter von unserer Tochter entfernt, ohne es zu wissen."

„Frau Graf, Ihre Tochter lag in einem völlig unzugänglichen Gelände. Es war steil, es war zugewachsen und die Wärmebildkameras unseres Hubschraubers haben keine Wärmesignale angezeigt. Glauben Sie mir, meine Kollegen haben alles Mögliche versucht, um Ihre Tochter zu finden. Wir haben den ganzen Stadtteil durchsucht, in jedes Haus und auf jedes Grundstück geguckt, das in Frage kam. Es wurden alle

Menschen befragt, die mit Ihrer Tochter an diesem Abend Kontakt hatten, Telefondaten ausgewertet und schließlich sogar noch Spürhunde eingesetzt."

„Aber erst, als die Ausstrahlung des Falles im Fernsehen geplant war. Welche Spuren sollten die Hunde denn nach mehreren Jahren noch erschnüffeln? Außerdem haben Ihre Kollegen die Hunde an den Sachen meiner Tochter Witterung nehmen lassen, die in der Zwischenzeit von mir angefasst und gewaschen wurden."

„Sie haben die Sachen Ihrer vermissten Tochter gewaschen?" entfuhr es Thiel.

„Ihr ganzes Zimmer ist noch so, wie sie es am Tag ihres Verschwindens verlassen hat, Herr Thiel. Haben Sie daran etwas auszusetzen oder ist das für Sie etwa komisch?"

„Nein, nein," räusperte sich Thiel, der, scharf fixiert von Braun, nun zu Boden blickte.

„Sorry, Frau Graf, war nicht so gemeint." Braun sah sich in der Küche um.

„War das Ihre Tochter?" Braun zeigte auf ein Foto, das hinter Hiltrud Graf hing. Sie sah sich kurz um, wusste aber ganz genau, welches Bild der Beamte meinte. Es war ein paar Tage vor ihrem Verschwinden aufgenommen. Lange, glatte, rote Haare und ein süßes Mädchenlächeln. Aufgeweckt und glücklich sah sie aus. Damals. Maja war eine sehr gute Schülerin. Arbeitete im örtlichen Jugendclub. Wollte Lehrerin werden. Daneben war sie eine begeisterte Bogenschützin. Kurz vor ihrem Verschwinden war sie noch zu einem Turnier angetreten. Hätte fast gewonnen. Zierlich, aber kraftvoll.

„Sie war ein hübsches, starkes Mädchen." konstatierte Braun.

„Ja, das war sie," schluchzte Hiltrud Graf. „Genau so sah sie aus, als ich sie an dem betreffenden Tag vor zehn Jahren zur Fachhochschule gefahren habe. Sie stieg aus und winkte mir noch mal zu. Ein letztes Mal..." Sie prustete in das Küchentuch.

„Sie trifft keine Schuld, Frau Graf. Niemand hätte den Tod Ihrer Tochter vorhersehen können. Es war Schicksal oder auch göttliche Fügung, wie Sie wollen." Braun hatte das kleine Holzkreuz über der Tür gesehen. „Machen Sie sich keine Vorwürfe. In dem Alter will doch keiner mehr seine Eltern dabei haben. Das ist ganz normal."

„Hätte ich auch nicht gewollt." murmelte Thiel. Brauns Augenbraue zuckte.

„Wissen Sie denn schon was über die Todesursache?" schniefte Hiltrud Graf.

„Nach den ersten Erkenntnissen der Gerichtsmedizin war es der Sturz vom Felsen. Zu viele schwere Verletzungen am ganzen Körper."

„Hat sie danach noch gelebt?"

„Das können wir heute nicht mehr mit Bestimmtheit sagen. Wäre möglich..."

„Und wer hat das getan? Da muss sie doch einer runter gestoßen haben. Meine Maja wäre da niemals aus Versehen runter gefallen. Niemals."

„Wir gehen momentan von einem Unglücksfall aus. Die Ermittlungen laufen."

„Schon wieder? Das hat doch vor Jahren auch nichts gebracht. Was wollen Sie denn anders machen? Gar nichts. Sie sind für mich der unfähigste Haufen Menschen, den ich jemals kennengelernt habe. Sie haben meine Tochter im Stich gelassen. Und jetzt gehen Sie bitte. Verlassen Sie mein Haus!"

„So können Sie mit uns nicht reden, Frau Graf," entfuhr es Thiel. „Zum einen waren wir damals mit den Ermittlungen nicht betraut und zum andern sind unsere Kollegen alles andere als untätig gewesen..." Christian Braun packte seinen Kollegen an der Schulter und zog ihn in Richtung Tür. Dann drehte er sich noch einmal kurz um.

„Wir melden uns bei Ihnen, so bald wir neue Informationen haben."

Hiltrud Graf blieb mit hängendem Kopf sitzen, ohne aufzusehen, und weinte still.

Kapitel 6

Der große Konferenzraum im Erdgeschoss des Polizeipräsidiums war gut gefüllt. Alle zwei Meter saß ein Vertreter der verschiedenen Presseorgane des Landes Rheinland-Pfalz und der Stadt Trier auf einem Konferenzstuhl. Vor sich hielten sie entweder ein Notebook oder einen Notizblock und warteten auf die Vertreter der für diesen Fall zuständigen Sonderkommission. Vorne saßen die Damen und Herren der öffentlichrechtlichen Sendeanstalten, also vom SWR und vom ZDF, sowie die Journalisten von RTL und SAT 1. Sie hatten links und rechts vor dem Behördenpult ihre Kameras für die Fernsehberichte aufgebaut. Der Fall Graf hatte damals so hohe Wellen geschlagen, dass die Meldung vom Fund der Leiche bundesweites Interesse gefunden hatte. Dann kamen deren Kollegen vom Hörfunk mit ihren Mikrofonen, die auf dem Pult befestigt waren sowie die Journalisten vom landesweiten privaten Radiosender RPR 1 und dem Regionalsender Cityradio. Dahinter die Vertreter der verschiedenen Printmedien, die auch aus ganz Deutschland angereist waren, um hier und heute dabei zu sein.

Peter Pfeffer saß in der Mitte neben einem Kollegen von RPR 1. Er war für seinen Sender RTL Radio hier, der in Luxemburg seinen Sitz hatte, aber über Antenne die ganze Großregion und über Kabel und Satellit auch ganz Deutschland mit Musik und Informationen versorgte. Der Fall Graf war so interessant, dass sich die Sendeleitung nicht nur auf Informationen aus zweiter Hand, also von bundesweiten Lieferanten wie zum Beispiel den Radionews, verlassen wollte, sondern einen eigenen Reporter zur Pressekonferenz schicken wollte. Peter Pfeffer hatte sich freiwillig gemeldet. Da die Konferenz für den Nachmittag angesetzt war, wollte er danach gleich nach Hause fahren, den Beitrag am PC schneiden und an die Kollegen in Luxemburg schicken. Diese konnten die verschiedenen Sprachbausteine, auch O-Töne genannt, dann nach Belieben ins Programm einbauen, also für Nachrichten oder laufende Sendungen. Er schrieb ihnen dazu die entsprechenden Fragen oder Anmoderationen der O-Töne und die Speicherkennung der MP3-Datei, so dass eine genaue Zuordnung möglich war.

„Einer von Euch aus Luxemburg hier in der Provinz?" sagte sein Sitznachbar. „Das ist aber sehr ungewöhnlich. Ihr seid doch normalerweise nie am Start, wenn bei uns hier in Trier was passiert. Doch noch das Interesse am Kommunalgeschehen entdeckt?"

„Nein, nicht wirklich. Dafür haben wir weder das Geld noch das Personal, so wie Ihr von den landesweiten Anstalten, die ja immer ein dickes Stück vom Werbekuchen oder, wie die Herrschaften vor uns, von den Rundfunkbeiträgen bekommen. Da ich aber in Trier wohne und der Fall größere Bekanntheit erlangt hat, kam mein Chef auf den Gedanken, dass ich nach meiner Sendung noch ein paar Überstunden machen könnte, unbezahlt natürlich. Alles für die gute Sache, den Sender zu unterstützen."

„Ja, so sind Sie die Chefs. Kenn ich auch aus meinem Laden. Mach Dir keinen Kopf. Ich bin übrigens Silvio Falsetti, Moderator und Reporter für RPR 1. Habe auch den Spruch zu hören bekommen. Und wenn man seinen Job behalten will, dann sagt man lieber nicht nein. Also, da sitze ich und bin ganz gespannt, was uns die Cops, äh sorry, ich meine die Polizei, zu der Geschichte erzählen wird. In der Pressemitteilung stand ja nur was von einem Leichenfund, aber noch nicht, wer es ist. Na, mal sehen."

„Peter, Peter Pfeffer. Nett, Dich kennenzulernen. Wir treffen auf dem Elfenbeinturm am Kirchberg selten Kollegen von anderen deutschen Sendern. Oder besser gar nicht. Ist also wirklich schön, bei einem solchen Geschehen mal mit am Start zu sein."

In diesem Augenblick liefen die Kameras an, Blitze zuckten und Apparate klickten. Alle Köpfe drehten sich zur Seite, als die SoKo den Raum betrat. Vorne ging Klopf, dahinter Braun und Thiel und noch zwei weitere Herren. Sie nahmen die Plätze am Pult hinter den Mikrofonen ein und hielten den vorgeschriebenen Abstand ein. Vor jedem Platz stand ein Namensschild und eine Wasserflasche mit einem Glas.

„Guten Tag, meine Damen und Herren," begann Klopf, „herzlich willkommen zur heutigen Pressekonferenz der Kripo Trier. Bisher haben Sie ja nur die Mitteilung erhalten, dass von einem Mitarbeiter der StadtGrün in Pallien eine Leiche gefunden wurde. Nun, nach drei Wochen und ersten Ermittlungen haben wir die Ergebnisse für Sie in der Mappe, die auf Ihren Stühlen lag, zusammengefasst. Allerdings wollten wir Ihnen dazu noch einige Erläuterungen geben und natürlich Ihre Fragen beantworten."

Er sah in die Runde. Die Kameras waren auf ihn gerichtet, rote Lichter leuchteten an den Objektiven und an den Aufnahmegeräten, die vor ihm standen. Die Reporter der einzelnen Sender starrten ihn gebannt an und warteten auf die Enthüllungen, die man ihnen präsentieren würde. Schließlich war dieser Leichenfund in Trier wirklich etwas Besonderes. Sonst ging es eher um kleinere Delikte, aber nie um Kapitalverbrechen. Einige witterten schon die Sensation, die hier auf sie zu warten schien. Hoffentlich gingen sie mit ihren Fragen nicht in den sensiblen Bereich der ungeklärten Umstände des Falles, die auch jetzt noch nicht geklärt werden konnten. Sonst würden sie schnell die Parallele zu den damaligen Ermittlungen der alten SoKo herstellen und merken, dass seine Mannschaft wirklich keine großen Neuigkeiten zu verkünden hatte. Heute mussten ein bisschen Schaum geschlagen und auch ein bisschen abgelenkt werden. Er wollte das Bild der Trierer Polizei in dieser Ermittlungssache ein wenig aufpolieren.

„Ich darf Ihnen kurz die Beteiligten vorstellen: Neben mir sitzt Staatsanwalt Johannes Hofer und daneben Dr. Helmut Beck, der Leiter der Gerichtsmedizin der Uni Mainz. Er wird die uns mittlerweile vorliegenden Ergebnisse wissenschaftlich bewerten. Zu meiner Rechten sitzen die Kollegen Braun und Thiel, die alle bisherigen Ermittlungen in dieser Sache zusammengefasst haben, die auch Grundlage des Ihnen vorliegenden Berichts sind." Die angesprochenen Herren nickten den Reportern zu. Hofer war ein sportlicher Mittvierziger mit dunklen Haaren und Brille, Sakko und offenem Hemd. Beck dagegen weit über die fünfzig, untersetzt, ergraut und sehr schick gekleidet. Ein grauer Zweireiher, dunkle Krawatte, Einstecktuch. Da gaben sich Klopf und er nicht viel, während Braun und Thiel ihre Standardkleidung, Jacke, Shirt und Jeans, trugen.

„Zunächst haben wir Ihnen mitzuteilen, dass es sich bei den sterblichen Überresten, die vor drei Wochen in Pallien gefunden wurden, um die seit zehn Jahren vermisste Maja Graf handelt. Unser Pathologe konnte dieses Ergebnis aufgrund der Analyse von Knochen, Zähnen und Gewebresten eindeutig bestätigen. Hinzu kommen die bei der Leiche gefundenen Gegenstände und Kleidungsstücke, die wir ebenfalls Maja Graf zuordnen konnten. Sie wurde wenige Meter von dem Appartementhaus an der Mosel entfernt in dem angrenzenden Waldstück am Steilhang der roten Felsen gefunden."

„Ist das Gelände nicht nach dem Verschwinden von Maja Graf gründlich abgesucht worden?" erklang die Frage von Dominik Fries, dem Journalisten vom

Cityradio, in die Stille des Raumes. „Schließlich grenzt es doch direkt an den Bereich der FH an."

„Doch, ist es," erwiderte Klopf, „aber nur bis zu dem Bereich, der fast zwei Meter hoch mit Dornen und Büschen zwischen den Bäumen zugewachsen war. Das war wie eine Wildnis neben dem Gartengrundstück des Appartementhauses. Undurchdringlich. Keinerlei Durchkommen für die Beamten damals. Darum wurde dort nicht gesucht."

„Aber der Mitarbeiter von StadtGrün hat es doch geschafft. Hätte man die Behörde damals nicht schon dazu ziehen können, um den Bewuchs zu beseitigen? Dann wäre Maja Graf doch viel früher gefunden worden." Klaus Lange, der Chefredakteur des Trierischen Volksfreunds, sah Klopf mit zweifelndem Blick an. Gemurmel kam auf.

„Äh, meine Damen und Herren. Lassen Sie mich doch zunächst die Fakten darlegen, die uns mittlerweile bekannt sind und danach können Sie Ihre Fragen stellen, okay?" Er musterte die Mienen der anwesenden Journalisten, die sich wieder beruhigten, und fuhr fort. Er wusste natürlich, dass es damals einige Versäumnisse gegeben hatte.

„Wir haben rund um den Fundort fast den gesamten Hang abgetragen, Bäume gefällt und das gesamte Buschwerk herausgerissen, aber keine weiteren Spuren gefunden."

„Wie ist sie denn gestorben?" fragte Carina Kehrer, die TV-Journalistin des SWR in der ersten Reihe. Sie hatte nach dem Verschwinden von Maja Graf bereits einen ersten Bericht über die Ermittlungen der Polizei in diesem Fall gesendet. Damals war sie noch eine junge Volontärin, die einige Pannen und Ungereimtheiten entdeckt hatte.

„Sie starb an den Folgen des Sturzes." konstatierte Klopf. „Weitere Ausführungen zur Todesursache wird Ihnen gleich unser Gerichtsmediziner darlegen. Wir haben dazu auch eine Sturzanalyse angefertigt, die wir Ihnen später noch zeigen werden."

„Und was ist mit den Zeugen, die Maja Graf zuletzt auf dem Weg von der FH zum Bus gesehen haben wollen? Die Absturzstelle liegt in entgegengesetzter Richtung. Und dann gab es doch Zeugen, die morgens Hilferufe von dieser Stelle gehört haben wollen." Carina Kehrer ließ nicht locker. Wenn sich die dunkelblonde Germanistin an einem Thema erst mal festgebissen hatte, ließ sie nicht mehr los. Wie ein Terrier.

„Wir sind gerade dabei, die Ermittlungen und Ergebnisse der alten SoKo in dieser Hinsicht zu überprüfen. Geben Sie uns dahingehend noch etwas Zeit. Schließlich waren es über zweitausend Hinweise, die die Kollegen damals erhalten haben und die ausgewertet werden mussten. Hinsichtlich der Hilferufe, die angeblich von Zeugen gehört wurden, haben wir einen Schreitest an der betreffenden Stelle durchgeführt. Auch dazu später mehr. Die damalige Auswertung der Handy-Daten hat ergeben, dass Maja zuletzt gegen drei Uhr morgens vom Gelände der Fachhochschule aus mit ihrem damaligen Freund, Frank Brede, telefoniert hat, der sich mit Freunden bereits in der Stadt befand. Danach wurden keine weiteren Gespräche geführt. Auch die Ortung der letzten Signale bestätigt dies. Zeugen haben damals ausgesagt, sie sei auf dem Wege zum Shuttle-Bus gewesen, der die Besucher des Festes kostenlos in die Stadt gefahren hat, um sich noch mit ihm zu treffen. Die Absturzstelle liegt tatsächlich hundert Meter davon entfernt, so dass wir uns heute noch fragen, wieso sie dahin gegangen ist. Es ist ein Wanderweg, der in eine ganz andere Richtung führt, als zur Innenstadt hinunter."

„Gab es damals nicht Zeugenaussagen, die von einem rothaarigen Mädchen berichtet haben, das von einem unbekannte Mann in der Nähe der Stelle bedrängt wurde? Sie soll damals recht lautstark 'Lass mich' und 'Lass mich in Ruhe' gerufen haben? Sind Sie dieser Spur nachgegangen? Maja Graf hatte doch rote Haare. Wissen Sie nicht, wer der große Unbekannte gewesen ist?" Carina Kehrer hatte noch nicht losgelassen.

„Wie ich schon sagte, sind wir dabei, sämtliche Spuren erneut zu prüfen und ihnen nachzugehen. Sobald wir etwas neues herausfinden, werden wir Sie sofort darüber informieren. Was wir wissen, ist die Tatsache, dass Maja Graf **keinen** Selbstmord begangen hat. Weder gab es für einen Suizid dieses Mädchens irgendeinen plausiblen Grund noch gab es Hinweise darauf oder gar einen Abschiedsbrief. Momentan gehen wir von einem tragischen Unfall oder von einem möglichen Gewaltverbrechen aus."

Damit sah Jürgen Klopf zu Johannes Hofer hinüber. „Herr Staatsanwalt? Bitte."

„Ich kann meinem ermittelnden Beamten nur zustimmen. Das, was er Ihnen gerade beschrieben hat, ist der aktuelle Sachstand. Wir werden auf Basis der Ermittlungen meines und seines Vorgängers die Vorkommnisse der betreffenden Nacht an der FH noch einmal vollständig prüfen und allen alten und neuen Spuren nachgehen. Der Tod von Maja Graf lässt zunächst ein Unfallgeschehen offen. Der Zaun am Waldweg war nicht allzu hoch und konnte von ihr leicht überstiegen werden. Vielleicht war in der Nacht der Faktor Nervenkitzel gepaart mit Alkohol die Ursache für ihr Verhalten. Im Internet sieht man immer wieder Menschen, die sich an die gefährlichsten Orte auf Gebäuden, Brücken oder Berge begeben, um spektakuläre Selfies aufzunehmen oder einfach nur den Kick zu spüren. Leider gehen solche Unternehmungen auch schief. Eventuell ist Maja Graf in der Nacht allein oder in Begleitung an den Klippenrand gegangen, um auf die Stadt hinunter zu sehen und dann abgerutscht. Die Begleitung, die vielleicht dabei war, konnte nicht mehr helfen und hat aus Angst vor möglichen Repressalien geschwiegen. Aber natürlich können wir auch ein Gewaltverbrechen nicht ausschließen und werden auch in dieser Richtung weiter ermitteln. Leider sind aufgrund der langen Liegezeit der Leiche keine weiteren Spuren vorhanden, die uns hier weiterhelfen würden. Ich gebe dazu jetzt an Herrn Dr. Beck ab, der Ihnen weitere Informationen zum Zustand der Leiche und zur Fundstelle geben wird."

„Danke, Herr Hofer. Wie er schon sagte, ist es uns aufgrund der Liegedauer nicht mehr möglich gewesen, weitere Spuren am Leichnam von Frau Graf zu sichern. Die Witterungseinflüsse im Lauf der Jahre und ein möglicher Tierfraß haben jede fremde DNA und andere Rückstände beseitigt. Es lässt sich damit kein Kontakt zu anderen Personen vor ihrem Tod nachweisen, was eine mögliche Tätersuche erschwert."

„Hätte man sie früher gefunden, wäre das natürlich noch möglich gewesen," ließ sich Tilo Bröckner vom ZDF vernehmen. „Hubschrauber mit Wärmebildkameras hätten den Körper zwischen den Bäumen doch erkennen müssen. Haben sie aber nicht."

„Das ist richtig. Wir vermuten, dass der Körper eventuell in der Nacht abkühlte und im Kontrast zu den von der Sonne noch aufgeheizten Felsen nicht gut erkennbar war. Oder er wurde von dichtem Blattwerk so gut abgeschirmt, dass die Körperwärme für die Kameras nicht mehr hoch genug war. Entscheidend ist dafür, wo der Körper nach dem Sturz aufgekommen ist. Wie haben dafür mit Spezialisten vom LKA einen Test durchgeführt.

Sehen Sie sich dazu bitte unsere Aufnahmen vom Fundort an."

Thiel ging zum Lichtschalter, während Braun den Beamer einschaltete. Ein Logo des Herstellers erschien auf der Leinwand hinter den Beamten. Dann drückte Braun auf den Knopf des Laptops neben ihm und startete den Film. Der Waldweg war zu sehen. Beamte knieten am Zaun vor der Felskante und zogen den fleischfarbenen Dummies weiße Anzüge der Spurensicherung mit farbigen Linien an den Armen über. Jede der drei Puppen hatte eine unterschiedliche Farbe, damit sie später unterschieden werden konnten. Dann wurden sie über den Zaun an die Felskante getragen und angeschoben. Der Winkel änderte sich. Eine Kamera filmte vom gegenüberliegenden Moselufer die rote Felskante mit der darunter liegenden Steilwand. Der erste Dummy rutschte los. Erst langsam, dann wurde er immer schneller. Er hatte blaue Farbe an den Armen und blieb mit dem Kopf am ersten Vorsprung in der Wand hängen. Dadurch drehte er sich um die eigene Achse und fiel nun mit dem Kopf voraus in die Tiefe. Zwanzig Meter freier Fall. Dann ein harter Aufschlag neben der Rückseite des Mehrfamilienhauses. Leises Gemurmel der Reporter setzte ein. Sie stellten sich gerade vor, dass die Puppe Maja Graf wäre. Dann kam der zweite Dummy von einer anderen Stelle. Er blieb an verschiedenen Vorsprüngen der Felswand hängen, drehte sich mehrmals und schlug in einem der Bäume ein. Es wurde ruhig im Saal. Betroffenheit und Mitleid machten sich breit. Die Presse sah plötzlich keinen Testkörper, sondern die junge Frau, die in Todesangst die Wand hinunterstürzte und auf Felsen und Bäumen aufschlug, bis sie zum Liegen kam. Vielleicht nicht tot, sondern schwer verletzt, noch um Hilfe rufend?

„Sie sehen an diesen Aufnahmen," fuhr der Gerichtsmediziner fort, „dass es extrem schwierig ist, den Absturz zu rekonstruieren. Es kommt auf die genaue Position an der Felskante an. Welchen Weg der Körper an der Wand entlang nimmt und an welcher Stelle er letztlich zum Liegen kommt. Ich vertrete die Theorie, dass der Körper zuerst an einem der Bäume hängen geblieben ist und erst nach der Verwesung an die jetzige Fundstelle gefallen ist. Dies sehen Sie beim dritten Versuch." Er zeigte auf das Bild. Der Dummy mit den grünen Armen krachte in eine große Baumkrone und steckte in den Ästen fest. „Und ich möchte bei diesen Bildern noch betonen, dass die Beamten bei diesen Tests extrem vorsichtig waren, da an der Kante lockeres Geröll und Steine lagen. Ich kann mir daher keinen Täter vorstellen, der einen Körper an dieser Stelle hinunter geworfen hat. Die Gefahr, dabei selbst abzustürzen, wäre viel zu groß."

Es waren noch einzelne Bilder der verschiedenen Aufprallpunkte in den Bäumen mit roten Pfeilen zu sehen, die die Position der Puppen anzeigten. Dann wurde es wieder hell im Saal. Das Licht des Beamers erlosch. Es war so ruhig im Raum, dass man eine Stecknadel hätte fallen hören können. Die Beamten sahen auf die Reporter, die sich gegenseitig ansahen. Es steckte immer noch das Bild der stürzenden Maja Graf in den Köpfen. Ihre Kehlen waren wie zugeschnürt. Einige schluckten heftig.

Carina Kehrer durchbrach als erste das Schweigen. „Gab es nicht an den Tagen nach dem, äh, Unglück Zeugenaussagen der Bewohner des Mehrfamilienhauses, die aus dem Waldstück eine Art Wimmern oder leise Hilferufe gehört haben wollen? Sind Sie dem nachgegangen? Vielleicht hat sie noch Tage dort gelegen. Mit dem Bewusstsein, dass sie sterben muss, wenn ihr keiner hilft." Sie hatte eine dicke Träne im Auge.

„Die Kollegen konnten sich einen derartigen Verlauf wohl damals nicht vorstellen." Klopf merkte, dass die Sache in die falsche Richtung lief. Er wollte das unangenehme Terrain verlassen. „Außerdem war die Suche in der zwei Meter hoch gewachsenen Wildnis neben dem Garten für die Einsatzkräfte zum damaligen Zeitpunkt unmöglich. Sonst hätten sie das Gebiet sicherlich abgesucht. Aber kommen wir jetzt zu dem von uns durchgeführten Schreitest. Kolleginnen haben von der Unglücksseite aus Hilfe gerufen, während andere Kollegen auf der Innenstadtseite versuchten, diese Schreie wahrzunehmen. Trotz der frühen Stunde und weniger Störgeräusche im Verkehr war nichts zu hören. Auch der damalige Zeuge wurde in den Test einbezogen, hat aber keinen der Testschreie gehört. Es ist daher zu vermuten, dass Maja Graf aufgrund des Sturzes und der Folgen nicht mehr um Hilfe rufen konnte, da sie schon tot war."

„Ich habe mit dem Zeugen gesprochen," sagte Lange vom Volksfreund. „Der sagte zu mir, dass er die Schreie in der Unglücksnacht und auch die Testschreie vor kurzem sehr wohl gehört hat. Nur die Beamten hätten behauptet, dass nichts zu hören war. Wollen Sie hier etwaige Nachlässigkeiten in den Ermittlungen vertuschen? Und was ist mit dem Phantombild des sogenannten Spitzbarts? Was wurde damit gemacht?"

„Herr Lange, ich bitte Sie. Wir kennen uns jetzt schon aus einigen Terminen und Sie wissen, dass ich immer offen und ehrlich bin. Es ist richtig, dass unter dem Kollegen Schäfer einige Fragen offen geblieben sind. Aber ich und mein neues Team werden alles daran setzen, diesen Fragen nachzugehen und alle Widersprüche zu beseitigen. Natürlich kann ich keine Garantie dafür abgeben, dass wir den Fall vollständig lösen werden. Dafür fehlen uns die entscheidenden Hinweise von damals, die wir heute nicht mehr bekommen können.

Aber wir können zumindest modernere Methoden anwenden, die vielleicht den Kollegen damals noch nicht zur Verfügung standen. Es ist bis jetzt noch keine Person als Täter eines Tötungsdelikts im konkreten Verdacht. Der sogenannte Spitzbart, der damals sogar vernommen wurde, kannte Maja Graf nicht. Hatte sie noch nie vorher gesehen. Und weitere Verdächtige gibt es nicht. Also gehen wir weiterhin von einem nicht nachvollziehbaren Unfallgeschehen aus. Wir werden uns melden, so bald wir neue Erkenntnisse in diesem Fall haben. Danke."

„Und was ist mit den anderen Fällen?" Peter Pfeffers Frage ging fast im Schieben der Stühle unter. „Es gibt doch noch mehr vermisste Mädchen. Alles Unglücksfälle? Und wenn in Trier doch ein Serientäter sein Unwesen getrieben hat oder sogar noch treibt? Wann werden Sie Ihre Ermittlungen endlich in diese Richtung laufen lassen?"

„Ein Serientäter in Trier? Sehr unwahrscheinlich." bemerkte Klopf und ging hinaus.

Kapitel 7

Sigi Malessa überprüfte die Kontakte des Beamers im großen Hörsaal der Physiker. Sah okay aus. Der Stecker passte wie angegossen. Nichts wackelte. Nichts passierte. Die Leinwand an der rückwärtigen Wand blieb dunkel. 'Müssen ihn wahrscheinlich doch an den Hersteller schicken', dachte er. 'Keine Ahnung, wo das Problem liegt. Es ist alles nur noch winzig und geklebt und voller Mikrochips. Was soll man da denn noch reparieren können? Bestimmt schicken die uns ein neues Gerät. Ist ja auch viel einfacher und bringt viel mehr Geld ein. Es lebe unsere neue Wegwerfgesellschaft.'

Stefan Christmann steckte den Kopf durch die Tür des Dozentenzimmers.

„Ah, da bist du ja, Sigi. Hab dich schon in der ganzen Fakultät gesucht. Wir müssen noch rauf zum Dekan. Sein Fernseher funktioniert nicht und er will unbedingt noch die Nachrichten sehen. Präsidentschaftswahlen in Amerika, wird wohl spannender, als die meisten gedacht haben. Die Demokraten liegen in Umfragen vorne. Das wird dem Despoten mit dem Toupet nicht schmecken, dass er seinen Stuhl im weißen Haus doch noch räumen muss. Und dann haben wir noch die hintere Stuhlreihe im Hörsaal M 2 bei den Medizinern. Du weißt doch, die seit Wochen wackelt. Keine Ahnung, was die lieben Studenten während der Vorlesung alles treiben, aber es lockert die Schrauben."

„Alles klar," grummelte Malessa, „ich komme sofort. Nehme nur noch den Beamer mit. Den müssen wir einschicken. Nichts geht mehr. Chinesische Billigware halt."

„Hör auf zu meckern, Sigi, für das Geld gibt es nichts besseres. Und außerdem haben wir das nicht zu entscheiden. Wir haben nur das Zeug zu flicken, wenn es noch geht."

„Das ist doch die Misere. Es gibt ja kaum noch was zu flicken. Alles Einwegware. So vergänglich. Heute gekauft und nächsten Monat schon auf dem Müllschiff Richtung Afrika unterwegs. Vorher kam es aber auf dem Containerschiff aus China. Das Zeug kommt mehr rum in der Welt als ich. Keine Ahnung, wann ich das letzte Mal aus Trier rauskam. Ach ja, letztes Jahr mit den Kindern im Hunsrück. Wandern. Toll. Ich hätte Beamer oder Fernseher werden sollen. Dann wäre ich wahrscheinlich schon ein bis zweimal um die ganze Welt gefahren und nicht zweimal nach Mallorca."

„Und lägst jetzt auf einer Müllkippe in Sierra Leone, während Einheimische an dir rumschrauben, um wichtige Teile zu retten oder dir die Kabel abzuschneiden, weil sie das Metall verkaufen können. Komm, stell die alte Platte ab. Hab sie schon oft genug gehört. Die hat echt schon nen Sprung. Leg lieber mal ne schöne neue CD auf."

„Ja, ist ja schon gut." maulte Malessa noch einmal auf. „Aber, weißt du?" setzte er an.

„Früher war alles einfach besser", stimmte Christmann unisono mit ein. Beide sahen sich an und mussten lachen. Fast zwanzig Jahre lagen zwischen ihnen, doch sie waren oft einer Meinung. Christmann ging auf die vierzig zu, während sich Malessa schon den sechzigern näherte. Er war länger an der Uni als sein Kollege. Hatte früher die Abteilung für Reparaturen und Teilebeschaffung alleine geführt. Aber im Zuge der Erweiterung und Vergrößerung des Lerninstituts war der Job alleine einfach nicht mehr zu schaffen. Zu viele Wege, zu viele Räume, zu viele Ausfälle, zu viel zu tun. Dem gelernten Elektriker waren die Aufgaben einfach über den Kopf gewachsen. Er hatte dadurch vielleicht ein paar graue Haare mehr auf dem Kopf bekommen, aber er war nicht wirklich gealtert. Er hatte sich sein jungenhaftes Aussehen bewahrt und nur wenige Falten im Gesicht bekommen, die seine blaugrauen Augen umrahmten. Bei den Angestellten und den Studenten galt er immer schon als der gute und nette Geist der Universität, der immer ein offenes Ohr für Probleme der anderen hatte und die Rettung bei Ausfällen in der Ausstattung der teils komplexen Lehrtechnik war.

„Ich wickele noch die Kabel zusammen und verpacke den Kasten im Keller, damit wir ihn morgen an den Hersteller schicken können zwecks Reklamation. Geh schon mal ins Zimmer des Dekans. Ich komme gleich nach. Sag ihm, dass Joe Biden die Wahl gewinnt, egal wie knapp die Stimmverhältnisse noch sind. Die meisten Amerikaner haben die Nase voll von Trump und seiner Politik. Der wurde doch schon als Kind zum Verbrecher erzogen. Kontakte des Vaters mit der Mafia, Bauprojekte unter eher kriminellen Bedingungen abgewickelt, Geklüngel und Schulden ohne Ende. Und da ist der rein gewachsen. Der hat praktisch den Betrug von Anfang an gelernt. Und das hat sich in seinem eigenen Leben bis heute fortgesetzt. Der konnte doch gar nichts anderes machen, als die Leute zu belügen und sein eigenes Süppchen für sich und seine reichen Freunde zu kochen. Hat die Gerichte und das FBI beeinflusst und sich die Wahlen von Putin retten lassen. Amerika wieder groß machen? Ein Lacher! Das einzig 'Große' in Amerika ist sein Ego und das hat den Job als Präsident der USA unbedingt gebraucht. Anerkennung und Jubel, zumindest von denen im Land, die nicht geblickt haben, was er für einer ist. Aber jetzt ist Schluss mit der Showeinlage. Er kann ja wieder zum Fernsehen gehen, aber die Demokraten werden gewinnen."

„Ich fand Trump eigentlich gar nicht so schlecht. Hatte jedenfalls Eier in der Hose und gesagt, was er denkt. Aber da gehen unsere Meinungen wohl auseinander. Ich gehe dann mal rauf und warte auf dich. Mach nicht so lange mit dem Beamer rum. Ich kenn mich mit diesen Flachbildschirmen nicht so gut aus. Da musst du mir in jedem Fall helfen und du weißt, was für ein ungeduldiger Kerl unser Herr Dekan sein kann."

Christmann blinzelte dem Kollegen zu und verschwand in der Tür. Malessa steckte die Kabel in die Taschen seiner blauen Arbeitsjacke und nahm den Beamer unter den Arm. Er würde sich Zeit lassen. Ihm war der Dekan total egal. Er war im öffentlichen Dienst und praktisch unkündbar. Wenn er den Beamer in den Karton gepackt und für den Versand fertig gemacht hatte, würde er erst mal in Ruhe eine Zigarette auf dem Campusgelände rauchen. In der Nähe der Mensa. Da, wo sich im Sommer die meisten nach dem Essen versammeln, um zu rauchen oder auch, neuzeitlich, zu dampfen, was immer mehr in Mode kam. Jeder zweite hatte schon diesen klobigen Apparat in der Hand und verteilte süßliche Düfte über dem ganzen Campus. Die Mädchen hatte ihre Sommerkleidung an und zeigten viel braune Haut unter den T-Shirts und Hot-Pants.

Das hatte Sigi Malessa schon immer gefallen. Regte die männliche Phantasie an. Seit der Trennung von seiner Frau hatte es nie wieder eine richtige Beziehung in seinem Leben gegeben. Er war unsicher geworden und konnte dieses Gefühl bei Treffen mit Frauen in seinem Alter, die auch gescheiterte Beziehungen hinter sich hatten, nicht verbergen. Vielleicht war es die Angst, noch einmal zu scheitern, die ihn zurückhielt.

Seine beiden Kinder waren immer am Wochenende bei ihm, aber es war eben doch keine richtige Familie. Das Verhältnis zu seiner Ex-Frau war völlig kaputt. Sie hielt ihn für einen Verlierer, der nie richtig im Leben angekommen sei und immer noch die Einstellung eines

Jugendlichen haben würde. Vielleicht konnte er sich darum mit den jungen Studentinnen so gut und ungezwungen unterhalten, was er sehr genoss. Ja, er mochte sie wirklich gerne. Alles war so unkompliziert und sie akzeptierten ihn als älteren Mann mit dem Verständnis für die Gedanken und Probleme der Mädchen. Fast wie ein väterlicher Freund. Und teilweise auch mehr. Hier und da war schon mal ein ausgewachsener Vaterkomplex am Start, der zu einer Affäre hätte werden können.

Aber das wollte Malessa nicht. Zumindest nicht in der Öffentlichkeit und nicht unter den Augen der übrigen Studenten. Er wollte nicht, dass hinter dem Rücken über ihn geredet würde, schon gar nicht bis in den Kreis der übrigen Kollegen hinein. Was er mochte und was nicht, ging niemanden etwas an. Das war privat. Ganz und gar seine Sache. Sein Geheimnis. Schon seit der Kindheit als Einzelkind in einem schwierigen, teils gewaltsamen Elternhaus mit einer sehr dominanten Mutter, die irgendwann sogar den Mann aus dem Haus warf, war er gezwungen, sein eigenes abgeschottetes Leben zu führen. Er hatte nie viele Freunde und baute sich seine eigene kleine Welt um sich herum auf. Bis seine Mutter versuchte, den Einfluss auf ihn zu erhöhen. Ihn immer mehr für sich zu allein zu vereinnahmen und ihn zu beeinflussen. Da setzte er sich zur Wehr. Es kam zu teils sehr heftigen Auseinandersetzungen. Dann gab sie ihn zuerst zu Pflegeeltern und, als die mit ihm auch nicht klar kamen, schließlich in ein Heim für Schwererziehbare. Er biss sich durch, machte seinen Schulabschluss und die Lehre zum Elektriker. Danach hatte er in mehreren Betrieben in Rheinland-Pfalz gearbeitet und war schließlich an der Universität in Trier gelandet, wo er auch seine Ex-Frau kennengelernt hatte. Sie arbeitete damals an der Jura-Fakultät im Vorzimmer und war mittlerweile neu verheiratet. Er sah sie nicht mehr oft. Sie hatte ein Kind mit ihrem neuen Mann bekommen und ihn aus ihrem Leben weitestgehend ausgesperrt. Der letzte Kontakt waren die Kinder. Er kam mit der Situation zwar einigermaßen klar, aber in stillen Momenten verfluchte er die Uneinsichtigkeit und Sturheit seiner Ex, die nie verstanden hatte, wie er tickte.

Er sah auf die Uhr. Zeit, in den Keller zu gehen. Er drehte sich zur Tafel, an der ein Spruch aus der letzten Vorlesung stand, der nicht mehr weggewischt worden war:

„Jeder Körper behält seine Geschwindigkeit nach Betrag und Richtung so lange bei, wie er nicht durch äußere Kräfte gezwungen wird, seinen Bewegungszustand zu ändern."

Das war Physik? Klang eher nach einer Lebensweisheit. Ein Mensch geht solange den ihm vorbestimmten Weg, bis er durch unvorhersehbare Ereignisse gezwungen wird, seine Richtung im Leben zu verändern und neue Wege zu gehen. Hoffentlich waren es gute Wege. Wie leicht konnte man durch die falschen Einflüsse auf eine schiefe Bahn geraten. Und wenn sich die Beschleunigung steigerte und die Geschwindigkeit weiter zunehmen würde, konnte man auch den Halt verlieren und in einen tiefen Abgrund fallen, aus dem man vielleicht nie wieder herauskommen würde. Hatte es alles schon gegeben. Man musste nur redlich und strebsam sein. Hatte seine Mutter immer gesagt. Dann würde man auch ein glückliches und zufriedenes Leben führen. Na, vielen Dank dafür, Mutter! Sigi Malessa huschte ein hämisches Grinsen übers Gesicht, als er den Hörsaal in Richtung Keller verließ. Danke für deinen tollen Lebensweg!

Er ging durch das Dozentenzimmer in den Gang, der zum Eingang der Fakultät für Physik führte, schloss die Tür für Bedienstete auf, die zum Versorgungsgang führte und folgte dann einer Treppe in den Keller. Nach zwei weiteren Treppen mit den dazu gehörenden Gängen hatte er das Herz der Universität erreicht. Es schlug nicht so laut wie im Winter, wenn die große Heizungsanlage lief, die von Sonnen-Kollektoren auf dem Dach des Hauptgebäudes mit Strom versorgt wurde. Aber die Wasserpumpen und Aggregate für die Stromversorgung der einzelnen technischen Bereiche waren immer noch laut genug. Er ging zum Hausmeisterraum mit einem großen Tisch, mehreren einfachen Holzstühlen und einem Spind für die Kleidung mit zwei Blechtüren. Darauf standen die Namen von ihm und Christmann. Hinter dem großen Tisch stand die alte Werkbank mit der Werkzeugwand. Sie musste noch aus den Anfängen stammen, denn sie hatte bereits tiefe Kerben und Ölflecke. Das Werkzeug hing ordentlich an seinem vorbezeichneten Platz. Alles da vom einfachsten Schraubenzieher bis zum schweren Bohrhammer. Von der Flex bis zur Kreissäge. Und ein Hochdruckgerät. Dazu riesige Schrauben- und Nagelsortimente in den verschiedensten Plastikkisten, Birnen- und Leuchtenvariationen von Halogen bis LED, Kabel in allen Längen und Farben und ein großer Industriesauger. Daneben stand eine alte Kaffeemaschine, die Sigi noch von zu Hause mitgebracht hatte. Die ungemütlichen Neonröhren gaben ein kaltes Licht ab.

Aber dies war ja auch kein Wohnzimmer sondern ein Arbeitsraum, der seinen Zweck erfüllen sollte. Neben dem Spind war eine schwere gesicherte Stahltür, hinter der sich die versorgungstechnischen Geräte und Apparaturen befanden. Feuerfest. Sicher ist sicher. Schließlich waren dort die Brenner und die Tanks der

Ölheizung installiert. Es waren Räume, die eigentlich nur einmal im Jahr von den Leuten der Wartungsfirma betreten wurden. Störfälle hatte es schon lange nicht mehr gegeben. Die Anlage war zwar teuer aber auch sehr zuverlässig. Hier war mal zur Abwechslung nicht gespart worden. Sigi ging zweimal im Jahr hinein um vom Winter- auf den Sommerbetrieb umzuschalten und umgekehrt. Mehr musste er nicht tun. Läuft doch.

Er ging am Tisch vorbei zu einem Lagerraum, in dem sich in mehreren Regalen ganz verschiedene Kartons und Kisten befanden. Schnell hatte er den Versandkarton für den Beamer gefunden und setzte sich an den Tisch, um das Gerät für die Rücksendung zu verpacken. Nur ein leises Brummen erfüllte den Raum. Unheimlich. Er drückte den Knopf des kleinen Radiogeräts und drehte die Lautstärke etwas höher, als er den alten Sam-Cooke-Titel erkannte, den er sehr mochte. 'Wonderful World', dachte er sich und summte leise mit, als er Beamer und Kabel im Karton verstaute. Nachdem er auch die Adressetiketten aufgeklebt hatte, schaltete er das Radio aus, nahm den letzten Schluck vom fast kalten Kaffee, seine Zigarettenpackung und ging dann in Richtung Mensa.

Als er den Campus erreichte, sah er schon durch die Glastür das Gewirr von jungen Menschen. Neu war nur der Abstand, den sie nach den Hygieneregeln einhielten und die teils farbigen Masken, die sie vor ihren Gesichtern trugen. Verdammter Virus. Er mochte diese soziale Isolation nicht. Aber alles immer noch besser als ein Lockdown. Vorlesung am PC. Das Gelände verwaist. Keine Betriebsamkeit und Fröhlichkeit. Nur wissenschaftliche Einöde. Und genervte Professoren und Dekane. Er sah noch einmal auf die Uhr. Noch schnell die Zigarette und dann rauf zum Boss. Sigi Malessa ging durch die Tür und nahm die auf ihn einströmende Wärme des Sommers wahr. Er setzte sich auf die kleine Mauer neben der großen Treppe, zündete seine Zigarette an und besah sich die wissbegierige Generation, die vor ihm schwadronierte. Die ersten hatten schon gegessen, tranken noch einen Kaffee aus ihren Mehrwegbechern, die seit einiger Zeit Pflicht waren, um die Plastikabfälle zu begrenzen, und unterhielten sich mit ihrem Kommilitonen. Ein hübsches Mädchen fiel Sigi sofort auf. Blond, groß und eine schöne Figur. Sie hatte ein tolles Lächeln und eine lockere, fast aufreizende Art. Sie unterhielt sich mit einem etwas älteren Studenten, der keine Haare auf dem Kopf trug. Er schien auch von ihr regelrecht fasziniert zu sein. Sie trug Jeans und dazu ein Pink-Floyd-T-Shirt. Gute Wahl. Er mochte die Band. Sie suchte etwas in ihrer Tasche und kam plötzlich direkt auf ihn zu. Sie kam ihm irgendwie bekannt vor.

„Sorry, aber haben Sie zufällig eine Zigarette für mich?"

„Klar, sag doch einfach Du", erwiderte Sigi und gab sie ihr. „Wie heißt Du denn?"

„Ich? Ich bin Nora. Nora Pfeffer." Sie zündete sich die Zigarette an. Er sah sie an.

„Pfeffer? Bist Du die Tochter von Peter Pfeffer aus der Friedrich-Wilhelm-Straße?"

„Ja genau. Kennen Sie, ich meine, kennst Du meinen Vater etwa?"

„Klar. Ich bin Sigi Malessa. Ich wohne auch da, habe Dich aber nie gesehen."

„Ja, kann sein. Ich bin schon vor einiger Zeit ausgezogen. In die Nähe der Uni. Jetzt muss ich aber wieder zurück zu meinem Gesprächspartner. Danke für die Zigarette."

„Gerne," erwiderte Sigi. „Wir sehen uns bestimmt noch mal, Nora." Er lächelte.

Kapitel 8

Werner Lamacz überwachte den Abtransport des Mülls von der Deponie in Saarburg. Nach 60 Jahren war eine Umweltgefährdung durch Verunreinigungen im Erdreich und im durchlaufenden Bach durch gebrochene Rohre nicht mehr auszuschließen, so dass sich der Abfallzweckverband der Region Trier ART gezwungen sah, die Deponie nach Mertesdorf zu verlegen.

Zwei Jahre sollte das Projekt dauern und 18 Millionen Euro kosten. 50 LKW sollten jeden Tag den Müll von Saarburg nach Mertesdorf bringen. Ein Volumen von 300 Einfamilienhäusern. Ein wahres Mammutprojekt. Und er sah jeden Tag zu, wie sich sein ehemaliger Arbeitsplatz verkleinerte. Über 78.000 Tonnen Müll waren schon abtransportiert.

Jetzt stockte das Tempo, denn die Auswirkungen der Corona-Krise machten sich bemerkbar. Wenn am Tag überhaupt noch ein LKW vorbeikam, war das viel. Werner Lamacz saß die meisten Zeit nur in seinem Büro und surfte im Internet. Er war ein wahrer Junkie. Online-Bestellungen und die neuesten Nachrichten waren seine Leidenschaft. Und er war ein Sparfuchs. Immer auf der Suche nach den günstigsten Angeboten. Da konnten schon ein paar Stunden vergehen.

Egal, es gab ja momentan nichts zu tun. Gerade hatte er ein neues Paar Laufschuhe zum absoluten Tiefstpreis entdeckt. Seine alten Brocks waren abgelaufen. Er drehte jeden Abend nach der Arbeit noch seine Runden durch den Wald zwischen Konz und Saarburg. Es war zu einer Besessenheit geworden. Nach der Trennung von seiner Frau und starken Schüben von Depressionen hatte der Arzt ihm zu Bewegung geraten. Und die brauchte er jetzt jeden Tag oder er drehte am Rad. Er war mittlerweile auf 70 Kilo abgemagert. Und das bei einer Körpergröße von

1,85. Er aß auch nicht viel. Und das war auch gut so. Denn sonst wäre er noch mehr gelaufen. Das machte ihn glücklich.

Er hatte keinen großen Kontakt mehr zu seiner Ex. Sie hatte einen anderen. Kinder hatte es nie gegeben. Ab und zu besuchte ihn die Familie seines Bruders. Das war genug. Er konnte sonst nicht so gut mit Menschen. War lieber für sich oder maximal mit einem Bekannten näher zusammen, so lange die Beziehung keine Probleme mit sich brachte. Werner Lamacz hatte ein paar Zwangsneurosen, die von anderen nicht immer toleriert wurden. Er war zum Beispiel überpünktlich, hatte immer Angst, zu spät zu kommen. Und er war ein Sauberkeitsfanatiker. Seine Wohnung sah aus, wie geleckt. Nebenbei putzte er auch noch die Flure des gesamten Hauses. Hatte früher seine Frau gemacht. Jetzt hatte er den Job übernommen. Kleine Nebeneinnahme. War natürlich steuerfrei. Eine Absprache mit dem Vermieter und den übrigen Mietern im Haus. Günstiger als eine Reinigungsfirma. Und neben seinem Job bei der Verwaltung des Landkreises Trier-Saarburg ohne weiteres machbar. Öffentlicher Dienst halt. Gute Arbeitszeiten. Früher hatte er den ruhenden Verkehr kontrolliert und war den ganzen Tag unterwegs. Außerdem gab es immer Stress mit den Leuten, die er verwarnte. Da kam ihm die Stelle bei der Abfallwirtschaft doch sehr gelegen. **Locker durch die Hose atmen** war jetzt sein Tagesmotto geworden. Der einzige Stress bestand in den Minuten vor dem Anklicken des Kauf-Buttons. Gab es wirklich kein günstigeres Angebot? Er war sich ziemlich sicher und bewegte den Mauspfeil auf die Schaltfläche. In diesem Augenblick flog die Tür zu seinem Büro auf. Ein völlig aufgelöster LKW-Fahrer sah ihn an. Schweiß tropfte aus dem Bauhelm über das ganze Gesicht. Sein Unterhemd war schweißnass und voller Flecken. Er keuchte schwer zwischen den Wörtern.

„Tach, Herr Lamacz. Tschuldigung für die Störung. Kommen Sie sofort zur Deponie."

Werner sah auf. Genervt in einem für ihn sehr wichtigen Moment. „Wieso denn? Ist etwa der Müll weg? Kann ich mir nicht vorstellen." Er sah skeptisch auf die Tropfen, die den Boden seines Büros trafen. Sie fielen vom Kinn des Fahrers direkt vor seinen Schreibtisch. Er suchte mit den Augen den Wischlappen. Er lag auf dem Waschbecken neben dem Eingang zum Büro.

„Nein, nein." Der übergewichtige Mann wischte den Schweiß mit dem Handrücken aus dem Gesicht. „Es ist viel schlimmer. Da liegen Leichenteile im Müll. Sie müssen sich das sofort ansehen! Ich lade da nichts mehr auf."

„Was sagen Sie da? Leichenteile? Sind Sie sicher? Und halten Sie bitte Abstand."

„Ganz sicher. Hab doch Augen im Kopf." Er stand und tropfte weiter vor sich hin.

Werner Lamacz nahm den Wischlappen und legte ihn vor den Fahrer. Mit einer kurzen Geste befahl er, sich darauf zu stellen. Dann griff er das Telefon und informierte die zuständige Polizeiinspektion. Er schaltete seufzend den Computer aus und verschloss sein Büro. Beide setzten ihre Masken auf und gingen die wenigen Meter zur Deponie.

Von weitem war sie an den Schwärmen von Vögeln zu erkennen, die über ihr kreisten.

Durch den Abtransport der obersten Schichten wurde neues Futter für Möwen, Reiher und Krähen aufgewühlt, das dankbar verwertet wurde. Der Gestank störte die Vögel nicht. Sie kamen extra von Saar und Mosel angeflogen, um sich an diesem Buffet zu bedienen. Das Gelände war nicht eingezäunt. Jeder konnte also, wenn er wollte, den Abfall ohne Probleme abladen. Es gab nur eine Person, die die Zufahrt kontrollierte. Sie ließ die beiden sofort passieren, als sie den Verwaltungsangestellten erkannte. Der Fahrer zeigte Werner Lamacz die Stelle, an der er die Leichenteile gefunden hatte. Sie gingen an dem LKW vorbei und hielten sich die Hände vor die Atemschutzmasken.

Und tatsächlich - zwischen alten Papierresten, Kartonagen und Plastikeimern lag ein menschlicher Arm. Auch wenn Tiere und Mikroben ihre Arbeit schon seit einiger Zeit geleistet hatten, war die Extremität menschlichen Ursprungs. Werner Lamacz nahm sich einen Stock und schob weiteren Restmüll beiseite. Ein Bein kam zum Vorschein. Der Fahrer neben ihm erbrach sich. Das Fleisch war zum Teil schon faulig und stark angefressen. Wirklich kein schöner Anblick.

„Wenn Sie das nicht sehen können, gehen Sie einfach ein paar Schritte zurück. Ich habe bei früheren Wohnungsräumungen noch ganz andere Sachen erlebt. Ich mach das hier schon."

Er stocherte immer weiter und fand schließlich einen Kopf. Auch der war schon im Zustand der Verwesung, aber eindeutig noch als weiblicher Kopf zu erkennen. Lange Haare, ein Ohrring, Reste von Make-Up an den Augenbrauen. Offensichtlich war es ein Mädchen. Aber da fehlte doch etwas... Plötzlich ein Bremsgeräusch hinter ihm.

Der Streifenwagen hielt mit laufendem Blaulicht einige Meter von der Halde entfernt. Zwei Beamte stiegen aus und zogen sich ihre Masken über, auf denen das Wappen des Landes Rheinland-Pfalz zu erkennen war. Der kleinere schaltete das Blaulicht aus.

„Sind Sie Herr Lamarsch?" fragte der größere der beiden.

„Es heißt Lamacz. Spricht sich am Ende mit tsch. Ja, das bin ich. Und der Mann, der dahinten mit seinem Mittagessen kämpft, das ist der LKW-Fahrer, der das Leichenteil gefunden hat. Es war der Arm da vorne. Und dort," er zeigte mit dem Stock darauf, „liegt noch ein Bein. Gerade eben habe ich auch noch einen Kopf entdeckt."

„Hören Sie auf, mit dem Stock da rum zu wühlen. Da muss die Spurensicherung ran.

Sie zerstören noch alles." Der kleinere Beamte war ganz außer sich.

„Ganz ruhig. Ich war früher selber bei der Polizei, bevor ich in die Kreisverwaltung gewechselt habe. Ich kenne die Annäherung an einen Fundort. Habe nur den Müll an die Seite geschoben. Die Leichenteile habe ich nicht berührt."

„Lassen Sie das trotzdem sein." Der kleiner der beiden setzte sich wieder auf den Beifahrersitz und rief per Funk die Spurensicherung. Der größere machte erste Fotos vom Fundort und hielt die Daten des LKW-Fahrers fest. Danach protokollierten beide Beamte die Aussagen. Der LKW-Fahrer musste zurück zu seinem Arbeitgeber und fuhr los. Zeitgleich kamen die Techniker von der Spurensicherung und die Beamten von der Kriminalpolizei aus Trier. Bianca Schön und Torsten Schneider beobachteten, wie die Techniker weitere Leichenteile sicherten und auf eine Plane legten. Es war ein kompletter weiblicher Körper. Sie riefen Direktor Jürgen Klopf an und informierten ihn über den Fund. Der wünschte eine sofortige Rücksprache, wenn sie wieder im Präsidium in Trier wären, und natürlich umgehend einen lückenlosen Bericht.

„Was machen Sie denn noch hier?" fragte Bianca Schön Werner Lamacz, der immer noch interessiert auf die Leichenteile starrte.

„Na ja, erstens habe ich seit der Polizeischule in Koblenz keine Leiche mehr gesehen. Und zweitens bin ich gespannt, was Ihre Kriminaltechniker noch sagen werden."

„Sie waren auf der Polizeischule? Und warum dann der Verwaltungsdienst hier?"

„Kann ich Ihnen sagen. Keine Leichen mehr und kein wütender, gewaltbereiter Mob wie damals auf der Startbahn West in Frankfurt. Hat mir gereicht. War danach einige Monate dienstunfähig. Hatte ein Trauma. Ich wollte dann einen ruhigen Job."

„Tja, das mit dem wütenden Mob hat ja auch geklappt. Aber die Leichen..." Unter der Maske war ihr Lächeln nur zu erahnen. „Und was sollen Ihnen die Kriminaltechniker sagen?"

In diesem Augenblick kam einer der weiß beschürzten Kollegen auf sie zu. Er zog sich die Kapuze über das schweißnasse Haar und wischte die Tropfen von Brille und Maske. Der Ganzkörperanzug war bei diesen Temperaturen eher suboptimal.

„Ich denke, wir haben jetzt alle Teile der Leiche gesichert. Mehr ist zumindest auf der Halde nicht zu finden. Soweit ersichtlich dürfte der Körper auch komplett sein."

„Sind Sie da ganz sicher?" fragte Lamacz.

„Sicher bin ich sicher. Und wer sind Sie, wenn ich fragen darf?"

„Das ist der Mann aus der Verwaltung, der die Kollegen informiert hat." erklärte Frau Kommissar. „Ehemaliger Kollege von uns aus Koblenz. Und wohl sehr akribisch, wie es scheint."

„Aber wenn Sie so genau fragen, haben Sie es wahrscheinlich auch schon gesehen." Rendenbach von der KTU sah sie eindringlich an.

„Was denn gesehen?" fragte Bianca Schön.

„Aus dem Kopf wurden die Augen heraus geschnitten. Sie sind nicht aufzufinden." Er zwinkerte kurz mit beiden Augen und ging zurück zu seiner Leiche.

Kapitel 9

Peter Pfeffer war bester Laune. Der Tag in Luxemburg verging wie im Flug. Er hatte zwei schöne Beiträge für seine Sendung gefunden und verwerten können. Außerdem lief zur Zeit ein Gewinnspiel für die hauseigene CD mit den besten Hits aller Zeiten.

Die Hörerin, die ihn angerufen hatte, als sie den versteckten Hit im Programm hörte, hatte sich sehr über die CD gefreut und wollte auch noch eine Autogrammkarte von ihm. Die hatte er natürlich gerne unterschrieben und der CD beigefügt. So etwas kam nicht oft vor, aber immer wieder mal, besonders bei langjährigen RTL-Stammhörern.

Auch die Musik hatte Peter heute gefallen. Es gab eine ganze Reihe neuer Songs im Programm, die von der Musikredaktion für gut befunden und in das Musik-System eingepflegt wurden. Dies waren zum Teil schon Hits, die bereits in anderen Sendern liefen oder in den Charts vertreten waren, oder es waren Songs, die gerade auf den Markt gekommen waren, aber großes Hitpotential hatten.

RTL Radio spielte ein AC-Programm, das bedeutet adult contemporary, also ein Musikprogramm für die breite Masse der Hörerschaft. Das heißt, es war für jeden etwas dabei, ohne die heftigen Sachen zu spielen, die gerade bei den Kids angesagt waren, zum Beispiel Hip-Hop oder House. Außerdem hatte RTL noch einen Anteil älterer Hits, da sie früher ein reiner Oldie-Sender waren und diese Klassiker bei den Hörern gut ankamen. Peter hatte noch kurz mit Andy von der Musikredaktion gesprochen und ihn für die neue Auswahl gelobt. *Ab und zu muss eben frischer Wind rein* war sein Standard-Satz.

Für die Lokalnachrichten hatte er noch ein Interview mit dem Trierer Polizeichef geführt und nach dem Leichenfund in Saarburg gefragt. Der hatte sich aber bedeckt gehalten und auf die laufenden Ermittlungen hingewiesen. Mehr, als in der knappen Pressemitteilung stand, war leider nicht von ihm zu erfahren. 'Leichenteile in der Deponie von LKW-Fahrer gefunden' – das war es schon, also in zwei Sätzen erzählt. Aber Peter würde an der Sache dran bleiben. Das war für Trier eine unglaubliche Geschichte. Zwei Leichen in so kurzer Zeit an verschiedenen Fundorten. Selbst die bundesweiten Medien riefen schon bei ihnen an, um nachzufragen. Er war sogar in einem Fernsehbericht zu sehen gewesen. Die Familie war ganz aus dem Häuschen.

Er parkte den Wagen nach einer problemlosen Rückfahrt auf einem Parkplatz an der Straße, ein paar Meter neben dem Hauseingang. Seltenes Glück, aber um diese Zeit am Nachmittag noch durchaus möglich. Er schnappte sich seinen Rucksack, sperrte den Opel zu und die Haustür auf, als ihm der Hausmeister in die Arme lief, bepackt mit seinem grauen Werkzeugkoffer. Die Gesichtsmaske hing unter seinem Kinn.

„Hallo Sigi. Jetzt willst Du es aber wissen, oder? Gleich den großen Koffer dabei? Willst Du etwa das ganze Haus renovieren? Da hast Du aber einiges vor Dir! Das gute Stück ist aus den Zwanziger Jahren des alten Jahrhunderts, ein echter Altbau eben."

„Hallo Peter. Schon zurück aus Luxemburg? Nein, nein. Ich soll nur die Haustür neu einstellen. Auftrag von Frau Starke. Das Ding schließt schon wieder nicht richtig. Hat sich wahrscheinlich bei den heißen Temperaturen verzogen. Na ja, das gute alte Holz. Arbeitet halt immer noch."

„Im Gegensatz zu Dir. Schon wieder fertig an der Uni? Gab nicht viel zu tun, oder?"

„Nö. Ruhiger Tag heute. Gab nur ein paar Kleinigkeiten. Lichtschalter und Lampen. Das übliche. War schnell erledigt. Dann hat uns der Chef nach Hause geschickt. Ist ja auch nicht ganz so viel los, wie sonst. Nur die Einführungs- und die Abschlusskurse laufen in Präsenz ab. Weil die natürlich wichtig sind. Aber der Rest, der bereits online eingerichtet wurde, läuft weiter im Heimstudium. Dank Corona. Die halbe Uni nicht besetzt. Aber dadurch ist natürlich auch genug Platz für Abstand und so weiter. Diese Hygieneregeln. Sind aber schon wichtig. Kennst Du ja von Deinem Laden auch."

„Stimmt. AHA, oder? Keine Band aus Norwegen, sondern: Abstand halten, Hände waschen und Alltagsmasken tragen. Die Band wäre mir lieber, aber wenn jetzt auch schon Mutationen von diesem verdammten Virus die Runde machen, ist es nun mal wichtig, diese Regeln einzuhalten. Wir müssen von den Infektionszahlen runter, bevor der nächste Lockdown kommt und wieder alles dicht gemacht wird. Das mit den Tests und den Impfungen scheint ja wohl noch etwas länger zu dauern als erwartet."

„Na, unsere Frau Starke wird wohl als nächste dran kommen. Mit ihrem Alter ist die doch mit dabei, was die Prioritäten betrifft. Und Deine Maria, natürlich. Gehört ja zu den Pflege- und Gesundheitskräften. Ist übrigens auch schon nach Haus gekommen. Ach ja, und Grüße von Deiner Tochter soll ich bestellen. Hat sich gut entwickelt..."

Er setzte den Koffer ab und probierte, ob die Haustür wirklich verzogen war. Ein bis zwei Millimeter blieb sie vor dem Schloss stehen, so dass sie nicht einschnappte. Sie konnte also von außen ohne weiteres aufgedrückt werden. Sigi suchte nach einem Schraubenzieher, um die Scharniere neu einzustellen. Vielleicht konnte er damit den kleinen Spielraum wieder ausgleichen.

Peter, handwerklich eher unbedarft, nutzte das erste Stichwort und verabschiedete sich. „Maria. Stimmt. Die wird schon mit dem Essen auf mich warten. Dann wünsche ich Dir gutes Gelingen, Sigi. Ach ja, kleiner Tipp: Die Maske ganz über Nase und Mund ziehen. Sonst bringt sie nichts." Er lächelte und sprang die Stufen nach oben.

„Bei der Hitze. Da krieg ich ja gar keine Luft mehr!" rief Sigi ihm hinterher. „Und wenn du nicht bald ins Schloss passt, werde ich dir in meinem Werkraum im Keller mal zeigen, was eine Harke ist, du blöde Tür. Dann hole ich den Hobel raus."

Peter lächelte immer noch, als er die Wohnungstür öffnete. Er hatte den Spruch von Sigi gerade noch mitbekommen. Eigentlich eine Seele von Mensch. Aber wenn der sich mal aufregte, das hatte er schon ein- oder zweimal erlebt, dann konnte er richtig ungemütlich werden. Einmal hatten er und Frau Starke, die 82-jährige Eigentümerin des Hauses, einen Streit, den man sogar zwei Stockwerke tiefer hören konnte. Sigi hatte gegen die rüstige Witwe, die ansonsten eher umgänglich war, keine Chance. Sie hatte ja auch schon einiges hinter sich. Ihr kranker Mann war vor einigen Jahren nach langem Leiden an Krebs gestorben. Die Tochter war in eine eigene Wohnung gezogen.

Peter ließ den Rucksack in die Flurecke fallen und zog die Tür zu. Ein wunderbarer Geruch kam aus der Küche. Nudelauflauf? Sein absolutes Leibgericht. Er näherte sich Maria, die den Salat an der Spüle zupfte, vorsichtig von hinten und küsste sie auf den Hals. Sie zuckte ganz leicht zusammen, aber bewegte den Kopf nicht weiter, sondern blieb in einer Erwartungshaltung. Dann kam der zweite Kuss neben das Ohr.

„Ich habe dich schon kommen gehört. Mach ruhig weiter. Der Auflauf braucht noch zehn Minuten. Und der Salat rennt mir nicht weg. Ist schön, was Du machst."

„Ist Basti da? Oder hat er noch irgendwelche Nachmittagsaktivitäten?" hauchte er.

„Wenn Du sportliche Aktivitäten meinst, nein. Alles geschlossen. Und mit den Jungs aus der Klasse macht er auch nicht viel. Alle in Abiturvorbereitung. Vielleicht sind sie gerade im Chat, aber das wäre auch schon das höchste der Gefühle. Ansonsten sind die alle sehr fleißig. Basti übrigens auch."

„Mein Sohn? Es geschehen wirklich noch Zeichen und Wunder." flüsterte er.

Er streichelte Marias Hüften und gab ihr einen langen Kuss ins Haar. Es duftete nach einer Mixtur aus Desinfektionsmittel, Shampoo und Küche. Extrem verführerisch.

„Abiturvorbereitung? Er kommt doch erst nach dem Sommer in die Jahrgangsstufe 13. Ist er da nicht ein bisschen früh dran?"

„Die Zeiten ändern sich. Früher, zu Deiner Zeit, hat man die Sache mit dem Abschluss vielleicht noch etwas lockerer gesehen. Aber heutzutage geht es mehr denn je um die Noten. Wer die guten Jobs will, muss auch die guten Noten vorweisen. Außerdem will er Nora nacheifern und eventuell Medizin oder Psychologie studieren."

„Da muss er aber noch eine halbe Schippe drauflegen, sonst wird das nichts mit dem Numerus Clausus." Peter fühlte Marias Rundungen. Alles war da, wo es sein sollte.

„Er meinte, wenn alle Stricke reißen, kann er ja immer noch Jura studieren. Wie sein alter Herr. Da käme man auch mit einem schlechten Abi noch hin."

„So, so, meint er das, der Herr Filius? Na, dann kann ja bei ihm nichts mehr schief gehen. Hoffentlich trifft er seine Berufswahl besser, als ich meine getroffen habe."

„Ja, richtig, wie lief es denn bei meinem Lieblings-Moderator und Ex-Anwalt?" Sie drehte sich kurz herum, warf Peter einen schmachtenden Blick zu und küsste ihn auf den Mund. Peter erwiderte den Kuss inniglich, bis sich Maria wieder umdrehte und sich mit den Tomatenspalten beschäftigte. Irgendwann würde er diese Frau heiraten. Nur wann, wusste er noch nicht so genau. Zu tief saß noch das Trauma mit Marlen in seinem Gedächtnis (siehe „Der tiefe Fall", **Anm. des Verfassers**). Aber irgendwann...

„Jetzt noch besser. Nein, war okay. Sendung gut, Stimmung gut. Chef nicht da. Und bei Dir? Hektischer Tag im Krankenhaus? Neue Covid-Fälle? Neue Überstunden?"

Maria gab die Tomaten in die Schüssel und goss eine Mischung aus Öl und Balsamico über die Rohkost. Dann wurde alles sorgfältig durchmengt. Sie seufzte.

„Das alte Spiel. Zu wenig Kräfte. Viel Hektik. Aber die Zahlen der neuen Fälle sind rückläufig. Wir kommen zur Zeit auch mit unseren Intensivbetten ganz gut aus. Die Sache ist aber weiß Gott noch nicht ausgestanden. Diese Mutationen sind gefährlich. Wir haben schon wieder zwei neue Fälle mit der hochansteckenden Variante bei uns festgestellt. Ich kann nur hoffen, dass die Impfquote weiter steigt und dass sich die Menschen weiter an die Hygieneregeln halten. Das ist die einzige Chance."

„Du klingst schon wie der Chef des Robert-Koch-Instituts. Von dem hört man in den täglichen Berichten über die Corona-Krise auch nichts anderes. Übrigens, hast Du im Radio unsere Nachrichten hören können? In Saarburg wurden Leichenteile gefunden."

„Ja, hab ich im Aufenthaltsraum gehört. Gruselig. Weiß man schon mehr darüber?"

„Entweder ja, und sie sagen es uns nicht, oder nein, dann tappen wir alle im Dunkeln. Ist schon verrückt. Zwei Leichenfunde in so kurzer Zeit. Eine in einem seit Jahren so zugewachsenen Waldstück, dass keiner hineingeht, und die zweite auf einer Deponie, die geschlossen und verlegt werden soll. Zweimal reine Zufallsfunde. Wer weiß, ob die sonst jemals gefunden worden wären."

„Vielleicht hat es ja jemand genau darauf angelegt?" Maria sah über die Schulter.

„Du meinst, es ist derselbe Täter? Ich weiß nicht. Die Sache mit der Deponie riecht schon stark nach einem Mord, aber die Sache an der Mosel kann auch ein tragischer Unfall gewesen sein."

„Und die anderen noch vermissten Mädchen?"

„Die Polizei hat noch keine neuen Spuren oder Hinweise. Die Ermittlungen stocken. Und Du meinst, das ist alles eine Person? Klingt doch eher unwahrscheinlich. Wer könnte die Taten alle begangen haben? Und warum ist er noch nie aufgefallen?"

Maria stellte die Salatschüssel in die Mitte des gedeckten Tisches in der Küche.

„Keine Ahnung. Ich bin Krankenschwester und keine Kriminalkommissarin. Aber ich werde heute Abend mit Nora telefonieren und fragen wie es ihr geht. Die Mädchen waren alle ungefähr in ihrem Alter. Alle um die 21. Sie sollte vorsichtig sein."

Dann zog sie den Auflauf aus dem Ofen und ließ ihn auf der Arbeitsplatte abkühlen.

„Aber es sind doch seit längerer Zeit keine Mädchen mehr verschwunden. Vielleicht waren das alles nur Zufälle, Familienprobleme oder einfach Freiheitssehnsüchte."

„Und wenn nicht? Wenn da draußen ein gestörter Mensch sein Unwesen treibt?"

„Maria, Schatz, Du hast zu viele Thriller gesehen. Mit der Realität haben die doch oft nichts zu tun. Das sind einfach clever erzählte Geschichten, die die Menschen aus ihrem Alltag und ihrer Sicherheit herausreißen sollen, damit sie sich ein bisschen ängstigen und gruseln. Ich würde mir da wirklich keine Sorgen machen."

Insgeheim dachte Peter genauso wie Maria, wollte das aber ihr gegenüber nicht so direkt zugeben. Sie hatte schon recht. Nora sollte ruhig vorsichtig sein. Immerhin hatte Sigi Malessa sie an der Uni ab und zu im Blick. Das beruhigte ihn etwas.

„Wer soll sich keine Sorgen machen?" Basti schob seinen Kopf zur Tür herein. „Ist zu wenig zu essen da? Tja Dad, dann solltest Du endlich mal ein bisschen kürzer treten."

„Höre ich da etwa Kritik an meiner körperlichen Verfassung, mein Sohn?"

„Na ja, die Pfunde aus dem Lockdown sind immer noch gut zu sehen." Basti setzte sich an den Tisch und musterte seinen Vater skeptisch. Maria setzte die Auflaufform auf den Tisch und steckte einzelne Portionen mit einem Heber ab.

„So, jeder nimmt sich was. Und Du auch, Peter. Ich finde Deine runderen Hüften gar nicht so schlimm. Ein Zeichen, dass Dir mein Essen offensichtlich schmeckt. Also dann, guten Appetit allerseits." Sie setzte sich zu ihren beiden Männern.

„Danke, mein Schatz." Peter nahm sich ein kleineres Stück und sah seinen Sohn kurz an. Der grinste und nahm sich eins der größeren. Macaroni und Schinkenstreifen mit Blumenkohlstücken, dazu eine tolle Sauce. Peter ließ es sich schmecken und beschloss, wenn Basti in seinem Zimmer wäre, noch ein Stück zu essen. Das hatte er sich heute verdient. Morgen Nachmittag würde er zum Ausgleich eine Stunde an der Mosel Fahrrad fahren. Das sollte reichen.

Maria freute sich immer wieder über die kulinarische Begeisterung an ihrem kleinen Küchentisch in der gemütlichen Altbau-Küche. Kochen hatte sie von ihrer Mutter gelernt und es machte ihr Spaß. Aufläufe waren ihre Spezialität.

„Sag mal, Peter, hast Du eigentlich heute schon Frau Starke gesehen?"

„Wann denn, Schatz" erwiderte dieser mit vollem Mund. „Ich war doch den ganzen Tag nicht zu Hause."

„Ab hundert Gramm wird es undeutlich..." bemerkte Maria mit einem Lächeln.

„Tschuldigung." Peter nahm einen Schluck Wasser. „Nur noch zwanzig Gramm und die werden sich auch gleich auflösen. Warum? Hast Du Sehnsucht nach ihr?"

„Nein, nein," lachte Maria. „Ganz so schlimm ist es auch wieder nicht. Wenn ich nur an unsere Einweihungsfeier denke, wo sie meinen Bruder zwei Stunden auf dem Sofa zugetextet hat und er sich die Bilder von der Renovierung des Hauses ansehen musste. Und keiner traute sich, ihr zu sagen, dass sie zwei Eiflecke auf ihrer Bluse hatte, die ihr anscheinend im Spiegel nicht aufgefallen waren." Sie lachte Tränen.

„Und vorher hat sie mir schon die ganze Geschichte erzählt" lachte Basti.

„Eigentlich bekam sie jeder zu hören, der nicht bei drei auf dem Baum war," lachte nun auch Peter.

„Aber sie ist eine herzensgute Frau. Etwas merkwürdig, aber herzensgut. Das mag ich so an ihr. Und sie hat ja in ihrer Familie auch schon einiges erlebt." Maria trocknete die Tränen mit einer Serviette. „Nein, ich wollte sie eigentlich nur fragen, ob sie den Kundendienst anrufen kann. Unsere Gastherme macht seit letzter Woche

Probleme. Immer wenn ich nach dem Dienst dusche, kommt nach einer kurzen Phase kaltes Wasser und zwar immer dann, wenn ich den Kopf wasche und nichts sehen kann. Es dauert dann noch ein paar Minuten, bis das Wasser wieder heiß wird. Das nervt ein bisschen. Ich hatte gestern schon bei ihr geklingelt, aber sie war wohl nicht da."

„Ernsthaft jetzt? Unsere Frau Starke war nicht zu Hause? Wo soll denn die sein? Die macht doch nichts anderes, als in ihrer Wohnung zu sitzen und fernzusehen. Komisch. Na gut, ich gehe später noch mal rauf zu ihr. Vielleicht hat sie das Klingeln ja nicht gehört." Peter nahm eine Gabel vom gemischten Salat mit dem leckeren Dressing.

„Das war ja das Witzige, Schatz. Der Fernseher lief, als ich geklingelt habe."

Kapitel 10

Jürgen Klopf klopfte ungeduldig mit den Fingern auf die Tischplatte.

Eigentlich war die Sitzung für zehn Uhr angesetzt. Jetzt war es viertel nach und er saß immer noch alleine im Konferenzraum. Unpünktlichkeit konnte er nicht leiden.

Die Dinge hatten sich dramatisch entwickelt. Jetzt waren es schon zwei Leichen in so kurzer Zeit. Die Presse, die Staatsanwaltschaft und sein Chef vom LKA machten ihm gewaltig Druck. Aber er konnte immer noch keine Ermittlungserfolge vorweisen.

Bianca Schön und Torsten Schneider kamen herein, bepackt mit Papierstapeln. Sie nahmen ihre FFP2-Masken ab und setzten sich. „Sorry, Chef. Die Ergebnisse aus der Gerichtsmedizin sind gerade erst gekommen. Dr. Börner brauchte etwas länger. Er schreibt ein Buch über die Geschichte der Gerichtsmedizin in Deutschland und muss das Manuskript in zwei Wochen abgeben. Der Druck sei unerträglich, meinte er."

„Der Arme. Und, gibt es was neues?" fragte Klopf ungeduldig.

„Ja, die Todesursache ist bekannt," sagte Schneider. „Es waren Reste eines Gifts im Magen des Opfers festzustellen. Pentobarbital heißt es und wird bei der Sterbehilfe und beim Einschläfern von Tieren verwendet. Die weiteren Anmerkungen von Börner zu den Barbituraten erspare ich Ihnen." Er blätterte um. „Wichtig ist vielleicht noch, dass sie seit 1992 bei uns als Schlafmittel nicht mehr zugelassen sind. Unerwünschte Nebenwirkungen. Sie unterliegen der Betäubungsmittel-Verschreibungsverordnung. Kommt man also nicht so leicht dran. Außer man ist Mediziner. In den USA werden sie in Kombination mit anderen Mitteln für Hinrichtungen verwendet. Die Schnitte am Körper des Opfers wurden postmortal zugefügt. Alle ganz sauber und exakt, mit einer langen scharfen Klinge durchgeführt. Der Täter hatte laut Börner Ahnung von Anatomie und hat sehr ruhig gehandelt. Er tippt auf einen Mediziner oder jemand aus der fleischverarbeitenden Branche. Die wissen auch, wie man Gelenke aufschneidet. Die Sache mit den Augen, die mit einem Skalpell entfernt wurden, kann sich Börner allerdings nicht erklären. Er vermutet eine eventuelle rituelle Handlung."

„Soweit, so gut. Wissen wir denn schon etwas über die Identität des Opfers?"

Schön nahm sich ihren Stapel vor. „Aufgrund der DNA-Analyse und des Ohrrings, den wir beim Opfer gefunden haben, gehen wir davon aus, dass es sich bei der Toten um die türkische Mitbürgerin Emel Gylcan handelt. Übereinstimmung 99,8 Prozent. Sie war vor sechs Jahren verschwunden, mit 21, auf dem Weg von der Bushaltestelle nach Hause. Die Eltern hatten uns damals Kleidung mit ihrer DNA überlassen. Den Ohrring hatten sie im Urlaub auf dem großen Bazar in Istanbul für sie gekauft. Er hat eine sehr seltene Form und war handgefertigt. Ist bei uns nicht zu finden. Eltern und Geschwister leben in Trier-West. Hatten sie nach zwei Tagen als vermisst gemeldet. Kam von der Uni nicht nach Hause. Studierte übrigens damals Tiermedizin."

„Wieder eine 21-jährige Studentin. Wie lange lag sie denn auf der Deponie?"

„Börner kann den Zeitraum schwer bestimmen, da organischer Müll und das Klima auf den Zustand der Leichenteile Einfluss genommen haben." Schön blätterte weiter im Bericht der Gerichtsmedizin. „Er schätzt mehrere Monate bis zu einem Jahr."

„Na toll. Das schränkt den Zeitraum für Ermittlungen ja gewaltig ein. Wie sieht es denn mit Überwachungskameras an der Deponie aus?"

„Schlecht," sagte Schön. „Gibt keine. Der Bereich ist auch nicht eingezäunt. Sollte eh still gelegt werden. Da hat man sich weitere Ausgaben wohl gespart. Tagsüber ist nur ein Mitarbeiter an der Einfahrt, der die Fahrzeuge kontrolliert. Nachts niemand."

„Das wird die Zeit gewesen sein, die unser Täter genutzt hat." stellte Klopf fest. „Da macht es keinen Sinn, noch einmal nachzuforschen. Keine Anwohner, keine Zeugen."

„Richtig. Der Mitarbeiter hat ausgesagt, dass aufgrund der Verlegung der Deponie im letzten halben Jahr keine Anlieferungen mehr erfolgt sind. Nur Abtransporte. Und die meisten Fahrer kennt er sogar persönlich. Nichts ungewöhnliches passiert, an das er sich erinnern würde. Der Fahrer, der die Leichenteile gefunden hat, Nikolai Bolling, ein Deutschrusse, fährt schon seit Jahren für den ART. Lebt seit zwanzig Jahren in Trier. Keine Vorstrafen. Nur zwei Punkte in Flensburg. Ein Baum von einem Mann, aber bestimmt kein Mörder." Schneider legte den Block von der Vernehmung weg.

„Haben wir denn Spuren von fremder DNA am Opfer gefunden, die uns zu einem möglichen Täter führen könnten?"

„Nein," versicherte Schön. „Nichts an Haut, Schleimhäuten oder an den Nägeln, was nicht mit den Bewohnern der Deponie zusammenhängt. Wir haben Tierhaare oder verschiedene Mikroorganismen und Maden. Aber leider nichts menschliches."

„Klasse. Wäre ja auch zu schön gewesen. Gut, dann überbringen Sie beide bitte die Nachricht an die Eltern, dass wir ihre Tochter gefunden haben. Und fragen Sie bei dieser Gelegenheit nochmal nach Bekannten, Freunden und Studienkollegen. Alle, die sie im Zeitraum ihres Verschwindens zuletzt gesehen haben. Vielleicht wurde damals bei den Ermittlungen irgendwas übersehen, was uns jetzt weiterbringen könnte. Und sagen Sie den Kollegen Schenk und Kneese Bescheid. Sie sollen sich mit den sozialen Netzwerken beschäftigen. Vielleicht finden wir da Hinweise auf den letzten Umgang des Opfers. Mit ein bisschen Glück ist vielleicht auch der Täter dabei."

„Oder die Täterin," ergänzte Schön. „Die Gleichberechtigung macht vor Mord nicht halt. Außerdem gab es beim Opfer keine Gewalteinwirkungen im Genitalbereich. Das schließt zunächst mal das Vorliegen einer Vergewaltigungstat aus."

„Richtig, Frau Kollegin. Dann mal los, meine Damen und Herren. Diverse haben wir ja noch keine bei uns im Präsidium, oder? Und schnappen Sie sich einen profilierten Profiler, zum Beispiel Arndt Petermann oder wie der heißt, und fragen Sie nach der Sache mit den Augen. Vielleicht hat es das vorher schon mal gegeben. Ansonsten sehe ich bisher keine Parallele zwischen den Fällen, mal abgesehen von der Eigenschaft der Studentin, vom Alter und dem weiblichen Geschlecht. Vielleicht finden Sie oder der Profiler was. Wir müssen Gas geben. Die Öffentlichkeit wird beunruhigt sein. Und zu Recht. Zwei Leichen in so kurzer Zeit. Wir brauchen jetzt Ergebnisse."

Plötzlich flog die Tür zum Konferenzraum auf. Ein völlig erschöpfter Jens Thiel hielt die Klinke fest und schnaufte in seine Maske. „Sorry für die Störung, Chef!"

„Immer rein mit den mittelalterlichen Pferden. Na, Thiel, was haben Sie zu unseren tödlichen Problemen beizutragen? Haben Sie etwa neue Erkenntnisse in den beiden Fällen Graf und Gylcan für uns? Die könnten wir schon gut gebrauchen. Oder ist der Kaffeeautomat im Erdgeschoss etwa wieder kaputt?" Er griff zu seiner Tasse.

Thiel grinste kurz. Klopf hatte schon einen gesunden Sinn für Ironie. Dann nahm er die FFP2-Maske ab. Er bekam einfach zu wenig Luft für seine Ausführungen, die er jetzt unbedingt loswerden musste und die seinem Direktor nicht gefallen würden.

„Nein Chef," schnaufte er durch. „Die Kollegen aus Merzig im Saarland haben uns gerade angerufen. Es wurden Leichenteile am Ufer vom Losheimer See gefunden. Waren verschnürt in einem großen Plastiksack, der wiederum an einem Pfeiler vom Bootssteg hing. Unter Wasser. Muss sich gelöst haben. Näheres will man uns in den kommenden Tagen mitteilen. Es sieht nach einer weiblichen Leiche aus, meinte der Kollege. Sie war völlig zerstückelt und - sie hatte keine Augen im Kopf."

Klopf zuckte nach vorne und verschluckte sich an seinem Kaffee. „Was?"

Kapitel 11

Nora Pfeffer sah Sebastian Ullmen tief in die Augen.

Sie sind der Eingang zur Seele des Menschen. Sie reagieren nicht nur auf das, was um uns herum passiert, also das Bewusste, sondern sie werden auch vom Unbewussten beeinflusst und gesteuert. Der Sexualtrieb äußert sich über die Größe der Pupille. Je größer, desto stärker. Augen strahlen, sagt der Volksmund, und das stimmt. Befinden wir uns im Stadium guter Laune, kann das jeder Gegenüber schon von unseren Augen ablesen. Sie leuchten, sind lebhaft und groß. Befinden wir uns in einer schlechten Phase unseres Lebens ist es genau das Gegenteil. Menschen, die lügen, können den Blick nicht halten. Instinktiv suchen die Augen einen Ausweg aus der Situation. Sie wandern im Raum herum, bis die Aussagen wieder der Wahrheit entsprechen. Dann wird auch wieder der Gegenüber fixiert.

„Und? Wie gefällt Dir das Studium bis jetzt?" Ullmen erwiderte ihren Blick.

„Ganz gut. Ist zwar alles noch ein bisschen neu für mich, aber ich komme zurecht. Es sind am Anfang die Geschichten mit den verschiedenen Kursen, den Professoren und den Kommilitonen. Dann die verschiedenen Gänge und Räume an der Uni. Ist ja das reinste Labyrinth, wenn man zum ersten Mal da ist. Aber so langsam kenne ich mich aus. Ist nur anders als die Oberstufe in der Schule."

„Und wie gefallen Dir die Fächer? Ist auch anders als in der Schule, oder?"

„Ja, aber ist toll." Ihre Augen strahlten wieder im schönsten Blau. „Psychologie hat mich immer schon interessiert. Warum tun Menschen, was sie tun? Was spielt sich hinter den Kulissen ihrer äußeren Fassade ab? Was denken, was fühlen Sie?"

„Was fühle ich denn im Augenblick?"

Nora sah ihn prüfend an. „Du freust Dich, mit mir hier am Kornmarkt zu sitzen und einen Kaffee zu trinken?" Dann lächelte sie.

„Das ist sogar richtig. Du bist ganz offensichtlich sehr begabt. Ich glaube, Du hast noch eine große berufliche Karriere vor Dir." Er lächelte zurück.

Das Surren ihres Handys lenkte Nora von seinen Blicken ab. Eine What's-App. Von Maria. Ob Nora Lust auf Abendessen habe. In einer halben Stunde. Sie leerte den Pappbecher und schrieb zurück, dass sie sich auf den Weg mache.

„Soll ich Dir noch einen Latte Macchiato holen?"

„Nein danke. Meine Familie hat mich zum Essen eingeladen."

„Wie kocht denn Deine Mutter?"

„Maria ist nicht meine Mutter. Sie ist die Freundin meines Vaters. Meine Mutter ist tot. Gestorben nach einem Autounfall."

„Oh Gott. Das tut mir leid. Wie ist das denn passiert?"

„Erzähle ich Dir ein anderes Mal. Ich muss jetzt los. Danke für den Kaffee."

Sie nahm ihren Rucksack und ging Richtung Fleischstraße. Er sah ihr nach. Sie gefiel ihm. Sie gefiel ihm sogar sehr.

Nora war ein sportlicher Typ. Sie brauchte zwanzig Minuten, bis sie vor dem Haus in Trier-Süd angekommen war. Davor stand ein Streifenwagen. Die Beamten sprachen miteinander. Nora schlüpfte vorbei und betrat das Treppenhaus. Aus der Wohnung der Vermieterin waren Stimmen zu hören. Eine weibliche und eine männliche. Das eine könnte die Tochter der Vermieterin, Anna-Lena Starke, sein. Nora hatte Kontakt zu ihr, als sie noch im Haus wohnte. Das andere klang nach dem

Hausmeister Malessa. Über was die beiden sprachen, konnte Nora nicht verstehen, aber Anna-Lena klang sehr niedergeschlagen. Malessa versuchte sie zu beruhigen.

Nora klingelte an der Wohnungstür und wartete bis Maria öffnete. „Hallo Schatz. Na, wie geht es Dir?" Sie gab Maria einen Kuss auf die Wange. „Ganz gut soweit. Hier duftet es ja wieder köstlich. Das kann doch nur Dein toller Sauerbraten sein, oder?"

„Korrekt. Und dazu gibt es handgemachte bayerische Semmelknödel. Wie früher."

„Toll. Mein Leibgericht. Ich freue mich darauf. Ist denn Vater schon zu Hause?"

„Hat gerade angerufen. Er kommt ein paar Minuten später. Es gab einen Stau auf der Luxemburger Autobahn. Ein Unfall im Feierabendverkehr. Viele Pendler fahren um diese Zeit nach Hause. Das ist Pech. Sonst kommt er aber immer pünktlich."

„Das war vor Deiner Zeit noch anders." Nora stellte den Rucksack an die Garderobe.

„Früher kam er oft zu spät aus dem Büro. Das hat meine Mutter ganz schön genervt. Und fast hätte ihn die Angewohnheit umgebracht (siehe „Alles was Recht ist", **Anm. des Verfassers**). Aber das war meinem Vater wohl damals eine Lehre."

Sie lächelte und setzte sich an den Tisch. Es war bereits alles eingedeckt. Für vier.

„Basti ist da? Ich dachte, der wäre bei dem schönen Wetter mit den Kumpels beim Radfahren."

„War er auch. Den ganzen Nachmittag. Müssen die Mosel rauf und runter gefahren sein. Tut ihm ganz gut, wenn es schon keinen Schulsport gibt. Aber seit dem ich zu Hause bin, sitzt er schon wieder vor dem PC. Irgend so ein neues Spiel."

„Du Maria? Was macht eigentlich die Polizei vor unserem Haus? Ist was passiert?"

„Ja, Schatz. Das glaubst Du nicht. Frau Starke ist gestorben. Der Hausmeister hat sie gefunden. Sie hatte die Tür nicht mehr geöffnet. Da haben wir ihm Bescheid gesagt."

„Und was ist passiert?" Nora schenkte sich ein Glas Wasser ein.

„Die Polizei sagt, es sei ein Herzinfarkt gewesen. Soll schnell gegangen sein. Sie ist wohl einfach eingeschlafen, direkt vor dem Fernseher."

„Was ist mit dem Fernseher? Doch wohl nicht kaputt, oder? Hallo Schwester!" Basti setzte sich auf den Platz neben ihr. Maria füllte den Braten in die Terrine.

„Nein. Ich habe Nora nur gerade die Geschichte von Frau Starke erzählt. Hast du den PC ausgeschaltet? Unsere Stromkosten sind in letzter Zeit ganz schön gestiegen."

„Ja, Hab ich. Aber was soll man in diesen Corona-Zeiten denn sonst machen? Diese andauernden Lockdowns, weil die Fallzahlen immer wieder steigen. Wie soll denn die Inzidenz sinken, wenn so wenig geimpft und getestet wird, wie aktuell bei uns. Das ist schon so lange klar, aber in unserem Land kriegen wir das kaum in die Reihe."

„Neuer Impfstoff ist unterwegs, sagen die Pharmaunternehmen. Das kann jetzt nicht mehr lange dauern. Wir im Krankenhaus werden dann auch in die Kampagne mit einbezogen. Dann impfen wir, die Hausärzte, die Impfzentren. Das sollte dann doch eigentlich klappen." Sie stellte eine Schüssel mit dampfenden Semmelknödeln auf den Tisch. „Die müssen noch ein bisschen abkühlen."

Der Schlüssel drehte sich im Schloss der Wohnungstür. „Der Hausherr ist da!" Peter sah in die Küche. „Und die komplette Familie versammelt? Wie kommt's denn dazu? Hallo, Tochter. Das ist ja ein ungewohnter Anblick." Er küsste Maria auf die Wange. „Und, wie geht's? Was macht das Studium? Und die Jungs?" Er lächelte zu Nora.

„Das Studium läuft ganz gut. Teils Präsenz-, teils Online-Unterricht. Interessant, echt. Wobei mir der Präsenz-Unterricht lieber ist. Da hockt man nicht so isoliert vor dem PC. Und vor kurzem habe ich tatsächlich einen sehr netten Jungen kennengelernt."

„Sie ist verliebt," quittierte Basti und nahm sich einen Knödel.

„Bin ich gar nicht," konterte Nora und nahm sich ebenfalls einen Knödel.

Maria stellte das Fleisch auf den Tisch und setzte sich neben Nora und Basti.

„Und wenn schon, Schatz. Ist doch nicht schlimm. Gegen Gefühle kann man sich nur schwer wehren." Sie strich ihr über den Kopf. „Also, wer will Sauerbraten?" Ohne die Antwort abzuwarten, legte sie beiden Kindern eine Scheibe auf den Teller. Nora warf Basti noch einen kurzen genervten Blick zu und begann zu essen. „Tausendmal besser als in der Mensa, Maria. Echt lecker."

Peter kam mit einer Flasche Apfelschorle vom Kühlschrank zurück und setzte sich.

„Wer ist denn der junge Mann, den Du kennengelernt hast?" Maria stieß ihn unter dem Tisch mit dem Bein an.

„Ich weiß, dass das Deine private Angelegenheit ist, aber es interessiert mich einfach. In der heutigen Zeit ist das mit dem Kennenlernen doch ganz schön schwierig. Die Masken verbergen unser halbes Gesicht und ständig müssen wir Abstand halten."

„Er heißt Sebastian. Ja, genau wie Du, Bruderherz. Das muss aber gar nichts heißen. Er studiert ebenfalls Psychologie und steht kurz vor der Abschlussarbeit. Ich habe ihn in der Bibliothek kennengelernt. Heute waren wir am Kornmarkt Kaffee trinken. Er ist wirklich sehr nett. Und er ist einfach schon etwas erwachsener als meine anderen Kommilitonen. Die kommen gerade von der Schule und sind eher so wie Basti."

„He!" Basti rammte ihr entrüstet den Ellenbogen in die Seite. „Was soll das denn jetzt heißen?"

„Genau das habe ich gemeint." Nora lachte."Sebastian ist über ein solches Verhalten hinaus. Er hat schon viel Lebenserfahrung und kennt sich gut mit Menschen aus. Er behandelt mich trotzdem nicht von oben herab, obwohl ich im ersten Semester bin."

„Und Du gefällst ihm," ergänzte Maria.

„Ja," gab Nora zu. „Ich glaube schon. Er macht mir sehr viele Komplimente."

„Habt Ihr Euch schon geküsst?" Basti schob sich ein Stück Braten in den Mund.

„Nein!" entrüstete sich Nora. „Ich habe ihn gerade ein paar Mal getroffen. Du hast merkwürdige Vorstellungen, Bruderherz."

„Aber bitte sei vorsichtig, Tochter," mahnte Peter. „Du weißt ja, dass alle Mädchen, die in Trier verschwunden sind, so in Deinem Alter waren. Und fast alle waren auch Studentinnen. Hinzu kommen die kürzlichen Leichenfunde. Ich mache mir wirklich Sorgen."

„Keine Angst, Vater. Ich kann schon auf mich aufpassen. Und die arme Frau Starke ist einfach so gestorben? Ein Herzinfarkt vor dem Fernseher? Muss wohl am Programm gelegen haben. Ist ja auch alles sehr langweilig geworden. Ich streame lieber."

„Was bei mir wiederum abgebucht wird," ergänzte Peter. „Gern geschehen, Tochter."

„Danke Vater. Aber die Frau Starke war doch eigentlich noch ganz fit für ihr Alter. Ich habe sie vor meinem Auszug das letzte Mal gesehen. Da hat sie mir noch alles Gute gewünscht. Und die soll jetzt einfach nicht mehr da sein? Komisch. Könnt Ihr Euch noch an unsere Einweihungsfeier erinnern? Bei der sie jedem..."

„...von der Geschichte des Hauses und der Familie erzählt hat," fiel Basti ein.

Alle lachten und dachten an die Flecken auf der Bluse von Frau Starke.

Kapitel 12

Börner sah sich die Hautschuppe immer und immer wieder unter dem Mikroskop an.
'Nein, in keinem Fall gehört die zu Martina Starke. Eine ganz andere Struktur. Könnte sogar eine männliche Schuppe sein. Und das direkt in ihrer Halsgegend, komisch...'
Er stand auf und ging hinüber zum Obduktionstisch, auf dem sich der Körper von Frau Starke befand. Er war mit einem weißen sterilen Leinentuch abgedeckt. Es war zur Zeit der einzige belegte Tisch in der gesamten grün gekachelten Rechtsmedizin.

Er sah sich die betreffende Halsgegend genauer an und entdeckte kleine geplatzte Gefäße in den unteren Hautschichten, die an der Oberfläche nicht zu sehen waren. Auch die Luftröhre hatte eindeutig Quetschungen erlitten, die man aber nur über die Innenseite des Gewebes und nur mit einem Lupenaufsatz erkennen konnte.

Er zog sein Handy aus der Tasche und rief Thiel im Kommissariat an.

„Herr Thiel? Börner hier. Ich habe vor kurzem eine tote, ältere Dame untersucht. Ja, sie war wirklich tot. Das war nicht witzig, Thiel. Hören Sie, im Totenschein steht was von einem natürlichen Tod. Herzinfarkt. Aber da ich vor jeder Beerdigung Leichen nochmals untersuchen muss, habe ich mir die Dame genauer angesehen. Die inneren Spuren im Bereich der Kehle deuten auf eine Fremdeinwirkung hin. Wahrscheinlich ein Würgevorgang. Bei älteren Menschen kann man das in den oberen Hautpartien kaum noch feststellen, da die Blutergüsse nicht mehr so stark ausgeprägt sind. Sie verschwinden sehr schnell wieder. Aber in tieferen Schichten gibt es noch Spuren."

Thiel hielt im Hintergrund Rücksprache mit seinem Kollegen Braun. Börner wartete.

„Ja? Okay, sie kümmern sich darum. Ich würde Ihnen empfehlen, DNA-Tests von allen Bewohnern des Hauses in der Friedrich-Wilhelm-Straße zu machen und diese mit einer Hautschuppe zu vergleichen, die ich bei der toten Frau Starke gefunden habe. Die genauen Daten schicke ich Ihnen gleich per E-Mail. Ich wette, wir finden jemanden, der zuletzt bei ihr war. Er oder sie muss der Mörder sein, da lege ich mich einfach mal fest."

Er sah auf seinen Schreibtisch. In der Mitte lag ein dicker brauner Umschlag. „Ach ja, die Untersuchungsergebnisse aus Saarbrücken zum Leichenfund in Losheim sind heute gekommen. Werde mir die später noch genauer ansehen. Gebe Ihnen dann Bescheid. Jetzt muss ich aber dringend zu einem Wein-Seminar. Ich melde mich."

Kapitel 13

Pünktlich um neun Uhr hatte sich die komplette Sonderkommission um den großen Tisch im Konferenzraum versammelt. Durch die neuen Schnelltests hatte jeder in der Stunde davor erfahren, dass er nicht infiziert war. Trotzdem trugen die Beamten im Haus und in den Gängen weiter ihre FFP2-Masken. Sie warteten auf den von der Regierung versprochenen Impfstoff, der in den nächsten Wochen kommen sollte. Trotzdem waren die Inzidenzwerte unverändert hoch, so dass Einschränkungen im alltäglichen Leben immer möglich waren. Das bedeutete natürlich auch für die Polizei einen höheren Aufwand, insbesondere bei den Kollegen der Schutzpolizei, die die Anordnungen zu überwachen hatten. Aber auch die Kripo hatte in den letzten Wochen verstärkt mit häuslicher Gewalt und Internet-Kriminalität zu tun. Dafür war die Zahl der Einbruchsdelikte stark zurückgegangen. Die meisten Menschen waren in der Zeit ständiger Lockdowns einfach mehr zu Hause. Es war relativ ruhig in Trier.

Klopf sah zu Torsten Schneider hinüber. „Herr Kollege, was gibt es neues?"

Der smarte Mittdreißiger richtete sich auf und nahm seine Unterlagen zur Hand. „Das Opfer ist eine, wer hätte es gedacht, junge Studentin der Universität Trier. 21 Jahre alt und Tochter syrischer Auswanderer. Sie wurde in Neustadt an der Weinstraße geboren und lebte mit ihren Eltern und ihrem älteren Bruder seit zehn Jahren in Trier. Sie hatte Kommunikationswissenschaften studiert, konnte sehr gut Deutsch und war in ihrem Studiengang sehr beliebt. Ihr Name ist, äh, war Alina Abboud. Und sie war Rheinland-Pfalz-Meisterin im Kickboxen bei den Frauen."

„Was?" Klopf setzte einen völlig irritierten Blick auf.

„Ja, Sie hatte mit dem Training begonnen, als sie 15 war. Sie galt als großes Talent und war sogar für die Olympiamannschaft vorgesehen." Er zeigte ein Bild aus der Vereinszeitschrift. Alina setzte dabei gerade zu einem Roundhouse-Kick an. Sie hatte das rechte Bein fast in Kopfhöhe und die Fäuste am Körper. „Ich gehe somit davon aus, dass sie den Täter gekannt haben muss. Einen Überfall schließe ich aus. Sie hätte sich sehr effektiv wehren können. Da hätte ich eher Mitleid mit dem Täter..."

„Und wie kam sie nach Losheim?"

„Der Täter muss die Leichenteile dorthin gebracht haben. Vielleicht können wir die Möglichkeit eines rituellen Mordes ausschließen. Der Transport von Teilen ist nun mal wesentlich leichter als bei einer ganzen Leiche. Der Plastiksack stammt aus einem Baumarkt und kann überall gekauft worden sein. Er wurde mit einem Pflasterstein beschwert, damit er so tief wie möglich absinken konnte. Beim letzten Sturm, der im Frühjahr im Saarland gewütet hat, muss der Sack aufgerissen und der Stein durch das Loch raus gefallen sein. Dann hat sich das Seil am Pfeiler gelockert und der Sack ist an die Oberfläche getrieben worden, wo er schließlich entdeckt wurde. Die Leute dachten erst, es wäre illegal entsorgter Müll und hatten die Gemeinde angerufen. Die hat nach ersten Nachforschungen bisher keine Erkenntnisse für uns. Der Bootssteg ist öffentlich zugänglich, zumindest nachts. Tagsüber sind Anwohner, die Betreiber eines Hotels und Spaziergänger dort. Und im Sommer natürlich die zahlreichen Badegäste. Es wurden aber keine Auffälligkeiten festgestellt. Niemand hat was gesehen."

„Wer hat den Pathologie-Bericht gesichtet?"

„Das war ich," erwiderte Bianca Schön und zog die Unterlagen zu sich heran. „Der Pathologe aus Saarbrücken hat sehr gut erhaltene Körperteile vorgefunden. Sie waren im Sack relativ gut konserviert und dürften noch nicht solange im See gelegen haben. Der Mediziner geht maximal von sechs Monaten aus, vielleicht kürzer. DNA und der zahnärztliche Befund führten schnell zu unserem vermissten Mädchen. Außerdem trug sie einen ungewöhnlichen Ring, den ihr der Großvater geschenkt hatte. Sie war nach einem Sommerfest an der Uni in Trier verschwunden."

„Todesursache?"

„Wie bei Emel Gylcan. Reste von Pentobarbital im Magen des Opfers. Keine Spuren einer Vergewaltigung. Saubere Schnitte, wie von einer Machete oder einem großen Messer, keine Sägereste oder Veränderungen an den Knochen. Viel Kraft dabei. Es wird sich wohl um einen Mann oder eine ziemlich starke Frau gehandelt haben."

„Und die Augen?" fragte Klopf besorgt.

„Wieder chirurgisch sauber entfernt. Genau wie bei Emel Gylcan. Der Pathologe ist der Meinung, dass der Täter die Augen eventuell sammelt. Wie Trophäen."

„Ist ja eklig!" entfuhr es Thiel. „Was für ein krankes Arschloch muss das sein,..."

„Thiel," beruhigte ihn Jürgen Klopf. „Was gibt es neues vom Herrn Doktor?"

„Der hat Schuppen."

„Was?"

„Hautschuppen von Frau Starke. Jede Menge. Hatte wohl Kopfhautprobleme..."

„Thiel, wie immer sind ihre Berichte und Stellungnahmen von ausgesprochener Güte und Eloquenz. Aber könnten Sie mir bitte mal erklären, was die Schuppen von Frau Starke mit diesem Fall zu tun haben?" Klopfs Geduld war im Grenzbereich.

„Börner hat Schuppen am Hals von Frau Starke gefunden, die nicht zu ihr gehören. Er vermutet sogar, dass es sich um eine männliche Hautschuppe handelt."

„Das kann er herausfinden? Endlich mal ein guter Mann mit guter Arbeit."

Thiel guckte zerknirscht. „Ja, ganz toll. Und er hat Spuren eines Würgevorgangs an ihrem Hals entdeckt. Er geht damit von einem Gewaltverbrechen und nicht von einem natürlichen Tod aus. Wir werden morgen eine DNA-Überprüfung durchführen."

„Was hat denn der Tod von dieser Frau Starke mit unseren Entführungsfällen und den letzten Leichenfunden zu tun? Die Frau war doch viel zu alt, als dass sie in ein Profil des möglichen Täters passen würde. Und die Begehungsweise ist auch anders."

Thiel setzte einen fragenden Blick auf. „Vielleicht kommt unser Täter momentan in dieser Corona-Zeit nicht so einfach an mögliche Opfer heran, die seinen Vorstellungen entsprechen. Keine großen Feste, keine Studentenpartys, keine offenen Clubs. Keine gute Umgebung für seine Pirschgänge. Keine Menge, in der man sich verstecken oder untertauchen kann. Vielleicht war es einfach eine Kurzschlussreaktion und die arme Frau Starke ein Zufallsopfer."

„Bei einem, der so gründlich und auch so lange plant? Eher unwahrscheinlich." Klopf

sah zu Bianca Schön. „Was sagt denn unser lieber Profiler zu der Geschichte?"

Sie sah ihn mit ihren wunderschönen blauen Augen an. „Petermann ist der Meinung, dass unser Täter explizit auf jüngere Frauen oder Mädchen scharf ist. Wir haben nur kurz telefoniert. Er ist an einem älteren Fall dran, der kurz vor der Aufklärung steht."

Sie nahm sich ihren Notizblock zur Hilfe. „Es kann sowohl ein jüngerer Mann sein, der aus der ähnlichen

Altersschicht und mit dem gleichen Umgang auf diese Frauen aufmerksam wird, als auch ein älterer Täter, der sich ganz einfach zu jungen Frauen hingezogen fühlt und ebenfalls in deren Umfeld steht. Zum Beispiel durch seinen Job. Begierde wird oft durch häufige visuelle Reize hervorgerufen. Wenn er dann noch den Kontakt zu diesen Frauen aufbauen und eventuell ihr Vertrauen gewinnen kann..."

„Uni-Professor entführte und tötete Studentinnen. BILD berichtet..." Thiel grinste.

„Herr Kollege. Ich muss doch sehr bitten. Dies ist nicht die Zeit für Scherze. Medien und Öffentlichkeit haben ein Auge auf uns geworfen und erwarten langsam Erfolge. Wenn wir die nicht in absehbarer Zeit bringen, werden sie uns den Wölfen zum Fraß vorwerfen. Wir werden nach den Misserfolgen in der Vergangenheit als die in der Bundesrepublik unfähigste Polizeiinspektion zerrissen werden. Das hat mit größter Sicherheit politische Konsequenzen und die wiederum haben für uns natürlich auch berufliche Konsequenzen."

„Und natürlich ganz besonders für unseren Leiter..." bemerkte Braun.

„Sie sagen es, Kollege. Also, ich will einen gründlichen DNA-Test im Haus dieser Frau Starke und eine sofortige Festnahme, falls sich eine Übereinstimmung mit der gefundenen Hautschuppe ergeben sollte. Und ich will einen bundesweiten Abgleich mit Daten sämtlicher größerer Polizeibehörden, insbesondere bei bisher ungeklärten Fällen. Sowohl hinsichtlich unserer Studentinnen als auch unserer Frau Starke. Ist das klar soweit? Also an die Arbeit!" Klopf warf einen aufmunternden Blick in die Runde.

Die Männer sprangen voller Enthusiasmus auf und sahen sich motiviert an. Stühle wurden geschoben und Stimmengewirr setzte ein. Bianca Schön stand als letzte auf und begab sich mit der bei ihr gewohnten Grazie zur Tür. Klopf sah kurz zu ihr auf.

„Frau Kollegin, was sagt Petermann eigentlich zu der Geschichte mit den Augen?"

„Er ist der Meinung, es sei die Angst des Täters, die ihn dazu treibt. Es gab den Fall schon einmal bei einem russischen Massenmörder. Der glaubte damals, man könne sein Gesicht in den toten Augen der Opfer als letztes Bild wieder erkennen."

Kapitel 14

Peter war fix und fertig. Er musste diese Woche einen Kollegen vertreten, der von sechs bis zehn Uhr die Morning-Show bei RTL Radio moderierte. Das hieß für ihn um vier Uhr aufzustehen, um fünf in Luxemburg zu sein und mit seiner Co-Moderatorin tagesaktuelle Meldungen und die verschiedenen Rubriken vorzubereiten. Danach ging es ab sechs auf Sendung. Es war so gar nicht seine Zeit. Die letzte Frühsendung hatte er vor Jahren in Regensburg moderiert. Ab da wusste er, dass seine kreative Phase um einiges später anfing. Er war nun mal nicht der Lerchentyp, eher die klassische Eule. Lieber länger aufbleiben und dafür später aufstehen. Zehn Uhr war für ihn perfekt. Da aber sonst kein Kollege Zeit und Lust hatte, die Vertretung zu übernehmen, hatte es ihn erwischt. Eine Kollegin machte dafür seine Vormittagsendung. Er hatte akzeptiert. Eine Woche dürfte ja schnell vorbei sein. Und er kam bereits mittags nach Hause.

Es war kaum Verkehr nach der Autobahnausfahrt Richtung Innenstadt. Zügig hatte er mit seinem Opel Corsa das Moselufer erreicht und bog nach ein paar Minuten in die Südallee ein. In vier Stunden würde hier wieder das alltägliche Feierabendchaos mit zähflüssigen Autoschlangen und Staus beginnen. Er bog nach der nächsten Ampel nach rechts ab und reduzierte sein Tempo in der Friedrich-Wilhelm-Straße auf 30. Trotz seiner Müdigkeit behielt er die Straßen auf seiner rechten Seite im Auge. Hier konnte immer wieder ein schnelles Fahrzeug erscheinen, das Vorfahrt hatte. Endlich hatte er das letzte Stück der Straße erreicht und hielt nach dem ersten freien Parkplatz Ausschau, der sich eigentlich bald zeigen sollte. Mittags war es leicht, in dem sehr beliebten Wohnbereich in Trier sein Fahrzeug abzustellen. Aber alle Plätze waren belegt. Erstaunlich viele Kleinbusse standen in der Nähe von Peters Wohnhaus. Auf einigen waren Schriftzüge von bekannten Sendeanstalten zu lesen, andere waren ganz offensichtlich gemietet und trugen die Logos der Autovermieter. Wo die wohl alle hinwollten?

Ein Streifenwagen der Polizei Trier fuhr plötzlich vor ihm aus der Parklücke. Peter setzte seinen Wagen sofort hinein und winkte den Beamten, die ihr Fahrzeug bereits gewendet hatten, beim Vorbeifahren zu. Neben dem Fahrer saß der Pressesprecher, den Peter schon einige Male angerufen hatte und den er auch vom Sehen kannte. Er nahm seinen Rucksack vom Beifahrersitz und stieg aus. Als er den Wagen absperrte, sah er die Straße hinauf. Keine Ahnung, wo die Kollegen alle waren. Könnte jedes Haus sein. Er war müde und wollte sich zu Hause erst einmal auf die Couch legen. Maria kam später und auch Basti war unterwegs mit Schulkameraden. Ruhe. Ein seltenes Geschenk. Das würde er sich aber jetzt gönnen. Vielleicht noch ein kleines Mittagsschläfchen? Dreißig, vierzig Minuten. Dann war er wieder fit. Er fingerte den Hausschlüssel aus der Tasche und war bereits irritiert. Hinter der Türscheibe waren kurze Lichtschimmer zu sehen, die immer wieder aufflackerten, obwohl der Himmel völlig wolkenverhangen war. Er drückte die Tür auf und hörte leises Stimmengewirr im Treppenhaus. Er ging die erste Treppe zur Wohnungstür hinauf und sah neben dem Treppengeländer nach oben. Journalisten mit Mikrofonen und Kameras drückten sich im Gang gegenseitig an die Wände und versuchten die besten Einstellungen der Tür zu erwischen. Die Tür von Willi Malessas Wohnung. Gegenüber der von Frau Starke. Die auf den Kameras montierten Lampen tauchten den Gang in taghelles Licht. Die Redakteure machten sich fleißig Notizen auf ihren Schreibblöcken und tuschelten.

„He, Kollegen", rief Peter nach oben. „Peter Pfeffer von RTL Radio. Was gibt es da oben denn so Interessantes?"

„Tach, Kollege. Habt ihr das denn beim Radio nicht mitbekommen?" Der Mann vom SWR stützte sein Bein angewinkelt gegen die Wand und hielt die Kamera in einer tiefen Position um die Stufen mit aufs Bild zu bekommen. Er schwitzte unter seiner FFP-2-Maske. „Die Polizei hat vor einer Stunde euren Hausmeister verhaftet. Wegen Mordes an der Hauswirtin. Hat sie erwürgt. Wurde ohne Gegenwehr festgenommen."

„Nein. Habe ich wirklich nicht mitbekommen. Da war ich schon auf dem Heimweg. Und Ihr seid in Luxemburg nicht so gut zu empfangen. Habe meinen Sender gehört. War er das denn wirklich? Kannte den Mann. Ein ganz netter und auch ganz ruhiger Zeitgenosse. Und der soll Frau Starke erwürgt haben? Unvorstellbar."

„Na ja, Du kennst ja das alte Sprichwort: Stille Wasser sind tief. Jedenfalls sagte der Pressesprecher der Kripo, dass sie eindeutige Spuren gefunden hätten. Stammen von diesem Malessa. DNA. Vor einigen Tagen eingesammelt. Alles nähere kannst Du bei uns auf der Homepage finden. Wird gerade geschrieben. So, mir reicht es jetzt..."

Er schaltete die Kamera aus und packte sie in ihre Hülle aus grauem Kunststoff. Der Kollege steckte die Elemente seiner Mikrofon-Angel zusammen und verstaute sie in einer großen schwarzen Tasche. Peter dachte nach. Er konnte sich noch gut an den Test erinnern. Alle Bewohner hatten den Beamten Speichelproben gegeben. Peter hielt das bei einem normalen Herzstillstand für ein kleines bisschen übertrieben. Nie hätte er geglaubt, dass sich daraus eine Verhaftung ergeben würde, schon gar nicht bei Sigi.

„Sagt mal Freunde, hat der Hausmeister bei seiner Verhaftung noch irgendetwas von sich gegeben?" rief er nach oben. „Ein Statement, seine Entrüstung, irgendetwas?"

Der Kamera-Mann vom SWR sah ihn an, während er seinen Gurt mit einem Akku und ähnlichen Utensilien abnahm. „Nein. Das war das Erstaunlichste an der ganzen Sache. Er war völlig ruhig. Hat sich ohne einen Mucks die Handschellen anlegen lassen. So, als wenn es völlig klar war, dass die Polizei ihn festnehmen würde. Als wenn er drauf gewartet hätte..."

Das Team von SAT.1 drückte sich an ihm vorbei. „Dann macht es mal gut, Kollegen. Bis zum nächsten Verbrechen. Wir müssen das bis heute Abend noch fertig machen."

„Immer in Hektik, diese Privatrechtler. Oh, sorry, war nicht persönlich gemeint."

„Schon gut." Peter hatte sich ebenfalls seine Maske angezogen, da die Kollegen sehr nah an ihm vorbeigegangen waren. Er kratzte sich an den nervenden Ohrbändern.

„Und er hat wirklich gar nichts gesagt?" wiederholte er ungläubig.

„Wie war Dein Name noch gleich? Peter Pfeffer? Dich wollte er sprechen, aber Du warst nicht da. Als er aus dem Haus geführt wurde, sagte er einem Beamten, einem Herrn Thiel oder so, dass er nur mit Dir sprechen würde, sonst mit niemandem. Dann mach Dich mal auf die Socken und vergiss nicht, uns auch Informationen zu geben."

„Mach ich." Peter sperrte die Wohnungstür wieder ab und eilte sofort zum Wagen.

Kapitel 15

Das Polizeipräsidium mit seiner braunen Außenfassade lag auf der linken Seite. Kein schöner Bau, aber das waren Präsidien ja eher selten. Hauptsache funktional.

Peter parkte den Corsa auf dem Besucherparkplatz davor und ging zum Empfang. Er zeigte seinen Presseausweis vor und bat um Vorsprache bei KHK Thiel. Der Beamte sagte ihm die Zimmernummer und schickte ihn in den ersten Stock des Gebäudes.

Jens Thiel saß vor dem PC und tippte seinen Bericht über die Festnahme Malessas. Er sah kurz auf, als Peter in sein Büro trat.

„Guten Tag. Herr Thiel?"

„So ist es. Moin. Und wer sind Sie?"

„Mein Name ist Peter Pfeffer, Redakteur bei RTL Radio."

„Ich gebe kein Interview zu der heutigen Verhaftung. Da müssen Sie schon auf die offizielle Pressemitteilung warten." Er sah wieder auf den Bildschirm. Hinter ihm war eine große Pinnwand mit den verschwundenen Mädchen in zeitlicher Reihenfolge von oben nach unten. Dazu Fotos von ihrer Vermissten-Anzeige und, bei den ersten drei Mädchen, Fotos von ihrem Auffindeort. Daneben handschriftliche Vermerke.

„Nein, darum geht es nicht. Der verhaftete Sigi Malessa ist so eine Art Hausmeister bei uns in der Friedrich-Wilhelm-Straße. Er kümmerte sich um kleinere Arbeiten für unsere Vermieterin, Frau Starke. Ich kannte ihn von kurzen Gesprächen und der einen oder anderen Reparatur bei uns in der Wohnung. Er wollte mich bei seiner Verhaftung unbedingt sprechen. So wurde es mir von den Pressekollegen ausgerichtet."

Thiel sah auf seinen Bericht. „Ist ja lustig. Genau an der Stelle in meinem Bericht bin ich gerade. Haben Sie denn auch einen Ausweis dabei, Herr Pfeffer?"

Peter zeigte seinen Presseausweis, den Thiel genau studierte. „In Ordnung. Malessa sitzt im Verhörraum 1 am Ende des Ganges links. Sie haben zehn Minuten. Danach werden wir unsere erste Vernehmung starten. Falls er nicht doch noch einen Anwalt haben will. Bis jetzt hat er das noch nicht gesagt."

„Okay. Dann gehe ich zu ihm und frage, was er von mir will. Ich habe nämlich keine Ahnung und bin müde." Peter steckte den Ausweis wieder in seine Hosentasche.

„Tragen Sie irgendwelche Waffen oder ein Handy bei sich?" Peter verneinte. „Gut, also zehn Minuten, setzen Sie sich nur auf Ihre Seite und halten Sie bitte Abstand."

Peter verließ das Büro und ging den Gang hinunter. Er hatte wirklich keine Ahnung, was Sigi Malessa von ihm wollte. An der Tür mit dem Schild 'Verhörraum 1' hielt er an. Er erinnerte sich an seine Zeit als Anwalt und Strafverteidiger in Regensburg. Als er häufiger solche Gänge zu Verhör- oder Besucherräumen in der JVA gemacht hatte.

Er öffnete die Tür und sah Sigi Malessa auf der gegenüberliegenden Seite eines größeren Metall-Tisches sitzen, hinter einer Plexiglasscheibe, in Handschellen. Seine Arme waren dadurch an der Tischplatte fixiert, sein Kopf war gesenkt. Er sah zu ihm auf, als Peter eintrat und deutete mit dem Kopf auf den Stuhl vor ihm.

„Setz Dich, Peter. Schön, dass Du kommen konntest. Ich brauche Deine Hilfe."

Peter setzte sich auf den Stuhl und sah Sigi in die Augen. Sie waren leer.

„Sigi, stimmt das? Du hast Frau Starke umgebracht? Warum?"

„Ich möchte dazu nichts sagen." Er sah auf die Kamera in der gegenüber liegenden Ecke der Zimmerdecke. Sie war ausgeschaltet. Das rote Licht über der Linse war aus.

„Aber ich möchte Dich als meinen Verteidiger, Peter. Geht das?"

„Theoretisch ja. Ich habe meine Zulassung als Rechtsanwalt nicht abgegeben. Hat mit den Rentenansprüchen zu tun. Aber hast Du eine Ahnung, seit wie vielen Jahren ich keinen Menschen mehr verteidigt habe? Ich meine, das ist wie Fahrrad fahren, das verlernt man als Anwalt nicht. Aber mir fehlt natürlich eine gewisse Routine."

„Ist mir egal. Ich will keinen Anwalt aus Trier. Ich kenne hier keinen und ich will auch keinen Pflichtverteidiger aus dieser Gegend. Ich will Dich. Ist das okay?"

„Ja, ist okay," sagte Peter. „Ich kann allerdings nur am Abend nach der Arbeit zu Dir kommen. Meinen Job muss ich schon noch machen, das geht leider nicht anders. Ich muss ja Geld für mich und meine Familie verdienen. Übrigens, wie machen wir das mit meinen Gebühren? Willst Du mich als Pflichtverteidiger nehmen? Dann zahlt die Staatskasse meine Gebühren."

„Gute Idee. Ich kann mir keinen Anwalt leisten. Das Geld von der Uni hätte dafür nicht gereicht und den Job bin ich jetzt natürlich los. Ich habe keine Ersparnisse."

„Okay Sigi, dann machen wir das so. Ich komme morgen wieder und bringe meine Vollmacht mit, die Du mir unterschreibst. Dann bitte ich das zuständige Amtsgericht um Bestellung als Pflichtverteidiger und danach kannst Du mir alles zu diesem Fall erzählen. Dann kann ich Deine Verteidigung vorbereiten, Akteneinsicht nehmen..."

„Ich werde nichts sagen," Sigi verschränkte die Arme vor der Brust. Die Kette der Handschellen spannte sich vor dem Brustkorb und rasselte.

„Klar, zu den Beamten. Aber mir musst Du schon erzählen, was passiert ist. Ich bin Dein Anwalt. Ich unterliege der Schweigepflicht über die Dinge, die Du mir erzählst."

„Nein, auch Dir nicht. Ich werde niemandem etwas erzählen." Er schüttelte den Kopf.

„Toll, Sigi. Gute Taktik. Wie soll ich Dir helfen, wenn Du mir nichts erzählst? Die werden Dir nicht nur den Tod von Frau Starke sondern auch den Mord an den drei Mädchen anhängen, die bisher gefunden wurden. Willst Du dafür gerade stehen?"

Sigi presste die dünnen Lippen aufeinander und starrte ins Leere. Es klopfte. Thiel stand an der Tür. „Fertig, Herr Pfeffer? Dann starten wir jetzt seine Vernehmung."

Peter stand auf. „Viel Spaß, Herr Thiel. Ich bin sein Verteidiger und er wird nichts sagen. Ich komme morgen wieder." Er nickte ihm zu und verließ den Raum.

'Verrückt,' dachte Peter auf dem Weg zum Wagen. 'Auf einmal bin ich wieder Anwalt. So schnell kann es gehen. Da lebt man mit so einem Menschen unter einem Dach und plötzlich ist man sein Pflichtverteidiger. Warum will er mir nichts zu dem Fall sagen? Ich muss doch wissen, ob er Frau Starke und eventuell auch die Mädchen umgebracht hat. Wie soll ich ihn denn sonst verteidigen? Ihm zu einer Aussage raten oder nicht? Gerade in Bezug auf ein mögliches Strafmaß wäre ein Geständnis schon wichtig.'

Er passierte den Pförtner, winkte und ging zur Außentreppe des Gebäudes.

'Es gibt zwei Möglichkeiten,' dachte er sich. 'Entweder ist er unschuldig und hat gar nichts getan. Dann muss er auch nichts sagen. Man kann ihm nichts nachweisen. Da wäre aber noch diese DNA-Spur, die dagegen spricht. Mal sehen, was darüber in der Ermittlungsakte steht. Oder – zweite Möglichkeit – er hat Frau Starke umgebracht und hat Angst, zu viel zu sagen. Vielleicht über die Morde an den Mädchen. Aber warum spricht er dann nicht mit mir? Hat er Angst, dass ich doch etwas erzähle?'

Er hatte den Wagen erreicht und stieg ein. 'Lustig,' dachte er und startete den Motor. 'Wenn die Presse-Kollegen mehr über Sigi Malessa erfahren wollen, müssen sie mit mir reden. Ich bin sein Verteidiger. Schade, dass ich mich nicht selbst interviewen kann. Immer diese Schweigepflicht...' Er grinste und fuhr nach Hause.

Kapitel 16

Ihre Augen lieferten ihr nur ein dunkles, verschwommenes Bild von ihrer Umgebung.

Sie hatte keine Ahnung, wo sie war, welcher Tag heute war, welcher Monat, welches Jahr. Geschweige denn, wie spät es genau war.

Doch sie wusste, dass es langsam Abend wurde. Die Wirkung der KO-Tropfen ließ nach. Das tat sie immer, wenn es Abend wurde. Es gab ihr wenige Minuten höherer Aufmerksamkeit und Konzentration. Nahm den bleiernen Schleier von ihrem Kopf.

Leider erfuhr sie dadurch nur wieder das tägliche Ausmaß ihres Dilemmas. Dieselbe triste Umgebung in ihrem niederen Dasein. Sie war eine Gefangene. Ihr Käfig war ungefähr zwei mal zwei Meter groß mit einer Höhe von circa eins fünfzig. Sie konnte nicht aufrecht stehen. Musste gebückt zum Eimer in der Ecke, der für ihre Fäkalien bestimmt war und zum Teller in der anderen Ecke, der morgens und abends mit Brot, Rührei, Spiegelei und verschiedenen Eintöpfen und Suppen befüllt wurde. Alles sehr einfach und nicht besonders schmackhaft, aber versetzt mit den Tropfen, die sie Tag für Tag und Nacht für Nacht ins nebelhafte Traumland beförderten. Daneben stand immer ein Becher mit Wasser, der wahrscheinlich auch mit den Tropfen versetzt war. Nur zur Sicherheit, damit sie diese auch in jedem Fall zu sich nahm. Und sie musste. Sie hatte Hunger. Anfangs hatte sie probiert, das Essen zu verweigern, das aber nur drei Tage durchgehalten. KO ging sie trotzdem, also muss es das Wasser gewesen sein. Einmal in der Woche stand zwischen Eimer und Teller eine große Schüssel mit warmem Wasser, darunter ein kleines Gästehandtuch mit einem kleinen Stück Seife. Es war das Mindestmaß an Körperhygiene, dass sie sich vorstellen konnte. Oft kam sie sich schmutzig und klebrig vor, aber sie stumpfte mit der Zeit immer mehr ab.

Essen und trinken, Stuhlgang und Hygiene wurden immer mehr zu Automatismen. Sie tat es, wenn die Zeit gekommen war und begab sich danach wieder auf ihre Pritsche, die aus einer dünnen Matratze auf einer Drahtunterlage mit vier Füßen bestand. Sie war von ihrer langen Zeit in diesem Gefängnis schon durchgelegen, aber das spürte sie kaum noch. Wie so vieles, dass sie früher sicherlich gespürt hätte, aber nicht mehr tat. So, wie seine Berührungen, die immer einige Zeit nach den Mahlzeiten und der einsetzenden Wirkung der KO-Tropfen kamen. An manchen Tagen war die Dosierung sehr stark und sie fiel nach dem Essen fast in eine Art Koma. Dann wurde ihr schwarz vor Augen und sie konnte sich an nichts mehr erinnern. Aber an manchen Tagen war die Dosis offensichtlich geringer, denn sie erkannte eine Gestalt im flackernden Licht der aufgestellten Kerzen und sie spürte Hände auf ihrer Haut, die alle Partien ihres Körpers abzutasten schienen. Manchmal bereiteten sie ihr sogar Freude bis zum Ende, das sie mit einem lauten Seufzer signalisierte. Manchmal aber stoppten sie auch davor und ließen sie in einer Art angespanntem Zustand zurück. Dann musste sie den Rest selbst erledigen, der aber nie so schön ausfiel, wie bei den fremden Händen.

Erkannt hatte sie die Person nicht. Sie trug einen weißen Umhang und eine weiße Maske. Sie sprach so gut wie nie. Eher selten. Einmal bei der Essensverweigerung. Eine männliche Stimme. Konnte aber auch verfremdet sein. Ab und zu flüsterte sie, gerade bei den Berührungen. Manchmal auch aus der Entfernung, wenn sie bei den anderen Käfigen stand, die sich in dem schwach beleuchteten Raum befanden. Sie nannte sich selbst 'Nexus', die Verbindung zwischen hier und der Außenwelt. Und sie verlangte Gehorsam und das

Einhalten ihrer Regeln oder die Verbindung würde sofort beendet werden. Das bedeutete Tod. Nexus ließ keinen Zweifel daran. Er machte sich immer lautstark bemerkbar, wenn ein Mädchen den gemeinsamen Kreis verließ. Er schleppte es dann zum Ausgang des Raumes und man sah und hörte sie nie wieder.

Aylin Tecal hatte diese Momente schon im Rausch erlebt. Mal mehr und mal weniger deutlich. Nexus zog ihnen einen großen Sack über den Körper und schleppte sie dann hinaus. „Das passiert, wenn ihr euch nicht an die Regeln haltet. Also esst, trinkt und haltet euch sauber. Falls nicht, werdet ihr genauso enden." Zwei- oder dreimal war das schon passiert. Genau konnte sie es nicht mehr sagen. Sie war schon so lange hier.

Die Tochter eines türkischen Arztes hatte gerade begonnen, Medizin zu studieren. Sie wollte unbedingt in die Fußstapfen des Vaters treten und hatte sich nach ihrem sehr guten Abitur direkt an der Uni Trier immatrikuliert. Sie liebte dieses Studium, auch wenn es sehr lernintensiv war. Oft kam sie erst spät in ihre kleine Wohnung in der Nähe des Campus. Aber sie war glücklich. Ihre kleine graue Perserkatze begrüßte sie jedes Mal überschwänglich und konnte die Essensausgabe kaum erwarten. Sie hatte die Katze 'Özil' genannt. Nach ihrem Lieblingsfußballspieler. Fußball war ihr großes Hobby. Sie guckte gerne Spiele im Fernsehen, hatte aber auch eine Gruppe Mädchen, die sich einmal die Woche auf der Sportanlage der Uni trafen und kickten. Alles war perfekt. Sie hatte zwar noch nicht ihre große Liebe gefunden. Aber dafür war ja auch noch Zeit. Erstmal wollte sie das Studium abschließen und danach den Menschen helfen, so wie es ihr Vater jeden Tag tat. Natürlich hatte sie Kontakte zu einigen Jungs aufgenommen, aber sie wollte keine schnelle sexuelle Geschichte, wie sie vielleicht andere Mädchen ihres

Alters hatten. Sie liebte ihre Eltern, ihren kleinen Bruder und Özil, aber in einen anderen Jungen hatte sie sich noch nicht richtig verliebt. In der Schulzeit gab es eine kurze Beziehung zu einem Jungen namens Emre, die aber nach einiger Zeit wieder abflaute. Mit ihm hatte sie ihre Unschuld verloren. Es war okay. Aber nicht mehr. Das nächste Mal sollte alles passen und es sollte von ihr ausgehen.

Dann wurde es nach einem Proseminar vor einigen Jahren sehr spät und sie ging im Dunkeln nach Hause. Die Straße war leer und ihr Haus noch einen Block entfernt, als sie von hinten gepackt und mit einem Tuch und einem Narkotikum betäubt wurde. Als sie wach wurde, lag sie in diesem Käfig, den sie bis heute nicht verlassen hatte. Viele Tage haderte sie mit der Situation, wollte sich wehren, wenn sie einmal etwas klarer im Kopf war. Aber dieser Zustand hielt nicht lange an. Dann verflüchtigte sich alle Aggression wieder in einen Zustand stundenlangen Dahindämmerns, voller Frieden und Gleichgültigkeit. Nexus kannte sich mit den Tropfen sehr gut aus, das stand mal fest. Und so wurde Aylin im Laufe der Zeit immer ruhiger und ergebener - braver. Es war ihr nicht mehr wichtig, ob sie von der Polizei gefunden oder eventuell doch noch von Nexus freigelassen würde. Wie eine Süchtige fiel sie von einem Rausch in den nächsten, wartete schon auf das Gefühl, das ihre missliche Situation irgendwie auch wieder erträglich machte. Sie siechte dahin. Bis auf die kleinen wachen Momente...

Aylin ließ ihre wunderschönen braunen Augen durch den Raum wandern. Allmählich nahmen die anderen Gegenstände Konturen an. Sie erkannte zuerst die gegen Schall geschützte Tür, die verschlossen war. Daneben das kleine Regal mit den Kerzen, das an der ebenfalls schallgeschützten Wand hing. Darüber, in der Ecke des Raumes hing die Überwachungskamera, die sie ständig beobachtete. Nexus entging dadurch nichts. Er konnte sie wohl mit dem Handy auch von auswärts überwachen, denn wenn etwas Auffälliges passierte, kam er manchmal später in den Raum und erkundigte sich bei den Mädchen was passiert war. Oftmals gab es gesundheitliche Probleme, die er aber meistens durch entsprechende Medikamente lösen konnte. Er schien in der Hinsicht sehr bewandert zu sein. Ein Pharmazeut oder ein Mediziner. Dafür sprach auch die Art, wie er die Mädchen bei einigen Beschwerden untersuchte. Aber das konnte auch angelesen sein. Aylin war sich da nicht so sicher. Vorsichtig drehte sie ihren Körper zur anderen Seite und sah den nächsten Käfig, der zwei bis drei Meter entfernt stand.

„Hey Francesca, bist Du wach?" wisperte sie durch den Raum und wartete auf eine Reaktion. Oft kam keine Antwort. Auch die anderen Mädchen waren im Rausch. Es mussten vier weitere in diesem Raum sein. Insgesamt hatte sie sechs Käfige gezählt. Der hintere war seit einiger Zeit leer. Dieses Mädchen, deren Namen sie nicht kannte, war irgendwann kollabiert und an ihrem Erbrochenen erstickt. Nexus kam zu spät. Er konnte nur noch ihren Leichnam entfernen. Aylin hatte das lange und heftige Husten heute noch im Ohr. Möglicherweise hatten die Drogen den Magen angegriffen. Das konnte zu schweren Blutungen und zu einem tödlichen Brechreiz führen.

Der Schatten im anderen Käfig bewegte sich. Ein leises Quietschen war zu hören.

„Hey, Aylin," wisperte die andere schlaftrunkene Stimme. „Alles gut bei dir?"

Francesca Kross war ein Mädchen aus der Region. Groß, schlank, lange schwarze Haare, ein hübsches Gesicht. Etwas größer als Aylin mit ihren 1,68 Meter. Circa 1,75 oder mehr, schätzte sie. Auf die Entfernung im Halbdunkel war das schwer zu sagen. Sie war in einem

Betrieb beschäftigt und machte eine Weiterbildung zum Betriebswirt an der örtlichen IHK. Vor einigen Jahren hatte sie das Sommerfest an der FH in Trier besucht und an mehreren Bierständen gefeiert. Irgendwann kam ein Junge dazu und hatte sie immer wieder eingeladen. Sie spürte erste den Rausch und dann nichts mehr. Später wurde sie in dem Käfig wieder wach, in dem sie jetzt schon so lange steckte.

„Ja, soweit. Aber meine Tage haben wieder begonnen und Nexus hat die Binden wohl vergessen. Ich habe meinen Schlüpfer eingesaut. Die Blutung ist zur Zeit sehr stark. Hast Du noch Binden da? Ich fühle mich echt unwohl."

„Mist. Nein. Leider nicht. Aber warte noch ab. Er wird ja bald kommen, sagt mir mein Zeitgefühl, wenn es noch halbwegs intakt ist. Dann soll er Dir welche holen und ein frisches Höschen gleich mit."

„Er wird nicht begeistert sein. Hoffentlich gibt das keinen Ärger mit ihm."

„Was soll er denn mit Dir machen? Dich noch mal in einen Käfig stecken?"

„Nein, aber die Essensration streichen. Gut, es schmeckt eh nicht besonders. Wohl so eine Dosengeschichte oder anderer Instantkram, aber hast Du schon einmal die ganze Nacht Hunger gehabt? Das ist kein besonders schönes Gefühl."

„Stimmt. Aber ich glaube, das macht er nicht mehr bei Dir. Irgendwie mag er Dich. Man hört das an der Art, wie er mit Dir und mit anderen Mädchen spricht. Das ist ein Unterschied. Meine Nachbarin, ich glaube, sie ist Jurastudentin, macht er fast jeden Tag fertig. Kann wohl Juristinnen nicht so leiden, oder blonde Luxemburgerinnen."

„Florence ist Luxemburgerin? Ich dachte, Französin. Hatte kurz mit ihr geredet. Ist schon ein paar Wochen oder Monate her. Das weiß man ja hier drin nicht mehr so genau. Aber sie war auf die Entfernung und mit ihrem Akzent nicht gut zu verstehen."

„Luxemburgerin. Arbeitet in einer Bank in der Hauptstadt. Wollte bei uns an der Uni studieren. BWL glaube ich. War auch beim Sommerfest an der FH, als ihr plötzlich schummerig wurde. Muss an ihrem Auto auf dem Parkplatz zusammengebrochen und dann hierher gebracht worden sein. Unser Freund hat offensichtlich ein Schema."

Aylin überlegte kurz. Auch sie hatte mittellange dunkle Haare. „Mich hat er aber auf dem Nachhauseweg erwischt." flüsterte sie. „Direkt nach der Uni. Ob er von da oder aus der Nähe kommt?"

„Keine Ahnung," antwortete Francesca leise. „Beim Sommerfest treffen sich viele Menschen. Es hat einen Ruf, der über die Grenzen hinausgeht. Ich habe dort schon Franzosen und Belgier getroffen. Aber so einen charmanten Kerl wie Nexus noch nie. Klingt nicht wie ein Student. Klingt älter. Bin mir aber nicht ganz sicher. Und er hat eine sehr gute Ahnung, wie man Frauen berührt. Kennst Du diese Gefühle?"

„Stimmt. Am Anfang fand ich es noch furchtbar, aber langsam habe ich mich daran gewöhnt. Hauptsache, er vergewaltigt uns nicht. Davor habe ich richtig Schiss."

„Ach weißt Du," flüsterte Francesca, „ich glaube, das tut er nicht..."

„Was tut er nicht," sagte eine männliche Stimme an der Tür, die sich fast geräuschlos geöffnet hatte. „Ich sagte doch, Ihr sollt nicht miteinander reden. Soll ich Euch beide etwa bestrafen? Wer hat das Gespräch angefangen? Doch nicht Du, Aylin, oder?"

„Nein," stotterte Aylin und hustete angesichts ihrer Lautstärke, mit der sie schon so lange nicht mehr gesprochen hatte. Sie bekam plötzlich furchtbare Angst.

„Wirklich nicht?" fragte Nexus in herrischem Ton. „Lügst Du mich an?"

Der Raum hinter ihm war schwach beleuchtet. Eine Bürolampe oder Bildschirme oder ähnliches. Sie erkannte seinen weißen Umhang und sah direkt auf die weiße Maske. Er trug ein Tablett mit einem großen Topf, einer Kelle und einem Krug Wasser. Sie erkannte ein Päckchen Frauenbinden unter seinem Arm, und einen Schlüpfer.

„Ihr kennt doch die Strafe, wenn ihr mich anlügt, oder? Kein Essen und kein Wasser."

„Ja, ich habe sie angesprochen," stotterte Aylin. „Bitte bestraf mich nicht. Ich brauche eine neue Binde. Meine alte ist komplett voll und mein Slip blutig. Vielleicht auch meine Jogginghose. Habe ich noch nicht geguckt. Ich will doch sauber sein..."

Er ließ die Worte in dem schalldichten Raum verklingen und antwortete nicht. Aylin schluchzte leise. Er setzte das Tablett auf einem kleinen Hocker ab, den er oft dafür benutzte, den Mädchen nachts beim Schlafen zuzusehen. Im Licht der Kerzen ließ er seinen Gedanken und Phantasien freien Lauf. Manchmal stand er auf und betrachtete eine der jungen Frauen ganz intensiv. Insbesondere wenn sie sich die dünnen Decken vom Körper strampelten. Sie trugen darunter oft nur T-Shirt und Höschen. Er wollte nur sehen, wie sich ihre Körper im Takt der Atmung bewegten. Wie sie zuckten, wenn sie träumten, sich drehten und dann weiterschliefen. Manchmal reichte der Genuss der Augen jedoch nicht aus. Dann wollte er sie berühren, wollte mit seinen Händen und Fingern ihre Haut spüren. Ihnen Freude bereiten, wenn er dazu Lust hatte. Oft wurden sie noch nicht einmal wach dabei, sondern drehten und wanden sich so lange, bis der Orgasmus einsetzte. Selbst wenn sie ihn ansahen, waren sie doch in ihrem geistigen Schleier gefangen, den er mit den Tropfen verursachte. Er hatte die Macht über sie.

Folgten sie seinen Anweisungen nicht oder war er mit ihrem Verhalten unzufrieden, wurden sie bestraft. Der Entzug von Wasser und Essen hatte schon große Wirkung. Wurden die Mädchen aber nicht gefügiger, waren aufsässig, besonders in der ersten Zeit seiner „Gesellschaft", dann nahm er ihnen die Decke oder auch den Eimer weg. Der Verlust eines Gegenstandes, mit dem man sich gegen die Außenwelt und gegen neugierige Blicke abschirmen konnte, war schon wichtig. Wenn aber Urin und Kot an den Rändern des Lochblechbodens hängen blieben und mehrere Tage stanken, brach jeder Widerstand in sich zusammen. Auch die stärksten Charaktere gaben dann auf.

Und Aylin war ein starker Charakter. Das hatte er ihr sofort angemerkt. Ihre dunklen Augen waren immer wach und konzentriert, und sie passten ganz wunderbar zu den dunklen Haaren, die sie etwas länger trug. Wenn man sich mit ihr unterhielt, fiel auf, dass sie schnell vom ernsten in den lustigen, spitzbübischen Modus wechseln konnte. Sie konnte sogar richtig witzig sein und ihr Lachen war dabei rau und ansteckend. Sie war im Schlaf sehr aktiv, schien viel zu verarbeiten, und sie war leidenschaftlich. Oft keuchte oder grunzte sie in ihrem rauen Ton laut auf, wenn sie kam. Er genoss es.

Nachdem er aus dem angrenzenden Raum eine Schüssel und ein Handtuch geholt hatte, öffnete er die Käfigklappe an der Längsseite und schob beides hinein. „Jetzt mach Dich erst mal sauber, dann kannst Du essen und trinken." Er warf ihr noch die Binde und ein frisches Höschen durch die Gitterstäbe aufs Bett und sah ihr zu, wie sie sich wusch. Als Aylin fertig war, zog er die Waschschüssel heraus und stellte den Teller mit dem

Eintopf in den Käfig, füllte den leeren Plastikbecher mit Wasser.

„Braves Mädchen, guten Appetit." Er stand auf und ging zum nächsten Käfig.

Erbseneintopf. Gar nicht mal so schlecht. Und ohne Schweinebauch. Schließlich war sie Muslimin. Aylin hatte richtig Hunger. Immer wenn sie ihre Periode hatte. Sie aß den Teller in einem leer und spülte die Scheibe Brot mit Wasser hinunter. Es ging ihr wieder besser. Gesäubert und satt nahm sie wahr, wie Nexus bereits beim vorletzten Käfig ankam. Das leise Gespräch konnte sie nicht verstehen. Aber er säuselte. Tat er immer, wenn ihm ein Mädchen besonders gefiel. Sie wusste nicht, wer das war. Hatte sich mit den hinteren Mädchen noch nie unterhalten. Wäre zu laut gewesen. Hätte er gehört. Keine Gespräche – keine Strafen. Und alles in dieser verfluchten Situation war gut, wenn man das so nennen wollte. Aber der Mensch lernt sich anzupassen. Jeder Situation, sei sie auch noch so aussichtslos. Darum überlebten Schiffbrüchige oder Menschen, die sich in der Wildnis verlaufen hatten, so lange. Der Überlebenswille und die Anpassungsfähigkeit des menschlichen Geistes – ganz große Evolution. Der Mensch war sogar in der Lage, längere Zeit giftige oder schädliche Stoffe zu sich zu nehmen, ohne daran sofort zugrunde zu gehen. Aber wie lange, das hing immer vom jeweiligen Menschen ab. Ihre Lider wurden schwerer, ihre Gedanken drifteten davon. Aylin fiel nach hinten auf die Pritsche und sank in eine dankbare Ohnmacht.

Kapitel 17

Jürgen Klopf war zu spät.

Er hatte noch eine halbe Stunde mit dem LKA in Mainz telefoniert, aber keine neuen Informationen zu deren Ermittlungen in der Sache „Leichenfund" erhalten. Alles was seine SoKo wusste, war der neueste Stand. Auch labortechnisch. Und jetzt warteten sie alle auf ihn. Vielleicht gab es ja Neuigkeiten. Auch von Malessa...

Er nahm seine Akte und sein Telefon und eilte zum Konferenzraum. Die Stoffmaske mit dem Symbol des Landes Rheinland-Pfalz ließ er liegen. Alle seine Beamten waren geimpft und machten zweimal die Woche einen Corona-Test. Bisher immer negativ.

Auch die Inzidenz der gesamten Stadt Trier wurde immer besser. Sie lag schon unter 10, viele Geschäfte und Restaurants hatten schon geöffnet und Veranstaltungen, die seit letztem Jahr undenkbar waren, wurden geplant. Das Theater Trier probte bereits fleißig für die nächsten Vorstellungen. Es war fast wieder ein normales Leben. Bis auf die hochansteckende Delta-Variante, die über England nach Deutschland geschwappt war. Ihr Anteil an der Pandemie wurde immer größer und viele Experten befürchteten, dass die aktuellen Impfungen im Land nicht ausreichen würden. Schulen arbeiteten bereits wieder mit Präsenz-Unterricht, an der Universität überlegte man aber noch.

Klopf erreichte die Glastür und schwitzte. Aufgrund der sehr hohen Temperaturen war die Klimaanlage im Präsidium ausgefallen. Es war unglaublich heiß. Auch er erschien hemdsärmelig zu dieser Konferenz und sah beim Eintreten in schwitzende Gesichter.

Die Fenster waren zum Teil durch Jalousien verdunkelt, um die Sonne abzuhalten.

„Eisch geh kaputt..." bemerkte Thiel zu Braun, als die Tür aufging. Der nickte.

„Ah, der Chef auch in kurzen Ärmeln und ohne Krawatte. Das ich das erleben darf..."

„Thiel," grunzte Klopf, „jetzt keine blöden Sprüche in meiner Gegenwart. Ich koche eh schon innerlich. Die Kollegen vom LKA haben nichts neues. Außer, dass einige Kollegen aus Frankreich und Luxemburg mächtig Alarm bei Ihnen machen, weil ja auch jeweils ein Mädchen aus diesen Ländern bei uns verschwunden ist. Sie wüssten gerne, ob wir etwas darüber wissen. Was sagt denn Malessa dazu?"

„Neist." Er sah seinen Chef verärgert an. Zwei Verhöre, völlig ohne Ergebnis.

„Er meint 'nichts'," erklärte Braun dem dialektunkundigen Klopf und sah ihn an.

„Kollege Braun, das hätte ich jetzt sogar selbst gewusst. Das war eines der ersten Wörter, das ich hier bei Ihnen gelernt habe. Und dann die Personalpronomen..."

„Die was?" fragte Thiel.

„Personalpronomen – eisch, dau, et,..." das wird ja hier in Trier ständig benutzt."

„Sauwerer Chef, unser Chef, was?" Thiel blitzte zu Braun rüber, der grinste.

„Also Thiel, könnte ich jetzt genauere Informationen über die Verhöre mit Malessa haben? Haben sie ihn nach Frau Starke und den Mädchen befragt? Was sagt er?"

„Chef, ich sagte schon, was er gesagt hat. Mehr hat er nicht gesagt. Natürlich habe ich ihm alle diese Fragen gestellt. Aber er beruft sich auf sein Aussageverweigerungsrecht und zuckt noch nicht einmal mit dem Augenlid, wenn ich ihn danach frage."

„Und sein Anwalt?"

„Dieser Pfeffer? Der eigentlich Journalist beim Radio ist? Sagt auch nichts, weil sein Mandant nichts sagt. Hätte ihn jetzt auch mehrfach gefragt, aber neist, äh, nichts."

„Ist leider sein gutes Recht. Dann müssen wir eben noch eine Schippe drauflegen. Was sagen denn die anderen LKAs?" Er drehte sich zu Bianca Schön, die bereits die ganze Zeit mit dem Stift auf ihrem Block klopfte. Sie trug ein knapp geschnittenes weißes Top, das ihre Silhouette betonte, und hatte ihre Haare nach hinten gebunden.

„Wir haben Neuigkeiten aus München. Malessa soll lange Zeit in Hainsacker bei Regensburg gelebt haben, war aber immer wieder in München, wohl in einschlägigen Etablissements, um Frauen zu treffen, die für Geld gewisse Dienste anbieten."

„Welche Dienste waren das denn? Geht's nicht etwas genauer, Kollegin Schön?"

„Klappe, Thiel, machen Sie sich Ihre eigenen kleinen schmutzigen Gedanken dazu."

„Leute, ihr sollt zusammen und nicht gegeneinander arbeiten, Also weiter im Text, Frau Kollegin Schön."

„Okay, Chef. Es muss so vor zwanzig Jahren gewesen sein, bevor er nach Rheinland-Pfalz kam. Er machte immer wieder Ausflüge und besuchte Prostituierte. Dabei ging wohl ne Menge Geld drauf, er kam in finanzielle Nöte und verlor seinen Job. Dann ging er nach Trier. Hat hier seinen Hausmeister-Job an der Uni und seine Frau gefunden. Zwei Kinder. Leben aber schon wieder getrennt. Die Kinder sind ab und zu bei ihm, aber nicht oft. Und jetzt kommt der Hammer: Julia hatte die Fingerabdrücke aus der Wohnung von Frau Starke an alle LKAs geschickt und wir haben einen Treffer! Die Abdrücke von Malessa decken sich mit dem Mord an einer Prostituierten in München. Die wurde übrigens auch erwürgt und man fand die Abdrücke in ihrem

Appartement. Leider konnten die Kollegen sie damals keinem bekannten Täter im System zuordnen. Die zweite Prostituierte fand man in München in einem Parkstück neben einer Straße. Sie wurde auch erwürgt, aber es wurden keine Spuren gefunden. Bei der ersten, Fatima Grosert, wurde die Wohnung durchsucht und Bargeld entwendet. Bei der zweiten Frau Waltraud Franke wurde die Handtasche durchsucht und das Bargeld mitgenommen. Und jetzt kommt der Ober-Hammer: Drei Jahre nach diesen Morden fand man die Nachbarin von Malessa, Mathilda Steindl, erwürgt in ihrer Wohnung auf. Die PI in Regensburg hat den Fall aber zu den Akten gelegt, da sich Malessa wohl häufiger in ihrer Wohnung aufgehalten hat und darum seine Fingerabdrücke gefunden wurden. Danach gab es noch drei Morde an älteren Frauen, die in der Nähe von Malessa zu Hause waren. Alle wollten ihn für Reparaturarbeiten, weigerten sich aber, ihm Geld zu leihen bzw. ihm Vorschüsse zu zahlen. Das Perfide an seiner Vorgehensweise: Er drapierte die Leichen so geschickt, dass es immer wie ein Haushaltsunfall aussah. Es gab also keinen hinreichenden Tatverdacht wegen eines Tötungsdelikts."

„So ein ausgebuffter Dreckskerl!" entfuhr es Thiel. „Aber ist das nicht alles verjährt?"

„Nein," bemerkte Bianca Schön. „Sollten Sie eigentlich wissen, Thiel. Mord verjährt nicht. Der Staatsanwalt kann ihn auch wegen dieser Taten immer noch anklagen."

„Ja, hab ich doch gewusst, ist mir nur gerade nicht eingefallen." grummelte Thiel.

„Okay," bemerkte Klopf, „aber wie passt denn diese Geschichte mit unseren Mädchen zusammen? Er hat Geld gefordert und als er keins bekam, hat er die Frauen erwürgt. Alles ältere Damen, bei denen er teilweise zu Hause war und Arbeiten gemacht hat. Warum sollte er plötzlich lauter junge Mädchen entführen bzw. töten. Die passen doch gar nicht in sein bisheriges Schema und sie hatten kaum Geld bei sich."

„Stimmt. Ich habe die Handy-Daten und auch die Kontakte der Mädchen noch einmal überprüft." David Kneese scrollte in seinem Tablet über einige Datensätze. „Nicht ein einziges Mal taucht hier der Name Malessa auf. Gleiches gilt für Facebook-Accounts oder auch Instagram. Kein Foto, nichts. Nur Eltern, Tiere, Kommilitonen, Freunde. Und auch hier kein Anhaltspunkt über einen dubiosen Kontakt, der als Täter vielleicht in Frage kommen könnte. Scheint alles normal gewesen zu sein."

„Aber er hat doch an der Uni gearbeitet," bemerkte Torsten Schneider. „Vielleicht haben sich die Kontakte spontan ergeben. Und vielleicht hat das Angebot, das er dort jeden Tag sah, ihm irgendwann Lust auf jüngere Mädchen gemacht. Und die hatten vielleicht auch einen leichten Vater-Komplex, fanden ihn also ganz nett. Leider nicht nett genug, um mehr zuzulassen, als einen netten Kontakt."

„Aber die ermordeten Prostituierten in Bayern waren alle etwas älter, schon gut über die dreißig oder auch vierzig. Klingt eher nach Ödipus-Komplex," erwiderte Braun.

„Die Mutter hat ihn ins Heim geschickt," sagte Bianca Schön, „könnte sein. Es gab wohl auch nie eine emotionale Bindung. Schließlich hat sie ihn im Stich gelassen, als sie mit ihm nicht mehr klar kam. Es hat danach auch nie wieder einen Kontakt mit seiner Mutter gegeben. Ein Liebe-Hass-Mix bei älteren Frauen, soll es geben. Hätte also wirklich sein Motiv sein können oder es ging ihm einfach nur ums Geld..."

„Hätte, hätte, Fahrradkette. Damit brauchen wir dem Staatsanwalt nicht zu kommen." entfuhr es Klopf. „Thiel, schnappen Sie sich den Kerl nochmal und konfrontieren Sie ihn mit den Morden an den älteren Frauen und den entführten Mädchen. Machen Sie ihm klar, dass wir ihm die Morde nachweisen können. Wenn er uns das Versteck der Mädchen verrät, wäre eine kleine Hafterleichterung drin. Vielleicht kann ich mit dem Staatsanwalt reden. Ansonsten wird dieser Malessa das Gefängnis wohl nie wieder verlassen, zumindest nicht lebendig. Er soll sich die Fotos aller Frauen, die ermordet wurden, und aller Mädchen, die noch vermisst werden, genau ansehen. Vielleicht ist er doch nicht so unnahbar, wie er glaubt, und bricht beim Anblick zusammen. Ich bin fest davon überzeugt, dass er unser Mann ist. Brechen Sie das Schweigen!"

„Alles klar, Chef. Gleich nach der Mittagspause nehme ich ihn mir noch einmal zur Brust. Den bring ich schon zum Singen. Braun, willste ne Klappschmier von mir?"

Klopf sah Schneider entgeistert an. „Das ist ein Butterbrot, Chef. Trierer Platt..."

Klopf verdrehte die Augen. „Und Thiel?"

„Ja?" Er öffnete gerade die Plastikdose mit den Broten, die seine Freundin ihm heute Morgen eingepackt hatte. Wie immer viel zu viel für Thiel bei dieser Hitze.

„Denken Sie an den Fall mit diesem Jura-Studenten, der den kleinen Jungen entführt hatte. Halten Sie bei der Befragung alle polizeilichen Regeln ein. Machen Sie Druck, aber nur im zulässigen Bereich. Keine Drohungen, keine Handgreiflichkeiten, nichts. Ich will nicht, dass er uns am Ende die Aussage wegen Formfehlern kaputt macht, ist das klar? Und eine Anklage wegen Körperverletzung oder gar eine Zivilklage wegen Schadensersatz will ich auch nicht. Wenn er seinen Anwalt will, rufen Sie ihn an. Der muss im Zweifel dabei sein. Ist sein gutes Recht. Alles muss sauber sein, klar?"

„Sauwer, is klar Chef. Ich krieg das schon hin." Dann biss er genüsslich in sein Butterbrot.

Kapitel 18

Peter grübelte über den Akten, als Maria von der Arbeit nach Hause kam. Leise legte sie ihre Tasche ab, schlich in das Arbeitszimmer und legte ihre Arme um seinen Hals. Dann zog sie seinen Kopf hoch und gab ihm einen zärtlichen Kuss auf die Wange. Er erwiderte ihren Kuss und fasste von unten nach oben an ihre Schultern. Sein Nacken knackte ganz kurz. Dann fiel er wieder in seinen Drehstuhl zurück.

„Vorsicht, Schatz, Dein Mandant braucht Dich noch." flüsterte sie in sein Ohr. „Musst Du nach der Arbeit echt noch weiter arbeiten? Das ist aber sehr schade..."

„Maria, Du süße Femme Fatale. Lieber würde ich jetzt mit Dir in unser gemütliches Doppelbett hüpfen und ein wenig Physiotherapie für meinen Rücken betreiben, aber ich muss leider diese Akte noch bis morgen durcharbeiten. Sigi hat morgen wieder eine Vernehmung bei der Kripo. Die machen ganz schön Druck auf ihn. Wollen, dass er eine ganze Reihe von Morden gesteht - und natürlich sagt, wo er die vermissten Mädchen versteckt hält. Aber er sitzt nur da und schweigt. Auch mir gegenüber." Er streichelte ganz sanft über ihren Arm, der immer noch auf seiner Schulter lag.

„Und wenn ich ein bisschen Druck auf Dich ausüben würde? Würde das nicht auch Deine Auffassungsgabe für später steigern?" säuselte sie ihm erneut ins Ohr.

„Schatz, wenn Du auf mich Druck ausübst, dann arbeite ich später nichts mehr. Basti ist zwar noch im Schwimmbad, aber der Hunger treibt ihn bestimmt in ein bis zwei Stunden nach Hause. Dann ist endgültig Schluss mit Ruhe und Arbeiten. Und ich will den Kram hier," er deutete auf einige Fotos von den Opfern aus München, „nicht so offen herumliegen lassen, wenn er nach Hause kommt."

„War Sigi das?" fragte Maria fassungslos, als sie die Bilder sah. Sie hatte zwar schon im Krankenhaus Menschen sterben sehen, aber die machten immer noch einen viel friedvolleren Eindruck, als diese Opfer von Gewalttaten, denen das Entsetzen ins Gesicht geschrieben war.

„Zumindest glauben das einige Polizeibehörden. Und sie haben leider auch Beweise, die sich nur schwer entkräften lassen. Zumindest was die Morde an verschiedenen älteren Frauen und Prostituierten in München betrifft. Und an Frau Starke."

„Ich habe mich mit ihm immer so nett unterhalten. Und er hatte eine so angenehme Art, fast schon zerbrechlich. Und der soll diese Taten begangen haben?" Sie sah auf die Fotos der älteren Damen, die teilweise neben Leitern oder Waschbecken lagen.

„Tja, Süße, wir können leider immer noch nicht in die Köpfe der Menschen hinein gucken. Dann wäre alles viel einfacher. Also müssen wir versuchen, das Gewesene auf andere Art zu ergründen. Ermittlungen nennt das der Jurist. Aber eine Portion Bauchgefühl ist natürlich immer mit am Start. Das gehört einfach dazu. Und ich bin der Überzeugung, dass Sigi mit den vermissten Mädchen nichts zu tun hat. Die Art und Weise, wie sie entführt wurden und auch wie sie getötet wurden, stimmt nicht mit den Taten an den Prostituierten und älteren Damen überein. Es müssen, falls Sigi die Morde wirklich begangen hat, zwei Täter sein. Also läuft der andere noch frei rum."

Maria fuhr ein Schauer über den Rücken. „Kein schönes Gefühl." Sie legte den Kopf an seinen. „Zumindest ist in der letzten Zeit nichts mehr passiert. Vielleicht hat das Virus ihn ausgebremst. Oder er ist vielleicht selbst an Corona gestorben..."

„Oder er hockt hier irgendwo noch in der Region in einem Keller oder Schuppen und hat fünf Mädchen in seiner Gewalt. Keine Ahnung, was er ihnen antut oder ob er sie überhaupt am Leben hält. Vielleicht sind sie auch schon tot und irgendwo begraben."

„Würdest Du mich retten, wenn ich es wäre und Du wüsstest, wo ich bin?"

„Natürlich, mein Engel," Peter drehte den Kopf zu ihr. „Irgendwie hast Du mich in meiner schweren Zeit auch gerettet (*„Der tiefe Fall", Anm. des Verfassers*). Ich würde keine Sekunde zögern."

„Worauf warten wir dann noch? Eine Stunde haben wir bestimmt Zeit..."

Sie zog ihn aus dem Stuhl. Er konnte gerade noch die Akte zuklappen, bevor er ihr voller Erwartungen ins Schlafzimmer folgte...

Kapitel 19

Nora hatte sich einen vorlesungsfreien Tag verordnet. Sie war in den letzten Tagen sehr fleißig gewesen. Hatte alle Vorlesungen und Seminare besucht und sämtliche Klausuren geschrieben. Das erste Semester ging in die Endphase und sie hatte es fast geschafft. Die Ergebnisse waren teilweise sehr gut und sie war voller Euphorie. Es schien die richtige Entscheidung gewesen zu sein und sie pfiff fröhlich zur Musik.

Ihr Vater hatte zwar zum Jura-Studium geraten, aber bei dem exzellenten Numerus Clausus und ihrem starken Interesse für die Psychologie hatte sie sich schließlich durchgesetzt. Medizin hatte sie auch interessiert, aber nach einigen Erzählungen von Maria aus dem Krankenhaus und einem kurzen Praktikum in der Chirurgie bei den Barmherzigen Brüdern lagen ihr die Geisteswissenschaften doch näher. Außerdem waren sie nicht so blutig und Nora Pfeffer konnte nun mal kein Blut sehen.

Das zweite Praktikum in der psychologischen Abteilung war viel interessanter. Auch wenn es dort teils dramatische Schicksale gab und manche Patienten eine echt große Herausforderung darstellten, wusste sie in diesem Moment, dass sie in genau diesem Bereich arbeiten wollte. Und ihre weitere Entwicklung musste sie ja nicht zwingend in die Psychiatrie oder in eine selbständige Praxis führen. Sie konnte genauso gut in jedem größeren Konzern arbeiten, der eine entsprechende Stelle im höheren oder im höchsten Management anzubieten hatte. Ohne Psychologie ging eben nichts mehr.

Nachdem sie mehrere Wochen nur wenig an ihrer Wohnung in Olewig, dem schönen Weinviertel Triers unterhalb der Universität gemacht hatte, wollte sie heute die Zwei-Zimmer-Wohnung mal so richtig auf Vordermann bringen. Bewaffnet mit Lappen, Putzmittel und einem Eimer hatte sie sämtliche Böden gewischt und alle Fenster in ihrem 50-qm-Appartement geputzt. Man konnte vorher die Sonne kaum noch sehen. Jetzt strahlte sie wieder durch die Fenster. Sie hatte frühzeitig angefangen, denn der Tag heute schien auch wieder ein richtig heißer Sommertag zu werden, auch wenn der August sich langsam dem Ende neigte. Sie hatte die Fenster weit geöffnet und das Radio laut aufgedreht. Es waren viele Studenten in diesem Komplex, also war Musik auch kein Problem. Sie wohnte gerne hier. Alle Nachbarn waren furchtbar nett und man traf sich abends immer gerne in den Appartements oder im gemeinsamen Garten, um etwas zu trinken und zu reden. Manchmal grillten sie auch dort, falls jemand dafür eingekauft hatte. Das Leben machte ihr wirklich Spaß und sie bereute nichts.

Auch der Abstand zu ihrer Familie tat ihr gut. Sie vermisste Basti ab und zu, mit dem sie sich schon immer sehr gut verstanden hatte. Aber das hatte auch zu einem guten Teil an ihrer verstorbenen Mutter Marlen gelegen, die wie ein Fensterkitt alles zu Hause zusammengehalten hatte (*„Alles was Recht ist" und „Der tiefe Fall", Anm. des Verfassers*). Sie vermisste sie sehr. Ihre Liebe, ihre Zuneigung, ihre Nähe. Das alles war ihr unglaublich wichtig gewesen. Wie die Luft zum Atmen. Als sie so tragisch gestorben war, brach für sie eine Welt zusammen. Sie brauchte sehr lange, um über den Verlust einigermaßen hinweg zu kommen. Sie war sich allerdings nicht sicher, ob sie es geschafft hatte. Vielleicht war das ein weiterer Grund für ihr Studium. Maria war ein wunderbarer Mensch und sie verstand sich sehr gut mit ihr, aber sie war eben nicht ihre Mutter. Und das Verhältnis zu ihrem Vater hatte sich nach dem schlimmen

Unglück, an dem er nicht ganz unschuldig war, und seinem Absturz in tiefe seelische Abgründe (*„Der tiefe Fall", Anm. des Verfassers*) nicht gerade verbessert. Er war in der Zeit davor schon wenig zu Hause und für seine Kinder dagewesen, aber seit dem Unfall hatte er sich auf die schlimmste Art und Weise verändert. Das konnte sie ihm anscheinend immer noch nicht ganz verzeihen, auch wenn er durch die mehrmonatige Behandlung und seine Bemühungen danach das Verhältnis zu ihr gebessert hatte.

Wie hatte einer ihrer Professoren doch so treffend bemerkt: 'Manche Wunden werden sich nie schließen und manche Narben verheilen nie ganz'. Den Satz hatte sich Nora sofort gemerkt. Den zweiten auch: 'Aber wir müssen lernen, mit ihnen zu leben.' Sie gab ihr Bestes und verstand das Dilemma, in dem sich ihr Vater befunden hatte bzw. in das er immer weiter abgerutscht war. Sie konnte ihm das zumindest vergeben und versuchte, damit zu leben. Aber ihre Mutter fehlte ihr wirklich sehr. Jeden Tag. Aber auch damit versuchte sie zu leben. Liebevoll ging sie mit dem Staublappen über den Rahmen des Bildes. Sie und ihre Mutter im Urlaub in Orlando, Florida, zusammen mit Minnie Mouse in der Mitte von Disney-World. Es war ihr schönster Urlaub ever.

Als sie mit dem Staubwischen fertig war, schien die Mittagssonne schon heiß vom Zenit. Die Wohnung lag auf der Südwestseite und fing langsam an aufzuheizen. Es war eine wunderschöne Dachwohnung mit einem tollen Blick auf Olewig und einen Teil von Trier, aber im Sommer war es wie in der Sauna. Darum war sie die meiste Zeit des Tages an der Uni oder auf dem Campus und kam erst nach Einbruch der Dämmerung nach Hause. Manchmal fuhr sie mit Kommilitonen noch in die Stadt und trank am Hauptmarkt oder am Kornmarkt noch einen Kaffee. Die Außengastronomie wurde immer mehr geöffnet, da die Inzidenzzahlen nach unten gingen. Für innen war immer noch ein negativer Test vorgeschrieben, aber wer saß bei dem Wetter drinnen?

Auf ihrer Stirn zeigten sich die ersten Schweißperlen. Staub saugen würde sie später. Sie machte sich mit ihrer Maschine einen Espresso und füllte ihn mit viel Milch auf. Dann drehte sie das Radio noch ein bisschen lauter und setzte sich auf ihren kleinen Balkon. Ihr Vater hatte noch ein paar Gartenmöbel aus der Wohnung in Regensburg mitgenommen, aber keine Verwendung für sie, da die neue Wohnung ohne Balkon war. Also hatte sie zwei Gartenstühle und einen kleinen Außentisch bekommen, bis Peter und Maria eventuell noch einmal umziehen sollten. Spätestens wenn Basti bei ihnen ausziehen würde, denn dann wäre die Wohnung für beide doch sehr groß. Auf den Nachbarbalkon setzte sich ein Pärchen, das gerade aus dem Bett gestiegen war. Nora winkte ihnen zu und zog die Ärmel ihres T-Shirts höher, Die Sonne kroch über das Dach und erste warme Strahlen verbreiteten sich auf ihrer Haut. Es war schön.

Sie hatte ihr Balkongeländer mit einer Menge Putzlappen geflaggt und griff sich das Buch von Fromm 'Die Kunst des Liebens'. Es war das Lieblingsbuch ihrer Mutter. Sie zitierte ihn total gerne, zum Beispiel mit dem Satz 'Nicht lieben lassen, sondern lieben lernen ist das Motto'. Und sie hatte recht. Es bedeutete 'Arbeit an uns selbst'. Nora war bereit, diese Kunst zu erlernen. Denn nach den Irrungen und Wirrungen in der letzten Zeit ihres Lebens fiel ihr das Lieben anderer Menschen nicht mehr ganz so leicht. Sie war immer ein wenig unsicher, sich anderen Menschen zu öffnen. Darum blieb sie gerne auf Abstand und sah sich das weitere Geschehen aus einiger Entfernung an. Sie hatte zwar Verabredungen und traf sich natürlich auch mit Jungs, aber sie wählte gern genau aus, welcher der zahlreichen Bekanntschaften es sein sollte. Mit Sebastian war es zum Beispiel sehr gut. Seit dem ersten Tag in der Bibliothek hatten sie sich immer wieder getroffen. Sie mochte ihn, konnte mit ihm über vieles sprechen, über das sie mit anderen noch nie gesprochen hatte. Dazu war er etwas älter als ihre aktuellen Kommilitonen und brachte schon etwas Lebenserfahrung mit. Er kannte sich mit dem Studium und der Materie sehr gut aus und hatte ihr schon einige gute Tipps gegeben. Und sie mochte seine Stimme. Tief und männlich. Fast schon hypnotisierend. Aber auf jeden Fall faszinierend. Grundsätzlich konnte sie sich schon vorstellen, ihn noch näher kennenzulernen, aber sie wollte sich auf jeden Fall Zeit lassen. Sie hatte noch nicht ausreichend gelernt zu lieben. Nach zwei Seiten fielen ihr die Augen zu und sie machte ein kleines Nickerchen in der Sonne. Träumte von jungen Männern und Liebe.

Als sie wieder wach wurde, war es schon später Nachmittag. Sie rieb sich die Augen und spürte einen leichten Sonnenbrand auf Armen und Beinen. Sie legte das Buch wieder auf den Tisch und machte sich in der kleinen Küche einen neuen Kaffee. Dann rieb sie sich Gesicht, Arme und Beine mit einer kühlenden Aprés-Salbe ein und holte den Staubsauger. Als sie fertig war, startete sie die Waschmaschine und machte sich einen Salat. Langsam ging die Sonne im Westen unter und Nora saß mit einem Glas Wein auf dem Balkon. Stolz auf ihr heutiges Pensum und dankbar für den schönen Tag. Später würde sie Maria noch anrufen und mit Basti reden. Der hatte doch vor kurzem tatsächlich ein Mädchen kennengelernt. Sie wollte unbedingt mehr wissen. Da wurde aus dem kleinen Bruder doch offensichtlich ein junger Mann! Unglaublich. Ach ja, und ihr Vater verteidigte seit neuestem den Hausmeister ihrer alten Wohnung. Stand vor kurzem in der Zeitung. Er sollte nicht nur ihre Vermieterin, sondern auch andere Frauen umgebracht haben. Da musste sie unbedingt einmal nachfragen...

Sie suchte im Raum ihr Handy, als es plötzlich an der Tür klingelte. Sebastian stand da, im weißen Hemd und Jeans, zwei Flaschen unter dem Arm. „Hallo, Nora. Na, wie geht's? Dachte, ich statte Dir mal einen spontanen Besuch ab. Trinkst Du gerne Gin? Ich hab hier einen feinen mediterranen Gin mit Kräutern und dem passenden Tonic Water dazu. Wenn Du jetzt noch Gläser und Eis hast, können wir uns einen schönen Sundowner genehmigen. Was hältst Du davon?"

„Puuh. Jetzt bin ich aber überrascht. Hab den ganzen Tag geputzt und gewaschen. Na, dann komm mal rein und setz Dich. Ich dusche kurz und zieh mir was neues an. Du kannst ja schon mal den Gin Tonic mixen. Alles, was Du brauchst, findest Du in der Küche. Ich bin gleich wieder da."

„Alles klar." lächelte Sebastian. „Das kriege ich hin. Mach Du Dich fertig und dann genießen wir ein wenig Zweisamkeit."

Nora sah in den Badezimmerspiegel. War das Leben nicht manchmal verrückt?

Nach dem Duschen zog sie sich, dem warmen Abend geschuldet, nur ein kurzes Top und eine Jeans-Hotpants an. Natürlich wollte sie auch seine Reaktion auf ihr Outfit testen. So etwas Provokantes hatte sie an der Uni noch nicht getragen. Entsprechend zog er eine Augenbraue hoch, als er sie auf dem Balkon sah.

„Du siehst toll aus. Das solltest Du öfter an der Uni anziehen. Dann könnten sich die Jungs und vielleicht auch einige Mädels gar nicht mehr auf ihr Studium konzentrieren. Wohnst Du eigentlich alleine hier?"

„Ja, kein Mitbewohner, keine Mitbewohnerin, keine Beziehung. Nur ich."

„Schön hier. Aber Deine Familie wohnt in der Innenstadt, hast Du erzählt."

„Ja, in Trier-Süd. Mein Vater, seine Freundin und mein kleinerer Bruder."

„Auf die Familie." Sebastian Ullmen prostete ihr zu. Nora setzte sich und nahm ihr Glas. Sie hob es kurz in seine Richtung und nippte zuerst vorsichtig. Schon mit dem ersten Schluck spürte sie eine Geschmacksexplosion der verschiedenen Kräuter aus dem Mittelmeerraum. Hinzu kam die prägnante Wacholdernote des Gins. Es war wie im Urlaub. Irgendwo in Südfrankreich, Spanien oder Italien. Sie nahm noch einen größeren Schluck. Sebastian beobachtete sie aufmerksam.

„Scheint Dir ja zu schmecken."

„Toll," grinste Nora. „Ich fühlte mich gerade an den letzten Urlaub erinnert. Also mit meiner verstorbenen Mutter. In der Toscana. Bei ihren Eltern. Es war so schön..."

„Wolltest Du mir die Geschichte Deiner Mutter nicht irgendwann erzählen? Warum nicht heute?"

Nora nahm noch einen Schluck. „Ja, warum eigentlich nicht..."

Zwei Gin Tonic später hatten sie sich gegenseitig ihre Lebensgeschichten erzählt. Es war schon dunkel und spät. Aus den anderen Wohnungen waren keine Aktivitäten zu hören. Es musste schon ein Uhr oder später sein. Die Zeit war verflogen.

„Nora, darf ich Dich was persönliches fragen? Jetzt, wo wir uns so gut kennen?"

„Kommt drauf an, was Du mich fragen willst, Sebastian."

„Hättest Du was dagegen, wenn ich Dich küsse?"

Nora stutzte kurz. „Ähm, weißt Du, es war ein netter Abend und wir haben uns gut unterhalten, aber ich kenne Dich noch nicht so lange. Ich würde mir dafür gerne noch etwas Zeit nehmen. Ist das okay für Dich? Oder bist Du jetzt sauer auf mich?"

Sie sah ihn mit ihren großen blauen Augen an, so unschuldig, so strahlend. Er musste sich wirklich zusammenreißen, um weiterhin nett zu bleiben.

„Nein, ist okay. Wir haben ja noch genug Zeit, uns näher kennenzulernen. Ich mixe uns noch einen letzten Drink und dann fahre ich nach Hause. In Ordnung?"

„Aber ruf Dir lieber ein Taxi. Du hast schon einiges getrunken und zur Zeit sind viele Kontrollen in Trier. Wäre doch schade um Deinen Führerschein."

„Hast recht. Mache ich später."

Seine Erregung kannte keine Grenzen mehr. Sie war nur noch schwer zu unterdrücken und er kämpfte mit seinen Gefühlen. Noras Nippel waren bei den etwas kühleren Temperaturen hart geworden und unter dem Top deutlich zu sehen gewesen. Ihre braunen Beine, die nur von einem Nichts von Hose bedeckt war, ließen ihn nicht los. Und er meinte auch den Ansatz ihres Slips erkannt zu haben. Er musste sie haben...

Er füllte die letzten Eiswürfel in die Gläser, nahm für sich nur einen winzigen Schluck Gin, so wie er es schon den ganzen Abend machte, und füllte bei Nora das halbe Glas voll und dann beide Gläser mit Tonic Water auf. Die leeren Flaschen steckte er in den Beutel, der neben der Küchenzeile lag. Da würden später auch die Gläser landen. Er suchte in seiner Hosentasche das kleine Fläschchen, das er jetzt dringend brauchte. Drei Tropfen dürften genügen. Immerhin hatte sie schon eine ordentliche Menge an Alkohol getrunken. Nachdem er zur Sicherheit noch einen vierten Tropfen in Noras Glas fallen ließ, griff er beide Gläser und ging wieder auf den Balkon.

„Cheers, meine Liebe." Er hob sein Glas und sah ihr tief in die blauen Augen.

„Cheers, Sebastian. Aber das ist wirklich mein letzter Drink. Ich spüre den Alkohol schon ganz gut." Sie blinzelte ihn an und lächelte.

„Natürlich. Danach werde ich ganz einfach gehen." Er lächelte zurück.

Nora nahm einen großen Schluck und war froh, dass es nicht zu Diskussionen oder sonstigen Problemen gekommen war. Das ging ihr alles viel zu schnell. Und wenn er nur halbwegs der Typ Mann war, für den sie ihn hielt, würde er das auch verstehen.

Sebastian erzählte vom großen Haus seiner Eltern auf der Weismark in der Nähe des Waldrands, in dem er sich am Anfang sehr verloren vorkam. Es war so gar nicht die Umgebung, aus der er kam, aber irgendwann hatte er sich an diesen Stil gewöhnt. Er erzählte von dem großen Garten, der ruhigen Lage und von seinem Zimmer, als Nora merkte, dass sie Probleme hatte, die Sätze zu verstehen. Manche Worte nahm sie gar nicht mehr wahr. Ihr Blick verschleierte. Die Gestalt von Sebastian wurde immer unschärfer. Die Linien und der Horizont bewegten sich plötzlich. Sie sackte immer mehr in ihrem Stuhl zusammen und hörte die letzten Worte: „Das ist ganz normal. Lass Dich einfach fallen. Kämpf nicht dagegen an. Das bringt doch nichts mehr."

Dann wurde alles dunkel...

Als Nora wieder wach wurde, war alles dunkel und immer noch verschwommen. Es war ein großer Raum, in dem sie sich befand. Sie hörte das Atmen anderer Mädchen. Dann erkannte sie die Gitterstäbe um sich herum. Sie lag auf einer Pritsche. Eine weiße Gestalt stand daneben. Sie sprach zu ihr: „Guten Morgen, meine Liebe..."

Kapitel 20

Peter sah Sigi tief in die Augen. Es war immer der gleiche grau-blaue Blick. Er war klar, aber doch irgendwie ausdruckslos. Nichts zu erkennen. Er zuckte nicht, bewegte sich nicht. Seine Arme lagen auf dem Tisch, die Beine waren unter dem Stuhl über Kreuz. Seine Lippen waren wie zwei Striche, die jemand ins Gesicht gezeichnet hatte.

„Sigi, so kommen wir beide doch nicht weiter. Du hast mich zu Deinem Verteidiger gemacht und jetzt gibst Du mir nichts, womit ich Dich verteidigen könnte. Ich habe die Akten durchgearbeitet. Die werden Dich für die Morde an den älteren Frauen dran kriegen, so viel ist sicher. Die haben Beweismaterial, Spuren und Fingerabdrücke von Dir. Dazu Deine DNA an den Opfern. Hast Du wirklich geglaubt, die würden das nie herauskriegen? Und die Morde sind nicht verjährt. Die werden Dich für jeden davon verantwortlich machen. Das bedeutet für Dich eine lebenslange Freiheitsstrafe mit anschließender Sicherheitsverwahrung. Du wirst das Gefängnis nie wieder verlassen. Du wirst dort sterben. Die einzige Chance ist, dass Du kooperativ bist und die Morde endlich zugibst. Das verschafft Dir möglicherweise eine Hafterleichterung oder eine mögliche vorzeitige Begnadigung. Aber dafür musst Du den Mund endlich aufmachen und mir sagen, was genau Du getan hast. Und ob Du schuldig an dem Verschwinden der Mädchen bist. Immerhin hast Du an der Uni gearbeitet. Die Mädchen sind zum Teil in Deiner Nähe gewesen. Gelegenheit macht Diebe. Sag doch mal was dazu."

Peter warf den Kugelschreiber auf den Tisch und funkelte Sigi entnervt an. Der hielt dem Blick stand und veränderte keine Miene. Er wirkte wie eine antike Statue.

„Ich vergeude hier meine Zeit, ich merke es genau." brummelte Peter in die Akte.

Die Tür zum Vernehmungszimmer ging auf und die Beamten Thiel und Braun kamen zusammen mit ihrem Chef herein. Thiel und Braun setzten sich an die andere Seite des Tisches, während Klopf dahinter in der Ecke des Raumes stehen blieb.

„Guten Tag, die Herren. Wenn es keine Meldungen von Ihrer Seite gibt, würden wir die Vernehmung gerne fortsetzen." Thiel sah zu Malessa und Peter Pfeffer hinüber, während Braun die Akten aufschlug. Er schob einige Bilder zu Malessa.

„Herr Malessa, würden Sie sich bitte diese Fotos ansehen? Sie zeigen die getöteten und teils beraubten Prostituierten sowie ältere Damen, bei denen Sie zu Besuch waren oder als Hausmeister gearbeitet haben. Nachdem wir jetzt die Fingerabdrücke von Ihnen genommen und an die LKAs in Deutschland weitergegeben haben, wurde uns diese Rückmeldungen geschickt. Die Abdrücke stimmen überein. Sie liegen teilweise viele Jahre zurück, aber den Kollegen lagen offensichtlich keine Vergleiche vor, da es von Ihnen keine Abdrücke in Verbindung mit kapitalen Straftaten gab. Außerdem ist in einigen Fällen auch ein DNA-Abgleich durchgeführt worden, wie bei der zuletzt getöteten Frau Starke. Es ist zu 99,96 Prozent Ihre DNA, Herr Malessa, und zwar an den Opfern. Wie ist die wohl dahin gekommen? Sehen Sie sich die Bilder noch mal genau an. Erkennen Sie diese Frauen wieder? Wollen Sie mir dazu etwas sagen?"

Sigi Malessa sah auf die Fotos. Natürlich kannte er diese Gesichter. Er hatte sie nie wirklich vergessen, obwohl er sich dazu alle Mühe gegeben hatte. So einfach mordet kein Mensch. Auch er nicht. Aber bei ihm kam immer das Momentum dazu. Er hatte Liebesdienste in

Anspruch genommen, die er zu Hause nicht bekam. Außerdem gab es danach keine weiteren menschlichen Verpflichtungen. Eine saubere klare Sache, wie ein Vertrag. Liebesdienste gegen Geld. Nachdem jeder seine Pflichten erfüllt hatte, kam ihm jedoch der spontane Gedanke, wegen Geld zu fragen. Es war einfach immer knapp bei ihm und die Damen, denen er so nahe gekommen war, hatten welches. Er hatte immer nett gefragt, aber sie hatten ihn barsch zurückgewiesen. Eine Situation, wie diese, konnte er einfach nicht ertragen. Er war in seinem Leben schon einmal zurückgewiesen worden und konnte sich nicht wehren. Diesmal war es anders. Ein Schalter legte sich in ihm um, von einer Sekunde auf die andere, und er handelte. Es ging ganz schnell. Die wenigsten Frauen hatten damit bei ihm gerechnet. Er, der so einen netten und schüchternen Eindruck machte, entwickelte eine absolut zielgenaue und tödliche Aggressivität. Er drückte die Kehlen mit einer solchen Kraft und einer derartigen Entschlossenheit zu, dass es nur wenige Sekunden dauerte. Ohne einen einzigen weiteren Laut von sich zu geben, waren diese Frauen gestorben. Danach hatte er sich schnell der Dinge wie Geld und anderer Wertsachen habhaft gemacht und war verschwunden. Die nächsten Freier oder auch die Zuhälter konnten ja in der Nähe sein. Bei den älteren Damen hatte er immer den Moment abgewartet, als er allein mit ihnen war. Das kam bei einigen sehr oft vor, denn niemand in der Familie schien sich häufig um sie zu kümmern. Auch die Nachbarn nicht. Und ihn kannte man schließlich auch, also dachte niemand an Mord. Er hatte immer genug Zeit, die Szenarien so zu gestalten, dass es nach Hausunfällen oder einfachen Herzinfarkten aussah. Und es war immer gut gegangen. Keiner hatte ihn verdächtigt. Bis jetzt...

Er sah in das Gesicht von Braun, der direkt vor ihm saß. „Herr Malessa?"

Dann sah er nach links zu Peter Pfeffer, der neben ihm saß und mit ihm die Bilder studiert hatte. Er sah zu ihm auf und wartete auf Sigis Entscheidung. Der blickte nun zu Thiel und zu Klopf hinüber, die beide einen entschlossenen Eindruck machten.

Sie würden ihm diese Taten nachweisen und er musste dafür gerade stehen. Das war ihm immer mehr bewusst. Sein Leben lang war er vor diesen Taten davon gelaufen.

Auch wenn er danach gut abschalten konnte, als wenn überhaupt nichts gewesen war, verfolgten ihn die Frauen doch immer wieder in seinen Träumen. Oft genug wurde er in der letzten Zeit schweißgebadet wach, als ihn die Alpträume heimgesucht hatten. In der Untersuchungshaft war es ganz schlimm, weil er sich nicht ablenken konnte. Nur diese vier Wände um ihn herum, sonst nichts. Und den ganzen Tag nichts zu tun, als über alle möglichen Dinge nachzudenken. Er konnte mit dieser Last nicht mehr leben.

„Ja, ich kenne sie." Er sah wieder in das Gesicht von Braun.

„Was? Was haben Sie gerade gesagt?" Thiel beugte sich nach vorne.

„Ich kenne sie," wiederholte Malessa und sah ihn mit den grau-blauen Augen an.

Thiel konnte seinen Ohren kaum trauen. „Was, äh, haben Sie gesagt, Sie kennen sie?"

Er blickte dabei in schneller Abfolge von Braun zum in der Ecke stehenden Klopf, der sich jetzt zum Tisch bewegte. „Jetzt spricht er also doch." Er sah triumphierend zu Peter Pfeffer. „Und natürlich haben sie diese Frauen auch alle umgebracht, oder?"

„Ja, das habe ich. Ich wollte Geld. Sie haben mir keins gegeben. Da wurde ich böse und habe sie erwürgt. Mit den Händen. Mit meinen eigenen Händen. Im Affekt..."

Thiel flippte völlig aus. „Meine Güte. Und damit haben Sie jetzt solange gewartet."

Peter legte Sigi den Arm auf die Schulter und flüsterte: „Besser ist das."

„Ich weiß. Ich will jetzt reinen Tisch machen. Ich kann das nicht länger ertragen."

„Gut so," bemerkte Braun. „Was ist denn mit den entführten und ermordeten Mädchen passiert? Die Nummer passt doch so gar nicht in Ihr Schema. Sagen Sie uns, was Sie mit ihnen angestellt haben und ob noch welche leben und wo sie sind."

„Das war ich nicht. Damit habe ich nichts zu tun. Ich mochte diese jungen Dinger an der Uni, wenn ich mit ihnen gesprochen und manchmal auch ein bisschen geflirtet habe. Aber mehr war nicht. Sind nicht mein Fall. Und Geld hatten die auch nicht."

„Erzählen Sie uns keinen Quatsch. Natürlich erwachte da der Mann in Ihnen und Sie haben die bestimmt in ihren komischen Schmuddel-Keller in der Uni geschleppt, um sie zu missbrauchen. Vorher noch ein bisschen betäubt mit leckeren Tröpfchen aus dem Chemie-Labor und dann in irgendein dunkles Loch getragen, das wir noch nicht gefunden haben. Sagen Sie jetzt endlich die verdammte Wahrheit!"

„Ganz ruhig, Thiel." Klopf hielt ihn von hinten an den Schultern. „Kommen Sie doch wieder runter. Also Malessa, noch einmal. Waren Sie es oder waren Sie es nicht?"

„Nein," wiederholte Malessa. „Ich habe allerdings noch drei weitere Prostituierte an verschiedenen Stellen versteckt, die ich ihnen noch zeigen werde. Die kennen

Sie anscheinend noch nicht. Aber das mit den jungen Mädchen, das war ich nicht."

„Chef, der will uns doch verarschen, der Vogel. Glauben Sie ihm ja nicht. Der weiß ganz genau, wo die Mädchen sind. Und das wird er uns jetzt auch verraten..."

Thiel entwich den Armen von Klopf und sprang um den Tisch herum. Er packte Sigi am Hemdkragen und zog ihn aus dem Stuhl. Peter war der Zugang blockiert.

„Und jetzt erzählst Du uns ganz schnell, wo die Mädchen sind, du verpeilter Irrer! Wo sind sie? Wo?" brüllte er durch den Raum. Sigi Malessa wehrte sich nicht. Thiel war völlig außer sich und holte zum Schlag aus, als er von Brauns Armen gepackt wurde.

„Komm runter, Thiel! Was soll denn die Scheiße? Willst Du seine ganzen bisherigen Aussagen zunichte machen? So machen wir das hier in Trier nicht. Wie sind nicht in Hollywood und das ist kein Film. Hör jetzt sofort mit dem Mist auf und lass den Kerl los!" Der ließ tatsächlich locker und Peter konnte Malessa seinen Händen entreißen.

Thiel ging einen Schritt zurück und Malessa fiel wieder in den Stuhl. Thiel pumpte noch eine Minute mit hochrotem Kopf und setzte sich dann auch langsam hin. „Ich glaube diesem Kerl nicht. Da könnt Ihr mir alle jetzt erzählen, was Ihr wollt."

Plötzlich klingelte Peters Handy. Maria war dran. Sie hatte Nora nicht erreicht.

„Maria, jetzt mal ganz ruhig," Peter war aufgestanden und befand sich in der hinteren Ecke des Raumes, während ein total aufgebrachter Thiel von seinen Kollegen und von seinem Chef beruhigt werden musste. Sigi saß wieder ganz apathisch im Stuhl.

„Das hatten wir doch schon öfter, dass sie nicht angerufen hat. Ist ihr irgendwas wohl dazwischen gekommen. Einer von den netten Jungs, die sie an der Uni kennengelernt hat oder einer der Nachbarn oder eine Freundin..."

„Ich bin heute vor der Spätschicht zu ihr rausgefahren, weil ich ihr noch ein Stück von unserem Tiramisu bringen wollte, den wir gestern bei uns gemacht hatten." erklang es aus dem Handy-Lautsprecher. „Sie war nicht da."

Er observierte mit den Augen immer noch die Situation am Tisch. Alles blieb ruhig.

„Sie wird an die Uni gefahren sein," kommentierte Peter gedankenverloren.

„Nein. Sie hat fast keine Vorlesungen oder Klausuren mehr. Hast Du beim letzten Mal nicht zugehört? Das Semester ist fast zu Ende. Dann kommen die Herbstferien..."

„Ach, diese Studenten..." Peter dachte voll Wehmut an seine eigene Studenten-Zeit. Mittags aufstehen, dann zum Essen in die Mensa, dann erst mal einen Kaffee. Und zwischendurch ein bisschen lernen und ein bisschen arbeiten, war das toll!

„Peter, jetzt hör mir doch mal zu! Ich habe ihr Handy in der Küche gefunden. Es war abgeschaltet! Darum habe ich sie auch gestern Abend nicht erreichen können. Ich habe ihr auf die Mail Box gesprochen. Dann ruft sie immer zurück. Deine Tochter fährt nirgendwo ohne ihr Handy hin, dass solltest Du doch wissen. Und sie würde es nie – niemals abschalten. Du kennst doch die jungen Dinger. Könnten was verpassen."

Peter wurde zum ersten Mal stutzig. Maria hatte mit allem Recht. Da war was faul. Seine Tochter ohne Handy unterwegs – unmöglich. Abgeschaltet? Niemals! „Hat sie denn jemand im Haus gesehen? Hast Du jemanden fragen können?"

„Ein Pärchen unter ihr war zu Hause. Sie erzählten mir, dass Nora den ganzen Tag in ihrer Wohnung war und geputzt hatte. Dann hätten sie am Abend, als sie ihren

Müll weggebracht hatten, eine männliche Stimme an der Tür gehört. Nora hätte ihn sofort reingelassen. Dann waren sie wohl auf dem Balkon, weil der Nachbar unter ihnen noch eine geraucht hat. Und dann ist das Pärchen ins Bett. Allerdings soll gegen eins oder so vor dem Haus noch eine Kofferraumklappe ziemlich laut zu hören gewesen sein. Als er aus dem Fenster sah, fuhr der Wagen weg. Er konnte das Kennzeichen nicht erkennen. Es war zu dunkel. Dann haben sie von ihr nichts mehr gehört."

„Verdammt, Maria. Jetzt bin ich aber auch beunruhigt. Das klingt sehr merkwürdig. Ich werde sofort mit den Beamten Rücksprache halten. Sag mir bitte sofort Bescheid, wenn sie sich bei Dir melden sollte. Wir sehen uns heute Abend."

Peter sah die Beamten besorgt an. „Meine Herren. Er war es wirklich nicht."

Thiel sah ihn entnervt an. „Was?"

Peter nickte zu Sigi hinüber. „Die jungen Mädchen. Das war er nicht. Ich glaube, meine Tochter Nora wurde von dem wirklichen Täter entführt. Und Sie, meine Herren, werden mir jetzt helfen, sie zu finden."

Kapitel 21

Sie wurde ganz langsam wach. Ihr Blick war verschwommen. Ihr Kopf schmerzte, wie nach einem heftigen Kater. Ihr Hals war so trocken wie die Wüste Gobi.

Sie tastete sich mit dem linken Arm langsam am Lochblechboden entlang, bis sie den Becher fühlte. Vorsichtig, mit einem leichten Zittern, setzte sie ihn an den Mund und nahm einen tiefen Schluck. Es war zwar lauwarm, aber es brachte Feuchtigkeit zu den Dünen. Nach einem weiteren Schluck fühlte sie sich besser. Sie richtete sich auf der Pritsche auf und sah sich um.

Vor ihr in der Reihe zeichneten sich weitere Käfige wie ihrer in der Dunkelheit ab. Die Mädchen darin schliefen alle noch. Sie hörte ihren ruhigen Atem. Ab und zu ein leises Husten oder Schlucken. Letzte Nacht hatte eins der Mädchen einen Alptraum. Sie sprach immer lauter, fing an zu schreien und stand plötzlich aufrecht im Käfig. Sie lamentierte noch wenige Minuten und fiel dann wieder auf die Pritsche. Ein letztes Gemurmel war zu hören, dann war sie wieder eingeschlafen und schnarchte.

Nora kam es so vor, als ob sie öfter wach wurde, als die anderen. Vielleicht hatten die schon genug von seiner Mixtur verabreicht bekommen und befanden sich zeitweilig in einer Art Dauerkoma. Zweimal hatte sie schon gesehen, wie Nexus sich den Mädchen genähert hatte. Er hatte ganz leise gesprochen und sie berührt. Manchmal hatte das eine oder das andere mit einem leisen Stöhnen geantwortet. Ob er *sie* schon berührt hatte, wusste sie nicht. Wenn, dann war es ihr im Dämmerzustand nicht aufgefallen.

'Diese verdammten KO-Tropfen,' dachte sie. 'Die heißen nicht umsonst so.' Nach der Verabreichung setzte ihre Wirkung sofort ein. Es war wie ein Hammerschlag, Nora hat einmal als junges Mädchen eine Mandel-Operation im Krankenhaus. Da war die Wirkung der Narkose ähnlich gewesen. Innerhalb von Sekunden war sie weg.

'So ein Scheißkerl,' dachte sie weiter. 'Ich weiß genau, wer du bist, du Drecksack. Die anderen haben dich vielleicht nicht kommen sehen und keine Ahnung, wer ihnen da nachts in einer weißen Kutte über die Genitalien streichelt, aber ich weiß es. Dieses verklemmte Arschloch! Wenn er bei den Frauen nicht landen kann, werden sie einfach betäubt und entführt! Ullmen, wenn ich dich wach erwische, lese ich dir die Leviten, du blöder Pisser!' Ihr Repertoire an Schimpfwörtern war fürs erste aufgebraucht. Sie nahm noch einen Schluck Wasser und sah sich weiter um. Ein einziger dunkler Raum.

'Muss ein großes Grundstück sein. So einen großen Keller findet man nicht überall. Vielleicht eine alte Lagerhalle, eine Fabrik oder ähnliches. Diese Lost Places, in denen mache Mädchen ihre Fotos für ihre Instagram-Seite machten. Das wurde in der letzten Zeit immer beliebter. Oder ein alter Bunker, wie der, in dem sich einige zwielichtige Typen breit gemacht hatten, die mit ihren Computern im Darknet illegale Geschäfte abgeschlossen hatten. Oder vielleicht war es eine große Villa irgendwo am Stadtrand.'

Keine Fenster. Nur die Tür am anderen Ende des Raumes, durch die dieser Mistkerl rein und raus kam. Alles mit schalldichten Platten gesichert. Absolute Funkstille. Es gab keine Möglichkeit, Hilfe zu rufen. Wenn man hier raus wollte, dann musste man durch die Tür. Das heißt, man musste dieses Dreckschwein selbst KO hauen, wenn es sich dem Käfig näherte. Die Stangen waren zu stabil und das Schloss war sicher. Da war nichts zu machen. Also musste man an die Schlüssel herankommen, die er bei sich trug. Wenn nicht die Muskeln so schlapp wären! Aber es war ihre einzige Chance oder sie würde so enden, wie die anderen Mädchen im Raum, die er anscheinend ewig gefangen hielt. Sie waren wie Zombies. Die Bewegungen, die Gedanken. Alles schon merklich abgestumpft. Wenn das Höllenzeug bei ihr nicht so stark wirkte, musste sie die Gelegenheit so bald wie möglich ergreifen. Sie musste ihn in ihre Nähe locken, wenn sie noch Herr ihrer Sinne war. Wenn sie ihre Bewegungen koordinieren konnte.

Das bedeutete auch, dass sie das Essen nicht zu sich nehmen durfte. Da waren unter Garantie die Tropfen drin. Den ersten Teller hatte sie bereits stehen lassen. Er war noch nicht erneuert worden. Nexus hatte gesagt: „Du wirst schon Hunger kriegen, meine Liebe. Die Appetitlosigkeit ist ein ganz normaler Effekt bei diesen Tropfen."

Linseneintopf aus der Dose. Hatte es früher bei ihrem Vater auch immer gegeben. Gut dass Maria wenigstens kochen konnte. Kein Problem, den stehen zu lassen. Sie hatte noch Restkräfte, die sie vorhatte, einzusetzen. Sie drehte sich leise auf den Bauch und versuchte ein paar Liegestütze. Kurze Abstände, damit die Kamera ihre Bewegungen nicht einfangen konnte, was in der Dunkelheit sicher auch schwer war. Es könnte aber auch eine Infrarot-Kamera sein. Das barg ein gewisses Risiko. Nach fünfzehn kurzen Bewegungen hörte sie wieder auf. Geht doch. Der konnte jetzt ruhig kommen. Der würde sich wundern, wenn sie ihn zufassen kriegen würde. Sie nahm noch einen Schluck und schmeckte einen leichten Mandelgeschmack. Sie spürte, wie plötzlich eine schnelle Benommenheit einsetzte. 'Nein, nicht auch im Wasser – verdammt!'

Nora Pfeffer fiel wieder bäuchlings auf die Pritsche und schlief ein.

Kapitel 22

Peter fuhr auf den Parkplatz der Universität und begab sich dann zu Noras Fakultät.

Er befragte die herumstehenden Studenten nach den Erstsemestern.

„Oh, da sind nicht mehr all zu viele da. Die sind mit ihrem Stoff wohl fast fertig. Die noch da sind, sitzen meistens an den großen Tischen in der Cafeteria."

Peter fand die Tische und sah auch einige Studenten, die sich angeregt unterhielten.

„Hallo, ich bin Peter Pfeffer. Der Vater von Nora. Kennt Ihr sie? Sie hat mit Euch im ersten Semester angefangen, Psychologie zu studieren. Ich suche sie. Habt Ihr sie in der letzten Zeit gesehen?"

Zwei Jungs und zwei Mädchen sahen zu ihm auf. Sie überlegten. Ein Mädchen sagte: „Nora, klar. Die habe ich vor ein paar Tagen noch gesehen. Hat ihre letzte Klausur geschrieben. War ganz zufrieden. Sie wollte sich jetzt ein bisschen ausruhen."

„Ausruhen? Wo denn? Hat sie einen bestimmten Ort genannt?"

„Nein. Nicht das ich wüsste. Ich glaube sie meinte wohl bei sich zu Hause. Es läuft noch eine Vorlesung. Die wollte sie wohl auch besuchen, soweit ich weiß."

„Mit wem hatte sie denn in letzter Zeit den meisten Kontakt? Gab es da einen Jungen oder auch ein Mädchen, mit denen sie sich häufig getroffen hat?"

„Sie sind doch der Vater, oder? Hat sie Ihnen das denn nicht erzählt? Ich weiß nicht, ob ich Ihnen das so einfach sagen darf. Ist doch ihre Privatsphäre."

„Mein liebes Kind," sagte Peter und setzte sich neben die dunkelhaarige.

„Im übrigen haben Sie ihre Maske nicht auf, das ist hier Vorschrift. Wir wollen doch kein Corona kriegen. Wir Studenten sind doch alle noch nicht geimpft."

„Tschuldigung." Peter friemelte die Maske aus der Hosentasche und setzte sie auf.

„Nochmal. Du - ich darf doch Du sagen, oder? - Du hast natürlich recht. Sie hat mir schon einiges erzählt. Aber ich muss auf Nummer sicher gehen. Sie hat sich seit drei Tagen nicht mehr gemeldet und ist nicht mehr auf ihrem Handy erreichbar. Das liegt in ihrer Wohung und ist abgeschaltet. Und in ihrer Wohnung ist sie auch nicht mehr."

„Sie hat ihr Handy abgeschaltet und ist weg? Das ist aber extrem ungewöhnlich. Kann doch gar nicht sein," sagte die kleine Blondine neben ihr.

Peter registrierte, dass alle vier ihre Handys vor sich liegen hatten.

„Hört mal, ich mache mir wirklich große Sorgen. Das alles ist ungewöhnlich und darum möchte ich der Sache auf den Grund gehen. Vielleicht ist sie von jemandem entführt worden."

Die vier sahen sich an. Sie kannten die Geschichten der entführten Mädchen. Zum einen hatte sie die Uni auf die Vorfälle hingewiesen und um Vorsicht gebeten, zum anderen gab es überall Suchzettel an den schwarzen Brettern, wenn es sich bei den Vermissten um Studentinnen gehandelt hatte. Jeder hatte sie schon gelesen.

Die dunkelhaarige sah ihn an. „Sie war sehr beliebt in der Fakultät. Hatte schon viele Kontakte. Ich weiß nicht, ob ich die im einzelnen noch alle aufzählen kann. Aber es ist mir eine Person im Gedächtnis geblieben, von dem sie mir auch erzählt hatte. War ihr wohl relativ wichtig."

„Und wer war das?"

„Einer aus den höheren Semestern. Wohl kurz vor dem Abschluss. Wäre mir zu alt und nicht genügend attraktiv gewesen, aber Nora mochte ihn wohl ganz gerne. Sie haben sich oft vor der Mensa und wohl auch in der Stadt getroffen. Ob sie was von ihm wollte, weiß ich nicht. Aber er heißt...Sebastian Ullmen. Hat sie mir erzählt."

„Und wo finde ich den, diesen Sebastian Ullmen?"

„Keine Ahnung, habe ich heute noch nicht gesehen. Fällt eigentlich auf, denn er hat für sein Alter, er geht wohl auf die dreißig zu, gar keine Haare mehr."

„Und wo wohnt er?"

„Da habe ich auch keine Ahnung. Hat er wohl noch nie erzählt. Aber er muss reiche Eltern haben. Fährt einen schwarzen SUV. Haben wenige bei uns. Die Eltern haben bestimmt auch ein großes Haus. Vielleicht wohnen sie außerhalb der Stadt."

„Fragen Sie doch mal in der Verwaltung nach." meinte der dunkelhaarige Student. Er hatte eine schlaksige Figur und deutete mit dem Arm auf die Ausgangstür neben der Essensausgabe. „Da raus, dann die Treppe hoch und links."

„Alles klar. Danke, ihr habt mir sehr geholfen."

Peter folgte dem beschriebenen Weg und erreichte die Studentenverwaltung. Eine bebrillte kleine Frau saß am Schreibtisch, so in den Mittvierzigern. Sie trug eine hoch aufgeschlossene Bluse und eine FFP-2-Maske. Sie tippte gerade am Computer.

Peter räusperte sich und sah sie an. Keine Regung. Er räusperte sich nochmal.

Mit einem genervten Blick sah Esther Müller, so stand es auf ihrem Schildchen auf dem Tisch, auf und musterte Peter. „Ja, was wollen Sie? Der Dekan hat heute keine Sprechstunde und außerdem müssen Sie vorher einen Termin ausmachen. Haben Sie einen Termin?"

„Nein, Frau Müller. Darf ich Sie Esther nennen. Ist so ein schöner Vorname."

„Nein, dürfen Sie nicht. Was wollen Sie nun von mir?"

„Okay, Frau Müller. Mein Name ist Peter Pfeffer. Ich bin der Vater von Nora Pfeffer, die hier seit dem ersten Semester studiert. Sie ist spurlos verschwunden. Ich habe eine Frage zu einem Kommilitonen, mit dem sie in der letzten Zeit häufig Kontakt hatte."

Frau Müller durchforstete ihre Datenbank und fand den Namen von Nora.

„Nora Pfeffer. Stimmt. Die ist hier bei uns immatrikuliert. Sie sind der Vater Peter. Stimmt auch. Mutter verstorben. Wie ist das denn passiert?"

„Da möchte ich jetzt nicht drüber sprechen. Frau Müller, es geht mir um einen jungen Mann namens Sebastian Ullmen. Muss ein höheres Semester sein. Zu dem hatte sie in der letzten Zeit häufigeren Kontakt. Vielleicht kann er mir sagen, wo meine Tochter ist. Wir haben schon ein paar Tage nichts mehr von ihr gehört. Ich mache mir Sorgen. Können Sie mir die Adresse von Sebastian Ullmen geben? Ich wollte ihn befragen, kann ihn aber heute hier nicht finden. Ich würde ihn gerne zu Hause aufsuchen."

„Haben Sie schon mal was von Datenschutz gehört? Da könnte ja jeder kommen. Ich hatte genug Aufwand, damit wir hier an der Uni diese Datenschutzgrundverordnung der EU umsetzen konnten. Wir sind jetzt wieder auf dem neuesten Stand und Sie, Sie wollen einfach die Adresse eines Studenten von uns haben? So geht das nicht, nicht ohne dessen Einwilligung. Und, ist er gerade hier? Nein, ich sehe ihn nicht."

Mit diesen Worten schob sie ihre Brille auf der Maske zurecht und sah wieder in den Bildschirm ihres PCs.

Peter war kurz davor, seine Contenance zu verlieren. Was war das denn für eine Art? Verdammte Bürokraten-Stute... Er nahm noch einmal allen Charme zusammen.

„Frau Müller, bitte. Ich sagte doch schon, dass meine Tochter seit einigen Tagen nicht mehr zu erreichen ist. Vielleicht ist ihr etwas schlimmes passiert. Und er ist vielleicht der einzige, der mir in dieser Sache weiterhelfen kann. Es ist wirklich wichtig."

Sie sah nicht einmal mehr auf und schüttelte nur den Kopf. „Wenn Ihnen Ihr Kind so wichtig ist, hätten Sie vielleicht ein bisschen besser auf sie aufpassen sollen. Ja, so ist das, wenn im Haushalt die weibliche Komponente fehlt..."

Peter war jetzt soweit, ihr den PC vom Tisch zu schieben. Er atmete noch einmal tief durch. Der Hulk in ihm brodelte schon.

„Frau Müller. Hier ist meine Karte. Falls Ihnen doch noch einfällt, dass Sie mir die Adresse geben können, rufen Sie mich an. Die untere ist meine private Nummer. Da bin ich normalerweise immer zu erreichen. Und sagen Sie Ihrem Dekan, dass ich ihn zu sprechen wünsche. Es geht um das Thema 'Entgegenkommen bei Notfällen'. Und falls ich mit diesem Entgegenkommen nicht zufrieden bin, werde ich einen unschönen Bericht in unserem Radio-Programm veröffentlichen. Ihr Name käme dann übrigens auch vor." Er ließ seine Visitenkarte mit dem Schriftzug **RTL Radio Luxemburg** mitten auf ihre Tastatur zwischen ihre Finger fallen.

Frau Müller schob sie beiseite und warf einen kurzen Blick darauf. „Ich sage es ihm." Dann widmete sie sich wieder ihrer Tastatur.

Wutentbrannt stürmte Peter die Stufen zum Ausgang hinunter und rempelte dabei rein versehentlich ein paar Studenten an.. „So eine sture Pute..." Er suchte sein

Handy und fand es in der hinteren Hosentasche seiner Jeans. 'Kein Netz' stand im Display.

Als er auf dem Vorplatz stand, gab es zumindest zwei Balken. Er rief Thiel an, von dem er sich die Nummer hatte geben lassen. Es läutete erstaunlich lange. Er wollte schon fast wieder auflegen.

„Thiel hier," hörte Peter es plötzlich schnaufen.

„Herr Thiel, Pfeffer hier. Störe ich Sie gerade bei etwas wichtigem?"

„Nein, nein. Wir buddeln hier nur gerade die Überreste einer Prostituierten aus, die Malessa hier im Wald an der Uni vergraben haben will. Wo sind Sie?"

„Ganz in Ihrer Nähe. Auch an der Uni. Ich habe den Namen eines Kommilitonen von anderen Studenten erfahren, mit dem meine Tochter häufiger Kontakt hatte. Es ist ein Sebastian Ullmen aus Trier."

„Noch nie gehört. *Grabt ein bisschen mehr in der Nähe des Baumes da, Ihr Doofen. Kann doch nicht alles selber machen. Spreche gerade mit dem Herrn Verteidiger von unserem Massenmörder hier!* Und was sagt der dazu?"

„Wer? Der Massenmörder? Wäre schön, wenn Sie so einen Begriff, mit dem Sie ihn betiteln, nicht so durch den Wald schreien würden. Er ist immerhin mein Mandant."

„Sorry. Aber das können nur zwei Waldarbeiter und ein paar Spechte hören. Nein, ich meinte diesen Ullmen. *Ja, da drüben sollt Ihr graben...*"

„Der ist hier gerade nicht aufzufinden. Und seine Adresse kennt auch keiner. Außer der Verwaltung, aber die reizende Sekretärin des Dekans rückt nicht damit raus."

„So ne kleine mit ner Brille? Kenne ich. Wie hatten damals auch eine Befragung nach den Vermissten-Fällen durchgeführt. Ein richtiger kleiner Besen. *Noch tiefer!*"

„Das trifft es so ziemlich. Beruft sich natürlich auf die EU-DSGVO."

Ja, noch ein Stück. Auf die was?"

„Die europäische Datenschutzgrundverordnung. Ist seit zwei Jahren bei uns Gesetz."

„Ja, richtig. Musste ich mich auch schon mit rum schlagen. *Knochen? Dann ab jetzt vorsichtig weiter. Ich rufe gleich die Spurensicherung an.*"

„Sie scheinen ja fündig geworden zu sein. Ich bitte das in Ihrem Bericht über den Fund auch entsprechend zu berücksichtigen. Mein Mandant hat kooperiert."

„Ja, ja. Mache ich schon. Was wollten Sie eigentlich von mir? Ich muss die Kollegen von der KTU noch anrufen."

„Ich wollte Sie bitten, ob Sie nicht in der Kartei des Einwohnermeldeamtes nach dem Sebastian Ullmen gucken könnten. Sagen Sie, Sie müssten ihn befragen und brauchen die Adresse."

„Pfeffer, ich muss Ihnen als Jurist doch nicht sagen, dass das alles andere als legal ist, oder? Auch das Einwohnermeldeamt kennt so was wie Datenschutz..."

„Ach, wissen Sie, manchmal heiligt der Zweck eben auch mal die Mittel. Das sagt der Journalist in mir. Sonst kämen wir doch auch nicht an Informationen ran..."

„Ein menschliches Skelett? Dann mal vorsichtig mit den einzelnen Knochen. Alles so liegen lassen. Na gut, ausnahmsweise. Aber nur weil Sie ihre Tochter suchen. Reden können Sie mit dem Burschen mal, vielleicht weiß der ja was. Ich ruf Sie zurück, so bald ich die Adresse habe. Jetzt muss ich mich erst mal um eine Leiche kümmern."

„Ja, vielen Dank, und vergessen Sie nicht, mir die Akte mit dem Bericht vom heutigen Fund noch einmal zukommen zu lassen."

„Immer langsam mit den jungen Pferden. Jetzt buddeln wir erst mal weiter, dann wird die KTU noch ein bisschen rumpinseln und dann fahren wir Ihren Mandanten zurück in die Untersuchungshaft. Und dann werde ich irgendwann den Bericht schreiben. Wenn wir alle Ergebnisse haben, natürlich. Vorher rufe ich Sie aber noch an."

„Nochmals danke. Und ich werde noch ein paar Studenten nach Nora befragen."

„Ach, Pfeffer. Ich glaube, Sie hatten wirklich recht." Thiel wurde ganz ruhig.

„Und womit?" Peter blickte nachdenklich über den Vorplatz der Fakultät.

„Ihr Mandant ist wahrscheinlich nicht der Entführer der Mädchen. Diese Leiche hier wurde nicht zerstückelt. Sie liegt hier noch fast in einem Stück. Und mit ihren Augen, zumindest was davon noch übrig ist..."

Kapitel 23

Nora schlug die Augen auf. Sie erblickte das altbekannte Dunkel und die schweren Gitterstäbe neben ihrer Pritsche. Musste sich um einen Käfig zum Transport von Tieren handeln. Wahrscheinlich Raubtiere. Darum die schwere Sicherung. Wo er die wohl her hatte? Bestimmt aus dem Internet. Zerlegt und frei Haus geliefert...

Sie hatte wieder Kopfschmerzen. Es waren diese verdammten KO-Tropfen. Sie mussten auch im Wasser gewesen sein. Daran gab es jetzt keinen Zweifel. Also durfte sie auch nichts mehr trinken, wenn sie längere Zeit bei Bewusstsein bleiben wollte. Und das musste sie, wenn sie überhaupt eine Chance gegen ihren Entführer haben wollte. Ihr Magen knurrte laut. Sie hatte seit einiger Zeit nichts mehr gegessen. Auch da musste sie weiter stark sein.

Sie hob den Kopf und horchte. Keine Bewegung in den Nachbarkäfigen. Nur ruhige Atemzüge. Ein leises Schnarchen, irgendwo in der Mitte der Reihe. Strenge Gerüche waberten durch den Raum. Ein Gemisch aus Schweiß und Fäkalien. War wohl Zeit, die Eimer auszuleeren. Plötzlich ein leises Tönchen. Auch aus der Mitte der Reihe. Richtig, gestern war ja eine Art Chili Con Carne in den Tellern. Tja, die Bohnen...

Sie drehte sich um und begann mit ihren Liegestützen. Die Pritsche quietschte leise.

Da erklang plötzlich aus dem hinteren Bereich eine leise Stimme.

„Hör auf damit. Er kriegt das mit. Er will das nicht. Er wird Dich bestrafen."

„Wer spricht da?" fragte Nora in die Dunkelheit und blieb liegen.

„Ich, Aylin, ich bin hier hinten. Im letzten Käfig. Und Du?"

„Ich bin Nora. Nora Pfeffer. Wie lange bist Du schon hier, Aylin?"

„Keine Ahnung. Ewig. Ich habe mein Zeitgefühl in diesem Raum verloren. Und Du? Bist Du neu hier? Ich kann ihn nicht gut erkennen, aber Dein Käfig war längere Zeit leer. Das Mädchen davor wurde von Nexus weggebracht. Schon vor einiger Zeit."

„Ja, ich bin erst seit kurzem hier. Rede nicht von Nexus. Der Arsch heißt Sebastian Ullmen und hat mich aus meiner Wohnung entführt. Kranker Wichser. Lebt hier mit uns seine verschissenen Phantasien aus, dieser blöde Mistkerl. Wir sind jetzt Teil seines geheimen Privatzoos."

„Hört auf zu reden, er kann uns hören." flüsterte Francesca in die Dunkelheit. „Wir werden das noch alle büßen."

„Hallo, ich bin Nora. Wie heißt Du?" fragte Nora zurück.

„Francesca, und jetzt hört auf. Das rote Licht von der Kamera. Siehst Du es?"

Nora suchte den Raum ab und sah das kleine rote Licht in der Ecke über der Tür.

„Er sieht sich alles an. Er kriegt alles mit. Es gibt bei ihm keine Ausnahmen. Egal wie leise wir waren, er hört und sieht wirklich alles. Und er wird uns bestrafen für unser Fehlverhalten. Hat er Dir die Regeln denn nicht erklärt, als Du hergekommen bist?"

„Francesca, ich scheiße auf seine Regeln. Ich wurde von ihm entführt und werde von ihm gefangen gehalten. Er ist ein gottverdammter Verbrecher, der selber keine Regeln kennt. Er handelt nur nach seinen verschissenen Trieben und tut uns das dann. Dann gibt es eben kein Essen und Trinken mehr. Scheiß drauf. Da sind sowieso nur diese verdammten KO-Tropfen drin, die uns ruhig und gefügig machen sollen."

„Das hältst Du nicht durch." flüsterte Aylin. „Hab ich auch schon versucht. Wollte bei Bewusstsein bleiben. Das Hungergefühl und der Durst waren aber stärker. Und ab einer gewissen Menge von dem Zeug gelangst Du auch in eine Art Abhängigkeit. Wie bei anderen Drogen. Du kannst nichts dagegen tun. Du brauchst das Zeug..."

„Ich halte durch, solange ich kann." wisperte Nora in die Stille. „Ich will von dieser Scheiße nicht abhängig werden. Ich will fit bleiben und dann, irgendwann wenn er nahe am Käfig steht, dann schnapp ich mir diesen kranken Arsch, das verspreche ich Euch."

„Das schaffst Du nicht. Er hält immer Abstand, wenn er sich nicht sicher ist, ob Du wirklich tief und fest schläfst. Er geht immer auf Nummer sicher. Ist immer super vorsichtig. Wie eine Maschine. Jedes Mal. Hab's noch nie anders erlebt."

„Ich werde dieser verfickten Maschine schon in den Hintern treten, das kannst Du mir glauben. Und selbst, wenn ich nicht rauskomme, wird er den Tag nicht vergessen. Der wird irgendwann einen Fehler machen und dann bin ich da."

Francesca blieb skeptisch. „Und wenn er sauer wird? Ich meine, so richtig sauer? Du hast doch keine Ahnung, was er tun kann. Vielleicht tötet er Dich, nur weil Du ein so ungehorsames Mädchen bist, und entsorgt Dich irgendwo auf einer gottverdammten Müllhalde. Hier sind schon Mädchen gestorben. Das muss er doch auch irgendwie geregelt haben. Und zwar so, dass er nicht entdeckt wurde. Sonst würde er ja wohl nicht mehr frei rumlaufen."

Eine verträumte Mädchenstimme meldet sich bleiern zu Wort. „Was ist denn hier los? Wer spricht denn da?"

Florence war noch völlig schlaftrunken. „Wir sollen doch nicht sprechen..."

„Das ist Florence, unsere Luxemburgerin. Schläft immer viel und lange. Redet aber auch sehr laut im Schlaf."

„Tue ich nicht," erwiderte Florence mit einem leichten französischen Akzent.

„Doch, ganze Romane..." erwiderte Aylin schon etwas lauter.

„Gar nicht wahr..." konterte Florence genauso laut.

Plötzlich flog die Tür zum dunklen Raum auf und ein leichter Lichtschein drang von außen nach innen. Mitten darin stand eine weiß gekleidete Gestalt. Sie trug eine Art Samurai-Schwert in ihrer rechten Hand. Konnte aber auch eine schlanke Machete sein oder ein anderes ähnliches Schneidwerkzeug mit circa einem Meter Länge.

„Darf ich erfahren, was hier diskutiert wird?"

Die Mädchen waren auf einen Schlag verstummt. Jede kroch unter ihre Decke.

„Nora, Aylin, Francesca und Florence – Essens- und Wasserentzug für heute und für morgen. Höre ich von Euch noch einmal einen Ton, egal zu welcher Zeit, egal wie laut und egal worüber, werde ich Euch so bestrafen, dass Ihr nie wieder redet."

Die Mädchen zogen sich die Decken über den Kopf und machten keinen Mucks.

Die Tür fiel ins Schloss. Es war absolut ruhig im dunklen Raum. Niemand sprach.

Kapitel 24

Peter suchte mit den Augen die Straße ab. Er befand sich auf der Weismark in Trier und fuhr schon seit einigen Metern bergauf. Irgendwann musste doch mal das Haus auftauchen. Er beobachte sorgfältig jede Nummer, die er erkennen konnte.

Es waren einige kleinere Mehrfamilienhäuser und einige größere Einfamilienhäuser zu sehen. Dazwischen aber auch immer wieder größere Villen. Ganz schick hier. Er hatte die Adresse von Thiel bekommen, dem er jetzt eine Kiste Stubbi schuldete. Die schuldete der wiederum seinem Kumpel beim Einwohnermeldeamt, der ihm sofort die Adresse von Sebastian Ullmen besorgt hatte, als er anrief. 'Stubbis' waren bauchige braune Bierflaschen mit 0,33 Liter Inhalt, die von verschiedenen Brauereien in und um Trier angeboten wurden. Am bekanntesten waren die der Bitburger Brauerei.

Maria gestattete Peter ab und zu mal eine Flasche, aber auch nicht mehr. Sie wollte nicht, dass er wieder zurück in die Vergangenheit abdriftete (*„Der tiefe Fall", Anm. des Verfassers*). Und bis jetzt hielt er sich sehr gut. Wenn es ihm manchmal, gerade in geselligen Momenten, auch schwer fiel, die anderen trinken zu lassen. Immerhin war seine Mutter an Leberversagen gestorben. Das war ihm eine Warnung.

Peter war jetzt fast am Rondell am Ende der Straße angekommen, als er endlich das Haus mit der richtigen Nummer erkannte. Ein imposanter Bau. Stylisch. Bitte, hier saß das Geld. Wahrscheinlich ein bisschen locker sogar. Eine schwarz-graue Fassade, zwei Stockwerke, ein Flachdach und eine große Einfahrt, in der zwei schwarze SUVs parkten. Bingo. Er parkte den Corsa daneben an der Straße und stieg aus.

Er näherte sich dem Gebäude, das auf einem sehr großen Grundstück gebaut war. Die große Einfahrt lag zwischen kleinen Felsgärten, auf denen penibel geschnittene und regelmäßig getrimmte Buchsbäume standen. Daneben führte ein Weg zur Haustür und ein weiterer Weg zweigte rechts ab, zur Seitenwand der Villa. Er erkannte aus der Entfernung, dass es ein separater Eingang in den hinteren und wohl auch unteren Bereich des Gebäudes gab. Vor ihm stand ein Briefkasten aus gebürstetem Stahl mit dem Namen des Ärzteehepaares. Herr und Frau Dr. Ullmen waren ein Begriff in der Trierer Gesellschaft. Sehr gute und bekannte Frauenärzte mit einer großen Praxis in der Stadt. Hans Ullmen hatte die Praxis von seinem Vater übernommen und um vier neue Ärzte erweitert. Dann war seine Frau hinzu gekommen, die er auf einer seiner vielen Golf-Reisen in Spanien kennengelernt hatte. Susanne und er waren jetzt fast 20 Jahre verheiratet und glücklich, auch wenn die Ehe kinderlos geblieben war. Dafür hatten sie ihre Tochter Hanna und ihren Sohn Sebastian adoptiert. Beide ebenfalls sehr erfolgreich in ihren Berufen und Ausbildungen. Hanna, auch eine Frauenärztin, und Sebastian in seiner psychologischen Ausbildung, die er bald als Bester abschließen würde. Peter hatte alle Informationen von Thiel und seinem Bekannten bekommen.

Es war Freitag Nachmittag, kurz nach zwölf. Die Ärzte waren bestimmt zu Hause. Er ging zur Eingangstür und klingelte. Ein sanftes Ding-Dong ertönte innen. Die schwere Schiefertür öffnete sich und ein gut gekleideter Mittfünfziger öffnete die Tür. Gelbes Polo-Shirt, blaue Hose und weiße Tennisschuhe. Sein grau-meliertes Haar war in Wellen nach hinten gegelt und knapp nackenlang. Er trug eine durchsichtige Brille und lächelte. Peter sah im Flur hinter ihm eine große chinesische Vase und davor eine große Golftasche. Der gute Mann war offensichtlich auf dem Sprung zum Golfplatz.

„Guten Tag. Mit wem habe ich denn die Ehre?" Sein Lächeln war ansteckend.

Peter lächelte fast schon gezwungenermaßen zurück. „Peter Pfeffer ist mein Name. Sind Sie Dr. Ullmen?"

„Der bin ich. Aber ich habe hier keine Sprechstunde und die Praxis in der Ostallee ist auch schon geschlossen. Tut mir leid."

„Ich habe auch keine Beschwerden, Herr Dr. Ullmen. Ich wollte gerne Ihren Sohn sprechen. Sebastian. Ist der da?"

„Oh, das weiß ich gar nicht. Wissen Sie, mein Sohn bewohnt seit Jahren schon die Wohnung im Keller des Gebäudes. Mit einem separaten Eingang hier links." Er zeigte mit dem Arm auf die linke Seite des Hauses. „Es ist ein völlig autarker Wohnbereich und wir bekommen kaum mit, ob er da ist oder nicht. Manchmal sehen wir seinen Wagen, aber er kann auch mit seinem Motorrad unterwegs sein. Hatte wir ihm vor Jahren einmal zum Geburtstag geschenkt." Er lächelte und drehte sich in den hinteren Bereich des Flurs um. „Wir sehen nicht immer in der Garage nach, welche Fahrzeuge gerade da sind. Schatz, hast Du Sebastian schon gesehen?" rief er seiner Frau zu.

„Nein, heute noch nicht." ertönte es aus dem Hintergrund. Er drehte sich zurück.

„Was wollen Sie denn von meinem Sohn? Er hat doch hoffentlich nichts angestellt. Sind Sie von der Polizei? Ab und zu ist er schon mal ein wenig schnell unterwegs..."

„Nein, Herr Dr. Ullmen. Ich bin Journalist. Wir machen einen Bericht über die Zeit an der Uni während der Corona-Pandemie. Ich habe Ihren Sohn auf dem Campus kennen gelernt. Er hatte aber keine Zeit für ein Gespräch und mir diese Adresse gegeben, um mich noch einmal bei ihm zu melden, damit wir in Ruhe reden können. Er meinte, dass es ihm heute gut passen würde. Also bin ich hier."

Peter hatte an dieser Begründung während der Fahrt gearbeitet und fand sie eigentlich ganz glaubhaft. Mal sehen, ob der Herr Doktor sie ihm abkaufen würde.

„Ach so. Ja, das ist ja eine interessante Geschichte. Klar, so leicht ist ein Studium in diesen Zeiten natürlich nicht. Online- und Präsenzunterricht im Wechsel, mal ist man zu Hause, mal nicht, alles nicht so einfach. Hängt ja alles immer von den Inzidenz-Zahlen ab. Schwierig. Na ja, gut, dass man an der frischen Luft immer noch auf den Golf-Platz gehen kann. Da herrscht nicht allzu viel Ansteckungsgefahr. Und Platz genug für den richtigen Abstand gibt es auch. Da wollten meine Frau und ich gerade hinfahren. Klingeln Sie doch einfach mal an seiner Tür. Vielleicht ist er ja da."

„Golf? Ein schöner Sport. Wenn man ihn sich leisten kann. Aber da mache ich mir bei einem wohlsituierten Ärzte-Ehepaar natürlich keine Gedanken. Und es ist bestimmt auch ein schöner Ausgleich für den anstrengenden Alltag, oder?"

„Ja, das können Sie glauben. Wir sind fast das ganze Wochenende auf der Anlage. Der Golf Club Trier e.V. in Ensch ist einfach eine wunderschöne Anlage. Sehr gepflegt und mit sehr gepflegten Mitgliedern." Er sah an Peter herunter, der zu einem leicht ausgewaschenen T-Shirt und seiner Lieblingsjeans alte Jogging-Schuhe trug.

Susanne Ullmen kam nach vorne zur Tür. Sie trug ein weißes Polo-Shirt und eine gelb karierte Golfhose mit einem weißen Sichtschutz auf dem Kopf. Auch sie lächelte.

„Hans, würdest Du meine Golftasche von der Terrasse holen? Ich habe die Eisen noch ein bisschen geputzt. Blitzen jetzt wie neu. Und wer ist das?"

„Ein junger Journalist, der Sebastian sprechen wollte, und uns jetzt entschuldigt."

Susanne Ullmen ging an Peter vorbei und stieg in den ersten der beiden SUVs.

„Ja, vielen Dank für die Information. Ich werde dann mal klingeln." bemerkte Peter und drehte sich nach rechts, während Hans Ullmen zu seiner Terrasse ging, um die Golftasche seiner Frau zu holen.

Er ging die Steinplatten bis zu einer Treppe und dann ein paar Stufen bis zu einer Tür. Er klingelte. Keine Reaktion. Er klingelte nochmal und wartete. Wieder nichts. Oben schloss sich die Haustür und danach eine Kofferraumklappe und eine Wagentür. Man schien nicht auf ihn zu warten. Das leise Surren eines großen Benzin-Motors war zu hören. Ja, selbst die großen Modelle aus Stuttgart-Zuffenhausen schnurrten wie die Kätzchen, hatten es aber faustdick unter der Motorhaube.

Peter sah sich die Wand an. Nur im vorderen Teil Fenster. Hinten nicht. Der hintere Teil zeigte genau in Richtung Südfriedhof und Mattheiser Wald, mit einem großen Stück Garten dazwischen. Die Tür war aus massivem Holz. Er sah zwei Schlösser, aber keine Alarmanlage. Die hatte er nur an der Hausfront gesehen, zusammen mit verschiedenen Video-Kameras. Der weitere Durchgang am Haus war durch einen hohen Maschendrahtzaun gesichert. Er konnte nicht weiter gehen.

Als er wieder an der Haustür angekommen war, fehlte einer der Edel-SUV. Der zweite konnte natürlich der Frau Doktor gehören, aber vielleicht auch Sebastian Ullmen. Es könnte aber auch der Wagen von Hanna Ullmen sein, die den kompletten ersten Stock bewohnte. Thiel hatte sich im Vorwege wirklich sehr gut informiert. Peter sah in das Innere des getönten Wagens, konnte aber keine besonderen Dinge erkennen, die auf eine bestimmte

Person hingedeutet hätten. Die Garagentore waren verschlossen.

Unverrichteter Dinge ging er zu seinem Auto zurück. Was nun? Einen Beschluss, die Räumlichkeiten zu durchsuchen, würden sie niemals kriegen. Welcher begründete Verdacht sollte denn hier vorliegen? Die Privatnummern der Ullmens standen weder im Telefonbuch noch sonst irgendwo im Internet. Peter musste einen Weg finden, in die Wohnung von diesem Sebastian Ullmen zu gelangen. Egal wie, aber schnell.

Kapitel 25

Der erste Hieb traf die Schulter.

„So, ihr wollt also meine Anweisungen nicht befolgen? Dann muss ich eben andere Seiten mit euch aufziehen!"

Der nächste Hieb traf den Bauch.

„Ihr redet so viel, obwohl ich euch den Kontakt zueinander strengstens untersagt hatte und ihr lasst es zu, dass dieses kleine Miststück mich derartig beleidigt? Aylin, gerade von dir hätte ich nicht erwartet, dass du dich auf ein derartiges Gespräch einlässt..."

Sebastian Ullmen setzte die Spitze des Samurai-Schwertes ganz exakt an den Hals an und holte aus. Der wuchtige und präzise Schlag durchtrennte den Hals in einem Zug und ließ den Kopf wie eine Bowling-Kugel über den Boden holpern.

Er beruhigte sich langsam wieder. Er lockerte den Griff beider Hände und ließ das Schwert wieder in die Scheide fahren. Langsam atmete er ein und wieder aus.

Er blickte auf die schon arg ramponierte Trainingspuppe, die er mit einer Kette in die Ecke des Raums gehängt hatte. Im Oberkörper und am Bauch hatte sie schon so viele Schläge kassiert, dass die Holzwolle aus dem dicken Sackleinen hervorquoll. Diesmal hatte er auch noch die Wirbelsäule aus einem Besenstiel sauber durchtrennt, dass der Styropor-Kopf keinen Halt mehr hatte. Die Klinge war wirklich höllisch scharf. Sein Vater hatte schon mehrere Revolver und Pistolen über einen örtlichen Waffenhändler erworben. Da er immer noch eingetragenes Mitglied im Schützenverein war, durfte er eine Waffenbesitzkarte führen. Auf dieser Karte ließ er auch das Schwert eintragen, dass er Sebastian vor fünf Jahren zum Geburtstag geschenkt hatte. Er hatte es sich so sehr gewünscht, weil er an einem Kampfkurs an der

Universität teilnehmen wollte. Mittlerweile beherrschte er den Umgang mit dieser tödlichen Waffe in Perfektion. Er hob den Kopf auf, dem er vor zwei Jahren auch ein Gesicht aufgemalt hatte, und steckte ihn umgekehrt auf den Rest des Besenstiels. Das andere Stück ragte jetzt nach oben zur Decke. Er musste lächeln, obwohl ihm gar nicht zum Lachen zumute war.

'Was glaubt dieses kleine Luder eigentlich, wer sie ist? Ein unbedeutendes kleines Nichts, dass nur durch meine Tat bekannt und berühmt wird.' Gut, sie hatte ihm von Anfang an gefallen. Ihre Art, ihre Augen, ihre Unschuld. 'Und jetzt benimmt sie sich so? Macht mir meine ganze Trophäen-Halle rebellisch? Und beleidigt mich noch?'

Seine Hand fasste den Griff des Schwerts und ließ ihn nach kurzer Zeit wieder los.

'Nein, du bringst mich nicht aus der Fassung, du nicht!'

Er löste den Gurt und hängte das Schwert wieder an den Haken an der Wand.

'Ich werde dir schon Manieren beibringen, Nora Pfeffer. Du wirst sehen!'

Vom Kendo-Training hatte er noch einen schweren Bambus-Stock an der Wand neben dem Schwert hängen. Vielleicht würde der nach langer Zeit mal wieder zum Einsatz kommen...

Es klingelte.

Wer störte ihn denn jetzt? Seine Eltern mussten doch schon längst auf dem Golf-Platz sein und diesem lächerlichen Ball nachjagen. Er hasste diesen Sport. Leider waren die Eltern der Meinung, er solle mitmachen und hatten ihm vor einiger Zeit auch so eine Ausrüstung geschenkt. Er hatte ihnen zuliebe zwei Trainerstunden absolviert und sich dabei so dämlich angestellt, dass der Golf-Lehrer zunächst von weiteren Stunden abgeraten hatte. Er solle erst mal selbst die Bewegung auf der Driving-Range üben, bevor er seine Hilfe in Anspruch nähme. Seitdem stand die Tasche unbenutzt in der Ecke seines Zimmers und er hatte seine Ruhe.

Es klingelte wieder.

Er hatte keine Lust, mit jemandem zu reden.

Er setzte sich an seinen Schreibtisch und beobachtete die Monitore der Kameras. Der Wagen seines Vaters setzte sich in Bewegung. Vielleicht wollten sie fragen, ob er mit zum Golf-Platz wolle. Nicht schon wieder. Sehr hartnäckig, diese Geldgeber. Und versnobt. Aber sie hatten genau die Mittel, die er brauchte, um gewisse Neigungen in seinem Leben umzusetzen. Das wusste er schon beim ersten Mal, als ihn die Dame vom Jugendamt zu den Ullmens begleitete. Perfekt. Ein großes Haus mit separaten Wohnetagen. Wohnräume, Küche, Bad. Und dann dieser riesige Keller zum Garten hin. Mehr als perfekt. Hier konnte er sich so richtig austoben. Wie früher.

Sebastian Ullmen war kein unbeschriebenes Blatt. Unter seinem Geburtsnamen gab es ursprünglich Eintragungen ins Jugendregister und Krankenakten einer Klinik. Er war manchmal so zornig, dass er Mitschüler*innen fast krankenhausreif geschlagen hatte. Als er anfing, sie im Wald an Bäume zu binden und zu quälen, griffen die Behörden ein. Aber Sebastian war auch enorm intelligent. Er informierte sich, wann die Daten gelöscht wurden und verhielt sich in der Klinik so clever, dass die Ärzte tatsächlich irgendwann von einem Behandlungserfolg ausgingen. Er war plötzlich vermittelbar. Und er fand die richtige Familie.

Nach seiner Adoption war er ein unbeschriebenes Blatt mit einer blütenweißen Weste. Er war jetzt der Sohn der reichen Doktoren. Er hatte alles unter Kontrolle. Seine Halbschwester war dabei kein Problem. Ein armes

Mädchen. Völlig überfordert mit ihrem posttraumatischen Stress. Sie hatte den Unfall nie verarbeitet und musste heute noch regelmäßig zum Therapeuten.

    Am Anfang, als er sie kennenlernte und mit ihr im ersten Stock lebte, dachte er noch, er könnte sie für seine Dinge des Lebens begeistern. Aber das interessierte sie nicht. Sie war zu sehr mit sich selbst beschäftigt. Wachte oft schweißgebadet auf und hatte Panikattacken. Schulzeit und Studium überstand sie nur mit Psychopharmaka, von denen sie süchtig wurde. Also benutzte sie sie auch später in ihrem Beruf. Sie waren eine große Hilfe für ihn. Es gab derartige Mengen im Haus, dass er sich nur zu bedienen brauchte. So viel er wollte. Den Rest mischte er sich zusammen. Wie gesagt, alles unter Kontrolle.

    Er durfte sich nur nicht erwischen lassen. Und er war immer vorsichtig...

Kapitel 26

Peter und Maria saßen am Esstisch und diskutierten die Situation.

„Also nochmal, Peter, Du bist Dir sicher, dass dieser Ullmen Nora entführt hat und bei sich zu Hause gefangen hält? Welchen Beweis hast Du denn und was ist eigentlich mit Sigi Malessa?"

„Maria, er war es ganz sicher. Er hatte zuletzt Kontakt zu ihr und sie hatte uns doch erzählt, dass sie ihn ganz nett findet. Er hat ein riesiges Kellergeschoss in dem Haus. Der hintere Teil ist ohne Fenster und liegt absolut ruhig. Keiner stört ihn und seine Eltern kümmern sich anscheinend kaum noch um ihn. Passt doch alles zusammen. Sigi hat mit der ganzen Geschichte nichts zu tun. Er hat ein paar Prostituierte und ein paar ältere Damen umgebracht, sonst aber nichts. Er hat gestanden und er wird wegen mehrfachen Mordes verurteilt. Punkt."

„Peter! Wo ist denn Dein Mitgefühl?"

„Sorry, Maria, aber ich mache mir wirklich mehr Sorgen um meine Tochter. Sie ist vielleicht noch am Leben und in diesem Keller bei diesem Psychopathen, der mal einfach so junge Mädchen entführt."

„Nicht einfach so. Da wird schon ein Krankheitsbild dahinter stecken. Keiner wird einfach so Täter, ohne dass er vorher auch Opfer war. Oft ist es eine Mischung aus Erziehung und Vorbildern, Schuldgefühlen und fehlender Anerkennung."

„Danke, Frau Doktor. Wann hattest Du eigentlich Psychologie studiert?"

„Na ja, es war nur eine kurze Fortbildung im Krankenhaus, aber sehr interessant."

„Toll. Ich brauche jetzt Vorschläge, wie ich in das Haus komme."

„Peter, bist Du jetzt völlig verrückt geworden? Das ist Hausfriedensbruch. Die Ärzte werden Dich anzeigen und verklagen. Du wirst Deine Anwaltszulassung verlieren und Deinen Presseausweis. Die werden Dich ins Gefängnis stecken und danach zahlst Du bis ans Ende Deiner Tage Schadensersatz, weil Du deren Ruf geschädigt hast."

„Maria, Schatz, ich muss auf mein Bauchgefühl hören. Das hat mir schon immer das richtige gesagt. Leider habe ich nicht immer zugehört. Aber dieses Mal bin ich sicher. Er ist unser Mann. Mein Kind ist dort und die anderen vermissten Mädchen auch."

„Aber sprich doch erst mal mit ihm. Vielleicht löst sich Dein Bauchgefühl dann ganz einfach in Wohlgefallen auf. Du hast nicht den kleinsten Beweis."

„Beweise werden manchmal überbewertet. Ich kann ihn nicht anrufen, da ich keine Nummer habe. Ich kann nicht mit ihm sprechen, wenn er die Tür nicht aufmacht."

„Vielleicht war er ja wirklich nicht da."

„Der war da, glaub mir das."

„Dein Bauchgefühl?"

„Ja, mein Bauchgefühl. Unterschätz das mal lieber nicht."

„Und wer, mein lieber Peter, soll uns die Tür öffnen? Die Polizei wohl kaum, denn die braucht einen Durchsuchungsbeschluss und den haben wir nicht. Ein Schlüsseldienst? Dazu müsstest Du nachweisen, dass es sich um Dein Haus handelt, was schon nach den Klingelschildern unmöglich ist. Oder willst Du etwa wirklich da *einbrechen*?"

„Nein, ich gehe zu den Eltern und sage: Öffnen Sie mir sofort die Wohnungstür ihres psychopathischen Adoptivsohnes. Er hat meine Tochter entführt und hält sie in Ihrem Keller gefangen. Und noch andere Mädchen, die ich jetzt alle befreien werde..."

„Sehr witzig. Die glauben Dir doch kein Wort."

„Maria? Hat Dein Bruder nicht mal in einem Schlüsseldienst gearbeitet?"

„Ja, und?"

„Hat der nicht ein paar Tipps für uns?"

„Du lässt Dich von Deinem Vorhaben nicht abbringen, was?"

„Nö."

„Ich habe ein Multifunktionswerkzeug von ihm bekommen. Falls ich mich einmal selbst aussperren sollte. Öffnet Dir 95 Prozent aller heute existenten Schlösser."

„Nein."

„Doch. Aber wehe, Du erzählst irgendjemand jemals irgendetwas davon."

„Hey Schatz, Du weißt doch, anwaltliche Schweigepflicht und so..."

„Also gut. Wir gehen da rein, wenn keiner im Haus ist. Wir sehen uns um, ohne auch nur eine einzige Spur zu hinterlassen. Und wenn Nora oder andere von ihm entführte Mädchen nicht da sind, machen wir uns ganz heimlich, still und leise, wie die gute Waldameise, wieder aus dem Staub, klar?"

„Wie Kloßbrühe. Manchmal erstaunst Du mich schon ein wenig, Maria-Schatz."

„Ich weiß. Und wann wollen wir das machen?"

„Morgen Nachmittag. Die Ullmens fahren sicher zum Golf und er ist wahrscheinlich mit seinem Motorrad unterwegs, bei dem schönen Wetter. Das wird ein Kinderspiel. Rein und wieder raus. Ganz sauber und schnell. Wird schon klappen, Bonnie."

„Das wollen wir mal hoffen, Clyde." Sie küsste ihn ganz zärtlich auf den Mund.

Kapitel 27

Thiel hatte nicht gerade die beste Laune. Samstag Mittag und er hatte Bereitschaft. Er konnte sich etwas besseres vorstellen, als bei dieser Hitze im Büro zu hocken. Ein kleiner Ventilator auf dem Schreibtisch sorgte zumindest für etwas Abkühlung.

Die hatte er auch bitter nötig. Er versuchte gerade aus seinen diversen einzelnen Aufzeichnungen einen schlüssigen Bericht über die Leichenfunde der letzten Tage zu schreiben und hatte dazu noch die langen Berichte der KTU zu berücksichtigen.

'Haben die eigentlich jeden einzelnen Knochen vermessen und auf Spuren untersucht? Wir wussten doch, welche Leichen das sein mussten. Hatte uns Malessa doch vorher genau erklärt. Wenn das so weiter geht, sitze ich morgen noch hier. Am Sonntag!'

Als die Tür aufflog, zuckte er zusammen und hätte fast die auf einzelne Häufchen verteilten Berichte der KTU vom Tisch gefegt.

„Kneese, sind Sie eigentlich des Wahnsinns fetteste Beute? Sie können doch nicht so in mein Büro gestürmt kommen! Fast hätte ich meine Informationslandschaft total durcheinander gebracht und dann die nächsten drei Tage zum Sortieren gebraucht."

„Tut mir leid, Thiel. Aber die Sache ist wichtig und schuldet keinen Aufschub."

„Kneese, Sie verrückter Kerl. Sie haben doch frei heute. Was um alles in der Welt wollen Sie heute im Präsidium? Bestimmt nicht die Klimaanlage reparieren, oder?"

„Ich sitze in meiner Freizeit auch noch an einigen Fällen, die mich gerade besonders interessieren und mit denen ich mich während des Dienstes nicht beschäftigen konnte. Andere sammeln Briefmarken, ich sitze am Computer."

„Haben Sie denn weder Freund noch Freundin, oder diverse? Oh Mann, äh Frau, äh, vor lauter political correctness weiß ich gar nicht mehr, was ich eigentlich sagen will."

„Hab Sie schon verstanden, Thiel. War jetzt nicht so schwierig. Nein, ich bin weder kurz- noch langfristig liiert. Hat sich bisher nicht ergeben. Egal welches Geschlecht."

„Weder kurz- noch langfristig liiert. Sehr gut. Muss ich mir merken. Werde ich heute Abend meiner Freundin erzählen. Auf das Gesicht bin ich mal gespannt. Also was ist denn nun so dringend, dass Sie wie ein Derwisch hier reingestürmt kommen?"

Kneese schloss die Tür, setzte sich auf den Stuhl, der Thiel gegenüber stand und zog seinen Pferdeschwanz zurecht. „Sie hatten doch gestern von diesem Sebastian Ullmen gesprochen und dass Sie dessen Adresse bräuchten."

„Ja, stimmt. Dieser Pfeffer wollte die haben. Wollte sich mit dem Kerl unbedingt mal unterhalten. Vermutet wohl, dass der was über den Verbleib seiner Tochter weiß. Was ist damit?"

„Wie Sie wissen, hat mich unser Chef auf die Kontakte aller entführten Mädchen aus der letzten Zeit angesetzt und ich habe sämtliche Chats und Postings durchgearbeitet."

„Kneese? Bitte die Kurzfassung, ich hab wirklich noch zu tun. Unser Mörder wartet."

„Der hier wahrscheinlich auch."

„Wie meinen Sie das?"

„Ich meine, dass dieser Pfeffer mit Ullmen richtig liegen könnte. Als unser Täter."

„Und was verschafft Ihnen diese Eingebung? Raus mit der Sprache."

„Nachdem ich die meisten Verläufe der betroffenen Mädchen geprüft hatte, fiel mir auf, dass zwei Namen immer wieder auftauchten. Till Heise und Sebastian Ullmen. Teilweise abgekürzt als Tilli und Sebi. Beide hatten regen Kontakt mit den Mädchen. Sowohl über die Uni als auch bei Mädchen, die nicht studierten, über ihre Band."

„Welche Band?"

„Eine Death-Metal-Band namens 'Death Wish'. Heise war der Schlagzeuger. Und sein Kumpel Andy Lehnertz war der Gitarrist. Einer der Hauptkontakte von Maja Graf. Die Band hatte doch auf YouTube ein Musik-Video über ein Mädchen gepostet, dass entführt und in einem Keller gefangen gehalten und vergewaltigt wurde."

„Kranker Scheiß. Und was ist jetzt mit diesem Heise? Was hat der mit Ullmen zu tun? Kneese, kommen Sie langsam zum Punkt oder ich schleife Sie an Ihrem Zöpfchen aus diesem Büro!" Er starrte auf seinen Bildschirm. Er hatte erst zwei Seiten fertig.

„Sie sind ein und dieselbe Person."

„Was? Sie wollen mich doch vergackeiern! Wie können zwei Typen, egal was für ne nervige Mucke sie machen, ein und derselbe sein?"

„Heise und Lehnertz sind die Musiker. Sie sind verschiedenen Typen."

„Scheißegal. Ich meine natürlich Heise und Ullmen."

„Weil der junge Till Heise irgendwann von den Ullmens adoptiert und danach ganz einfach zu Sebastian Ullmen wurde."

„Toll. Und was hat das jetzt genau mit unserem Entführer zu tun?"

„Ne ganze Menge, wenn man die Vorgeschichte von diesem Heise kennt. War schwer genug, an die Fakten zu kommen, aber als ich mich in die Computer der Psychiatrie gehackt, ich meine natürlich eingeloggt und dann den Namen eingegeben hatte, da sprudelten die Daten mir nur so entgegen."

„Das mit dem Hacken habe ich mal geflissentlich überhört. Was für Daten?"

„Die komplette Vorgeschichte von diesem Heise bzw. Ullmen. War ein ganz schön schlimmer Finger. Mehrere Anzeigen wegen Körperverletzung in der Schule. Dann kamen Entführung und Freiheitsberaubung. Hatte die ihm unangenehmen Kollegen nicht nur verletzt, sondern auch gefoltert. Machte das später auch mit Mädchen..."

„Und warum ist der Penner nicht im Jugendknast gelandet?"

„Sein Verteidiger konnte über Gutachten immer wieder die Einweisung in die Klinik erreichen. Und da galt er dann irgendwann als geheilt. Machte sein Abitur nach und wurde vom Jugendamt an die Ullmens vermittelt. Erst als Pflegefamilie, bis sie ihn schließlich adoptierten. Haben wohl eine soziale Ader. Die Tochter wurde auch von ihnen nach einem schweren persönlichen Trauma, einem Autounfall, adoptiert. Alle beide hatten jeweils eine schwere Kindheit. Bei Heise hat es anscheinend zu diesen Gewaltexzessen geführt. Möglicherweise war der Vater da das direkte Vorbild."

Thiel nippte gedankenverloren an seinem Kaffee. Kneese sah ihn an.

„Wissen Sie was, Kneese? Irgendwie erziehen wir uns unsere Psychopathen schon selber ran, oder? Blöd nur, wenn die auch noch clever sind und über ihre Identität hinwegtäuschen. Wie soll man denen dann noch auf die Schliche kommen? Das war gute Arbeit, Herr Kollege."

David Kneese huschte ein Lächeln übers Gesicht.

„Sie machen jetzt Folgendes: Rufen Sie den Chef an und erzählen Sie ihm die ganze Geschichte. Und lassen

Sie sich nicht von seiner Frau Brigitte abwimmeln. Sie hasst Störungen am Wochenende. Macht da gerne in Familie. Notfalls kriegen Sie ihn über sein Dienst-Handy. Er soll sofort den diensthabenden Staatsanwalt anrufen. Der soll mit dem Bereitschaftsrichter sprechen. Wir brauchen ganz dringend einen Beschluss, um das Psychopathen-Haus zu durchsuchen. Vielleicht können wir die kleine Pfeffer und ihre Leidensgenossinnen doch noch retten, bevor der Wahnsinnige sie zerstückelt und auf irgendwelchen Mülldhalden oder in irgendwelchen Seen entsorgt."

„Und Sie, Thiel?"

„Ich werde versuchen, diesen Pfeffer zu erreichen. Der macht mir den Anschein, als wenn er diesen Ullmen alleine festnehmen wollte. Wir hatten ja bisher nichts gegen ihn in der Hand. Er soll ja die Finger davon lassen. Wer weiß, wozu dieser Irre noch alles fähig ist. Bei dem fällt bestimmt ein toter Anwalt und Journalist nicht so sehr ins Gewicht."

„Ich habe auch über Ullmen noch ein bisschen nachgeforscht."

„Und?" Thiel tippte die Nummer von Peter Pfeffer in sein Diensttelefon.

„Hat an der Uni jede Menge Kurse in verschiedenen Kampfsportarten belegt. Am Schluss hat er sich stark mit japanischem Schwert-Kampf beschäftigt. Und er hat mehrere Samurai-Schwerter. Über die Waffenbesitzkarte des Vaters bezogen."

„Das wird ja immer besser. Aber es passt zu unseren Leichenfunden. Scheiße!"

„Scheiße?"

„Ja, scheiße. Ist die verdammte Mailbox. Hoffentlich ist dieser Pfeffer nicht schon auf dem Weg zu diesem Ullmen. Ich hasse diese Alleingänge. Trommeln Sie alles, was wir haben, zusammen. Am besten auch das SEK. Ich habe da ein ganz mieses Gefühl. Und vergessen Sie nicht, zuerst den Chef anzurufen. Ich fahre schon mal los."

Kapitel 28

Peter und Maria erreichten die Villa der Ullmens. Basti saß auf dem Rücksitz.

„Toll, jetzt ziehe ich meinen Sohn auch noch in diese illegale Kiste mit rein."

„Aber er wollte doch unbedingt mitkommen. Es geht immerhin um seine Schwester."

„Danke, Maria, aber ich kann auch für mich selbst sprechen." Basti schmollte.

„Mein Sohn, Du wirst nur Schmiere stehen. Nicht mehr und nicht weniger. Solltest Du irgendwelche Ullmens kommen sehen, dann lässt Du es auf Marias Handy nur einmal klingeln. Sie hat den Summton eingeschaltet. Bei Polizei bitte zweimal. Klar?"

„Glasklar. Dad, ich bin doch nicht blöd. Ich mach im nächsten Jahr Abi. Telefonieren kriege ich gerade noch hin. Einmal klingeln für die Ullmens, zweimal für die Polizei."

„Und ansonsten bleibst Du außerhalb des Grundstücks am Wagen stehen. Ich möchte nicht, dass Du in diesen Keller kommst. Du kannst die Einfahrt im Auge behalten."

„Einfahrt im Auge behalten. Jawohl, Vater! Wird gemacht." Er grinste.

„Mach Dich bitte nicht lustig. Du redest gerade wie Deine Schwester."

Sie fuhren mit dem Corsa in die Weismark ein und steuerten den Berg hoch. Peter und Maria trugen schwarze T-Shirts und schwarze Jeans, schwarze Sneaker und schwarze Kappen. Maria hatte ihre Gesichter noch mit schwarzer Schminke etwas abgedunkelt. Basti hatte dagegen seine ganz normalen Freizeitklamotten an.

„Ihr seht aus wie zwei Neger, die zu einem Kongress fahren." Er grinste wieder.

„Hallo, das heißt jetzt Schwarze oder Dunkelhäutige. Was lernt Ihr eigentlich in der Schule?" Peter funkelte in den Rückspiegel.

„Sollte ein Witz sein." bemerkte Basti zerknirscht. „Wusste ich selber."

„Kann darüber nicht lachen. Ich habe ein ganz mieses Gefühl bei dieser Aktion. Wenn mich meine Intuition getäuscht hat, sitzen Maria und ich ganz schön in der Klemme."

„Nur, wenn Ihr erwischt werdet und dafür bin ich ja da." Basti hob den Daumen.

„Außer es ist doch noch jemand im Haus und kriegt davon was mit." erwiderte Peter.

„Wolltest Du nicht unbedingt bei Ullmens einsteigen, Du Meistereinbrecher?"

„Ja, ja, es war meine Idee. Aber wenn sie uns erwischen, sage ich der Polizei, dass das alles Deine Idee war. Ich bin von Dir dazu überredet worden." Maria knuffte ihn mit der Faust kräftig auf den Oberschenkel.

„Spaß beiseite. Euch ist ja wohl klar, dass wir ernsthafte Schwierigkeiten mit diesem Ullmen bekommen werden, wenn der da ist. Sollte er derjenige sein, für den ich ihn halte, ist das ein ganz übler und ziemlich brutaler Mistkerl. Also aufpassen, Leute!"

Sie fuhren am Haus vorbei und Peter drehte den Wagen. Er parkte an der Ecke des Grundstücks. Die Garageneinfahrt war frei. Kein Wagen davor. Alles gut.

„Wie ich mir gedacht habe. Die Ärzte sind beim Golf. Aber die Lampe an der Alarmanlage leuchtet. Und an der Video-Kamera daneben. Alles zu weit oben. Da kommen wir nicht ran, um den Draht durchzuknipsen. Mist!"

„Herr Meistereinbrecher?" unterbrach ihn Maria. „Sieh Dir doch mal die Richtung der Kamera an. Selbst mit einem größeren Weitwinkel reicht die Optik niemals bis zum Zaun. Wir laufen einfach am Rand über den

Steingarten bis zum Kellereingang. Du sagtest ja, da sei nichts installiert." Sie zwinkerte kokett.

„Stimmt. Gute Idee, Bonnie. So machen wir es."

„Dann los, Clyde." Sie küsste ihn auf die Wange.

„Und wie heiße ich?" kam es vom Rücksitz.

„Basti natürlich." Peter grinste und stieg aus. „Hoffentlich ist Dein Vornamensvetter weg." Er sah sich um. Kein Mensch auf der Straße. Maria stieg auch aus. Dann folgte Basti und stellte sich hinter den Corsa. „Ihr habt Eure Handys?" Beide nickten.

„Dann los. Jetzt oder nie." Sie schlichen sich an den Grenzzaun und über die Steine hinweg, immer darauf bedacht, nicht abzurutschen oder Geräusche zu verursachen. Basti blieb am Heck des Wagens stehen und sah gelangweilt in sein Handy, als wenn er auf jemanden warten würde. Trotzdem behielt er die Einfahrt immer im Auge.

Peter und Maria hatten die Kellertür erreicht. Jetzt schlug Marias Stunde. Mit geübten Fingern ließ sie das Werkzeug im Schloss verschwinden, bewegte es vor und zurück. Als sie den gewünschten Kontakt erreichte, drehte sie leicht nach links. Plötzlich ging die Tür auf. „Klasse," flüsterte Peter und sah sich noch einmal um.

Große Hecken auf der anderen Seite des Zaunes machten sie für die Nachbarn völlig unsichtbar. Sie drückten die Tür auf und huschten hinein. Maria ließ ihr Werkzeug in der Hosentasche verschwinden. Sie hatte schwarze Einweghandschuhe aus der Klinik mitgenommen, die beide jetzt überzogen. Sie schloss leise die Tür. Die Fenster waren mit dunklen Vorhängen geschützt. Es war stockfinster in diesem Keller. Maria hatte ihr Handy in der Hand und schaltete das Licht ein. Peters Handy lag im Auto. Er hatte Angst, dass sich die Kollegen in Luxemburg oder die Polizei melden könnten.

Darum hatte er abgeschaltet. Er würde zurückrufen, wenn es wirklich wichtig sein sollte.

Sie tasteten sich langsam vor. Es war ein riesengroßer Raum. Fast so groß, wie ihre halbe Wohnung. Rechts standen Tische mit Bildschirmen, die auf Standby liefen. Es war gut an den roten Lampen zu erkennen. Daneben stand ein Schlagzeug. Normale Ausführung. Ein Musiker also. Gab es nicht im Bericht zu Maja Graf irgendwas mit einer Heavy-Metal-Band? „Death Wish" stand auf der großen Trommel. Hieß diese Band nicht genauso? Peter wurde mulmig im Bauch. Beide horchten. Alles ruhig.

Maria schwenkte mit dem Licht nach links und erschrak. Peter konnte ihr gerade noch den Mund zuhalten. Er war selber ein wenig erschrocken. In der Ecke stand jemand.

Er hatte einen großen Stock oder Stab in der Hand und sah sie an. Allerdings war das Gesicht von unten nach oben verdreht. Und ein Stück Besenstiel kam aus der oberen Schädeldecke. Es war eine Puppe, an Kettengliedern aufgehängt. Sie sah schon ganz schön ramponiert aus. Da ließ dieser Mistkerl wohl seine Wut dran aus? Daneben sah Peter ein Samurai-Schwert. Übungseinheiten für Zerkleinerungsarbeiten, alles klar!

„Er muss es sein." flüsterte Peter so leise er konnte. „Passt alles zusammen. Bei den Leichenfunden waren die Körperteile alle ganz sauber abgeschnitten worden."

„Du trägst gerade nicht zu meiner Beruhigung bei," wisperte Maria nervös zurück.

„Was glaubst Du, wen wir hier heimlich besuchen? Papst Franziskus in Rom?"

„Wohl eher den Mädchen-Mörder von Trier." Sie ließ das Licht weiterwandern. Eine schwarze Ledercouch stand an der Wand. Ausklappbar. Auch als Schlafcouch zu verwenden. Daneben ein großes Bücherregal. Medizinische Bücher. Sonst nichts.

Sie schlichen vorsichtig durch den Raum. Achteten auf ihre Füße. Vermieden jedes Geräusch. An der nächsten Ecke stand ein Kleiderständer mit einer Hose und einem T-Shirt. Daneben ging es in eine kleine Küche. Mehrere Töpfe standen auf den Platten.

Maria roch an dem ersten. „Chili aus der Dose." flüsterte sie.

„Erkennst Du das am Geruch?" fragte Peter verwundert.

„Nein, hier steht die Dose noch. Alles vertrocknet. Wohl ein paar Tage her. Vielleicht war er schon länger nicht mehr da."

„Bestimmt im Urlaub oder mal wieder beim Kidnapping." flüsterte Peter.

„Das ist interessant," bemerkte Maria leise, „Medizinflaschen aus dem Labor. Selbst abgefüllt offensichtlich. Verschiedene Größen und Aufkleber. Die eine offene riecht nach Betäubungsmitteln. Sollten noch oder kamen wohl schon ins Essen."

„Oder ins Wasser." bemerkte Peter und zeigte auf den Krug und die Becher am Ende des Küchentresens.

„Vielleicht beides. Damit kannst Du einen Menschen ganz schön gefügig machen."

Auf der anderen Seite der Küche stand ein riesiger Hackblock aus Holz.

„Wow," flüsterte Peter. „Das ist ja ein Teil aus der Profiküche. Da passt ja ein ganzes Schwein drauf."

„Oder etwas anderes." bemerkte Maria. Einige Blutflecken war bereits eingetrocknet. Zum Teil waren richtig große Kerben ausgeschlagen. Ein Beil oder ein Schwert?

Peter schluckte hörbar. Wenn sie hier nicht auf etwas gestoßen waren, wollte er ab morgen Henry heißen. Also lag er doch richtig, nur wo waren die Mädchen?

Nexus näherte sich Nora. Sie schlief. Lag auf dem Bauch. Er hatte einen Injektor in der Hand. Es war die ideale Form, um einem Menschen im Vorbeigehen schnell und unkompliziert eine Injektion zu verpassen. Die Nadel löste bei der kleinsten Aktion oder Berührung die Ampulle aus und ließ den Inhalt in die Einstichstelle schießen. Alles dauerte nur den Bruchteil von Sekunden. Wurde teilweise auch im Bereich der Geheimdienste für gewisse Attentate verwendet. Besonders gerne im Ostblock.

Er nahm die Sicherheitskappe ab und näherte sich dem Knöchel ihres linken Beins, das dicht an den Gitterstäben lag. Er ragte unter der Decke hervor. Ein sehr schöner Fuß. Nexus stand auf schöne Füße. Strahlten für ihn einen unglaublichen Sexappeal aus. Warum, wusste er nicht. War schon immer so. Jedem seinen Fetisch...

Nora atmete ganz ruhig. Sie bewegte sich nicht. Ihr Bein wurde ganz warm durch die Kerze beleuchtet, die Nexus angezündet hatte. Er wollte es am liebsten berühren, bis hinunter zum Fuß, aber er wusste nicht, wie tief Nora schlief. Also suchte er sich die schönste Vene aus, die er am Fuß sah und zielte darauf. Sicher ist sicher.

Er musste dazu nur noch einen Schritt auf die Gitterstäbe zu machen, dann konnte er den Fuß problemlos erreichen. Genau darauf hatte Nora gewartet. Sie hatte ihm seit seinem Eintreten in den Raum genau zugehört und wusste, wo er war. Sie hörte seinen Atem, orientierte sich am Rascheln seines Umhangs. Sie sprang in die Hocke und sah ihn am hinteren Ende des Käfigs. Bevor er reagieren konnte, packte sie seinen Kopf hinter der Maske und riss ihn gegen die Gitterstäbe. Nach einem lauten 'Klonk' fiel Nexus nach hinten. Nora versuchte die Tasche des Umhangs zu erreichen, die sich deutlich ausbeulte. Darin mussten die Schlüssel für die Käfige sein. Es fehlten ein paar Zentimeter. Sie versuchte, Nexus näher an die Gitterstäbe zu ziehen. In diesem Moment packte sie eine seiner Hände und stieß sie zurück in die Käfigmitte. Nexus richtete sich auf. Er hatte einen Blutfleck unter der weißen Kapuze in Höhe der Stirn.

„Das wagst Du mir anzutun? Du widerliches kleines Dreckstück. Das kann ich Dir leider nicht durchgehen lassen. Das verlangt eine energische Art der Bestrafung."

Nora hielt Abstand zu ihm, weil sie Angst hatte, dass er sie im Käfig erreichen könnte.

„Du wirst noch lernen, was wirkliche Schmerzen sind. Wirst Du nie mehr vergessen."

Er leuchtete in den Rückraum. An der Wand stand eine lange dicke Bambus-Stange.

Während Peter noch den Hackblock untersuchte, war Maria ein großes Weckglas auf dem Hängeschrank aufgefallen. Sie konnte allerdings nicht genau sehen, was darin war. Sie war einfach zu klein. Sie legte ein Knie auf die Arbeitsplatte und drückte sich mit dem Oberkörper nach oben. Als das zweite Knie auf der Platte lag, konnte sie im Licht der Handy-Lampe einen Blick auf den Inhalt des Glases werfen.

Sie presste kurz ihren Atem aus und stürzte nach hinten. Dabei traf sie Peter, der mit Wucht gegen den Hackblock gedrückt wurde. „Hey, pass doch auf!" schnaubte er. Der Block knallte gegen die Wand und verursachte ein dumpfes Geräusch. Dann Ruhe.

Maria hielt Peter den Mund zu und zeigte mit weit geöffneten Augen auf das Glas. Er nahm die Handy-Lampe und leuchtete nach oben. Das Glas war voller Augen...

„Dieser durchgeknallte Wahnsinnige sammelt die Augen seiner Opfer. Also ich habe in meinem Leben ja so einiges gehört und gelesen, aber das übersteigt alles."

Maria krallte sich an seiner Schulter fest und zitterte am ganzen Körper.

Peter konnte den Blick von diesem Horror-Szenario nicht abwenden. Wie viele waren das? Wahrscheinlich von jedem seiner Opfer ein Paar. Lagen in einer Art Alkohol, um sie zu konservieren. Was hatten die wohl zuletzt gesehen? Sie starrten jetzt noch in jede Richtung des Raumes. Wie kleine weiße Billard-Kugeln mit bunten Flecken...

Nora versuchte in der Mitte des Käfigs zu bleiben und beobachtete Nexus, der wie ein Tiger um den Käfig schlich, immer bereit, zuzuschlagen, wenn der Moment günstig sein sollte.

„Du musst das nicht tun, Sebastian." beschwor ihn Nora.

„Das immer alle das gleiche sagen, wenn ich die Stange in der Hand halte. Du musst das nicht tun, du musst das nicht tun..." Er lachte. Dann bewegte er sich vorwärts.

Nexus rammte die schwere Bambus-Stange in Noras Bauch. Sie klappte zusammen und blieb auf der Pritsche liegen. „Na, wie gefällt Dir das? Schönes Gefühl?"

Er holte erneut aus, um die Stange auf Noras Kopf krachen zu lassen.

„Geht sie halt drauf dabei. Mir doch egal. Einen solchen Unruheherd kann ich hier in meiner Truppe nicht gebrauchen. Das ist sie nicht wert. Habe mich wohl geirrt, als ich sie unbedingt wollte. War keine besonders gute Idee. Nein, sie muss meine Familie verlassen..."

Er beendete das Selbstgespräch und zielte von der Decke des Käfigs genau auf den Schädel, als ein Geräusch im Nebenraum zu hören war. Klang, als wenn irgendein schwerer Gegenstand gegen die Wand knallen würde. Hier in diesem Keller waren doch nur er und die Mädchen. Sonst niemand. Oder nicht?

Er brach den Schlag ab und ging mit der Stange in Richtung Tür, öffnete sie leise...

Maria starrte immer noch ungläubig auf die Augen. Sie konnte sich nicht beruhigen.

„Komm wieder runter, Schatz," flüsterte Peter. „Ich sagte doch, dass hier ein übler Mistkerl haust. Brauchst Du noch mehr Beweise für meine These? Ich hatte so was von recht mit meinem Bauchgefühl. Verdammter Irrer!"

„Na, bewundern Sie meine kleine Sammlung? Ich habe viel Zeit und Arbeit darin investiert. Andere sammeln Briefmarken oder Münzen. Ich sammle Augen." Die weiße Gestalt stand im Türrahmen der Küche und sah sehr bedrohlich aus. Sie trug einen schweren Bambus-Stock in den Händen, den sie quer vor dem Bauch hielt.

„Was machen Sie hier? Das ist Hausfriedensbruch. Ich könnte Sie anzeigen."

„Dann rufen Sie doch die Polizei." konterte Peter. „Soll mir recht sein. Ich erzähle den Beamten dann gerne von Ihren netten kleinen Hobbys, die Sie so betreiben, Ullmen. Und ich bin schon ganz gespannt, was wir in dem Nebenraum finden werden, aus dem Sie gerade gekommen sind. Na, was haben Sie da denn noch Schönes versteckt? Ein paar Mädchen vielleicht, Sie krankes Arschloch? Oh, war das eine Beleidigung?"

„Ich glaube, ich brauche keine Polizei. Ich werde diese unangenehme Angelegenheit gleich hier und jetzt klären. Nehmen Sie es von mir aus als eine Art Selbstjustiz." Er machte einen Schritt vor und hob den Stab. Wie im Training täuschte er einen Schlag auf den Kopf an und stieß dann völlig überraschend mit der Stange in Peters Magen.

Der klappte zusammen und ließ das Handy fallen. Es krachte mit der Seite auf den Boden. Die rückwärtige Abdeckung flog davon und der Akku fiel raus. Es war auf einen Schlag dunkel in der Küche. Nexus holte erneut aus und traf Peter auf den Hinterkopf. Er fiel und blieb benommen liegen. Blut sickerte aus seiner Kappe.

„Lassen Sie ihn in Ruhe, Sie Dreckschwein!" Maria kniete sich neben Peter und sah auf seine Wunde.

„Sie müssen die Krankenschwester sein, die Noras Mutter zu ersetzen versucht. Maria richtig? Und dann ist das wohl der liebe Papa, der sich gerade als Journalist versucht, nachdem er als Anwalt gescheitert ist und auch noch seine Frau getötet hat."

„Es war ein Unfall," weinte Maria, gebeugt über Peters Kopf. „Sie sind der Mörder!"

Nexus ließ den Stock erneut niedersausen und traf Maria auf der Schädeldecke. Sie sackte über Peter zusammen und rührte sich nicht mehr.

Er mochte diese ganze Familie nicht. Alle sehr aufdringlich. Sie nervten einfach nur.

Aber damit war jetzt Schluss. Er hatte noch nie Erwachsene umgebracht, aber es gab ja für alles ein erstes Mal. Diese Maria hatte schöne Augen. Vielleicht würde er sie behalten. Und Noras Augen natürlich auch. Es war für ihn die schönste Art einer Trophäe, die er sich nur vorstellen konnte. Die Augen hatten ihn erst auf die einzelnen Mädchen aufmerksam gemacht und wenn ihm der Rest nicht oder nicht mehr gefiel, dann wurde er einfach entsorgt. Sauber zerlegt und seziert. Eben eine gute Arbeit.

Er stellte die Bambus-Stange neben die Küchentür und ging zu seinem Schwert. Er sah es kurz im Flackern der Kerze an, die daneben stand. 'Es kann nur *einen* geben!' Und das würde in jedem Fall er sein. Er, der jedem normalen Menschen an Intellekt, Willen und Durchsetzungskraft völlig überlegen war. Er würde gewinnen. Und diese Familie Pfeffer, die war ab heute Geschichte. Die würde niemand vermissen...

Basti drückte wie verrückt auf die Anruftaste. Zweimal klingeln, zweimal klingeln. Es war eindeutig ein Streifenwagen, der in die Einfahrt einbog. Die Farben kannte er von einem Besuch der Polizei in seiner Schule.

Ging um Drogen-Prävention oder so was. Er hatte geschwänzt. Aber dieser BMW sah genauso aus. Allerdings kam er ohne die Sirene und ohne Blaulicht. Vielleicht wollten sie die Familie nur mal besuchen oder ein Nachbar hatte sie gerufen, weil dem was aufgefallen war. Er drückte noch einmal auf die Anruftaste. Das dürfte wohl genügen, damit sein Vater und Maria vorsichtig waren. Der Polizist, der ausstieg, war in Zivil.

Komisch. Er ging zur Tür und drückte auf die Klingel. Einmal, zweimal. Dann sah er sich das Haus genauer an. Er drehte sich plötzlich um und sah Basti genau in die Augen. Der duckte sich schnell hinter den Corsa, hörte aber schon die Stimme aus der Ferne: „Hey, Junge! Hast Du hier in der letzten Zeit irgendwelche Leute ins Haus gehen sehen?" Er kam zu ihm.

Nexus nahm das Schwert von der Wand und band sich den Riemen um. Gerade als er den Weg in die Küche machen wollte, um seine Arbeit zu vollenden, flammte einer der Bildschirme auf. Es war die Kamera an der Eingangstür. Sie hatte einen Mann erfasst, der an der Haustür klingelte. In der Einfahrt stand ein Streifenwagen. Polizei?

Wer hatte die denn gerufen? Vielleicht ein übereifriger Nachbar, der die Pfeffers beim Einsteigen in den Keller beobachtet und sie für Einbrecher gehalten hatte? Egal. Der Kerl würde schon wieder fahren, wenn keiner ihm aufmachen würde. War alles okay.

Er wollte gerade den Bildschirm ausschalten, als ihn der Bambus-Stock mit voller Wucht von hinten am Kopf traf. Er sackte auf dem Schreibtisch zusammen und blieb mit dem Kopf vor dem Bildschirm liegen. Die Arme hingen schlaff herunter.

„Du bist nicht der einzige, der Kampfsport trainiert hat, Du dämlicher Wichser!!!"

Maria sah siegessicher auf den bewusstlosen Sebastian Ullmen. Seine Maske und die Kapuze waren bei der Aktion vom Kopf gerutscht und Maria sah den Glatzkopf, der jetzt auf der Rückseite eine heftige Platzwunde aufwies. 'Der hat dann wohl genug...'

Sie drehte sich um und eilte wieder in die Küche. Wie gut, dass die Schädeldecke die härteste Knochenplatte im Körper war. Ihr Schädel brummte zwar noch ein bisschen, aber sie war recht schnell wieder wach geworden. Sie beugte sich über Peter und richtete ihn im Sitzen auf. Dann nahm sie eins der Küchenhandtücher und hielt es unter den Wasserhahn. Sie säuberte seine Wunde und drückte das nasse Tuch auf die Stirn. Peter stöhnte. Er schlug die Augen auf und sah in ihr Gesicht. „Pass auf!"

Ein leicht taumelnder Nexus hielt das Samurai-Schwert vor sich, um es im nächsten Augenblick in den Körper von Maria zu stoßen. Er spannte seine Muskeln und stieß das Schwert nach vorne. Die Spitze blieb kurz vor Marias Brust in der Luft stehen.

Im Licht der Kerze sah Maria zwei Hände an den Schultern von Ullmen. Sie rissen ihn förmlich nach hinten. Er taumelte mit der Schneide vor sich wie ein Büßender mit dem vor ihm aufragenden, heiligen Kreuz. Dann drehte er sich zu Thiel um.

„Was hast Du Drecksack hier in Deinem Keller alles angestellt?" brüllte Thiel.

Er drückte mit dem linken Arm die Schneide beiseite und holte mit dem rechten aus. Seine Faust traf Ullmen genau am Kinn. Er sackte nach hinten und blieb liegen. Ein lupenreiner KO in der ersten Runde. Thiel war damit einigermaßen zufrieden.

Er stürzte in die Küche und kniete sich zu Peter und Maria. „Na, alles in Ordnung bei Ihnen? Das nächste Mal überlassen Sie uns die Verhaftung von Straftätern, okay?"

Die Tür stand auf. Von draußen waren plötzlich entfernt klingende Sirenen zu hören.

„Und dann auch noch Ihren Jungen da mit rein zu ziehen. Gut, dass er mir zeigen konnte, wo Sie eingestiegen sind. Das war übrigens Hausfriedensbruch, aber ich denke, der Staatsanwalt wird die Sache voraussichtlich einstellen."

Peter lachte vorsichtig. „Wie sind Sie denn reingekommen, Thiel? Die Tür war doch geschlossen."

„So eine dünne Holztür kann doch einen ehemaligen Meister im Mittelgewicht nicht wirklich aufhalten. Beim zweiten Anstoß brach die schon aus den Angeln."

„War das nicht Sachbeschädigung, Herr Kommissar?"

„Hauptkommissar bitte, so viel Zeit muss sein."

Das Geräusch der Sirenen wurden lauter. Sie schienen das Haus erreicht zu haben.

„Ihr werdet jetzt alle den Zorn von Nexus zu spüren bekommen!" schrie Ullmen und hob das Samurai-Schwert im Türrahmen. „Ich bin unbesiegbar!"

Thiel tastete nach seiner Waffe und musste feststellen, dass sie beim Eindringen in den Keller aus dem Holster gerutscht war. Sie musste irgendwo an der Tür liegen...

Er warf sich über Peter und Maria und erwartete den ersten Hieb, als kurze, schnelle Feuerstöße den Raum erfüllten.

„Halt, Polizei! Waffe weg!" Mehrere maskierte und bewaffnete Männer standen mit ihren Maschinenpistolen im Anschlag um Ullmen herum.

Die Beamten vom SEK hatten die Situation richtig eingeschätzt und zuerst geschossen bevor sie riefen. Anderenfalls wäre es wohl zu spät gewesen. Ullmen war schon in der Abwärtsbewegung und hätte sein Ziel getroffen. So sackte er, von mehreren Kugeln tödlich getroffen, auf dem Boden zusammen. Ein Beamter sicherte das Schwert. Die anderen holten die drei Personen aus der Küche und brachten sie zur Tür.

„Danke, liebe Kollegen, aber ich kann laufen. Kümmert Euch um die da." Thiel zeigte auf Peter und Maria. „Ah, da liegt sie ja!" Im Vorbeigehen hob er seine Waffe auf.

Die SEK-Beamten hatten mit ihrer Ramme die Tür endgültig pulverisiert. Holzstücke lagen auf dem Boden verteilt. Dahinter standen David Kneese und Julia Schenk und hinter ihnen Bianca Schön und Torsten Schneider, alle mit schusssicheren Westen und Maschinenpistolen ausgestattet, sowie zwei weitere SEK-Beamte. Die Straße war in beiden Richtungen durch Einsatzfahrzeuge abgesperrt worden. Anwohner sahen von der anderen Straßenseite auf das ganze Szenario herüber.

„Na, das ist ja mal ein Empfangskomitee. Habt Euch ja alle so richtig schick gemacht. Und so viele Freunde mitgebracht." Thiel klopfte Kneese auf die Schulter. „Guter Job, Kollege. Alles richtig gemacht und dazu ein perfektes Timing. Vielen Dank."

Kneese nickte ihm zu. „Als der Chef von der Nummer erfuhr, war er schneller, als ich es je hätte sein können. Er hockt übrigens mit Braun im großen Einsatzfahrzeug und hat die ganze Geschichte hier koordiniert. Danken Sie ihm, Thiel."

„Raum geöffnet!" schallte es plötzlich hinter ihnen und die SEK-Beamten drangen in den angrenzenden Kellerbereich vor. „Sicher!" rief wieder einer von ihnen. „Mädchen in Käfigen, alle lebendig!"

„Schaut mal in die Kutte von dem Wahnsinnigen. Hat eben so geklingelt, als der zu Boden ging. Vielleicht sind die Schlüssel da drin. Ansonsten brechen wir die Dinger auf." Thiel drehte sich noch einmal um.

„Schlüssel gefunden!" kam der Ruf aus der Küche. „Passt!" rief ein anderer Kollege.

Die Polizisten hörten Quietschgeräusche, Stöhnen, Stimmen, dann sogar Gelächter.

Nach einiger Zeit brachten die Beamten vom SEK die völlig erschöpften Mädchen nach draußen. Dort ertönte erneut eine Sirene als Feuerwehr und Notarztwagen vor dem Haus hielten. Peter und Maria wurden sofort behandelt. Dann kamen Thiel und seine Kollegen. „Schau an, die Eheleute Pfeffer. Meine Meisterdetektive!"

„Wir sind nicht verheiratet." antwortete Peter.

„Kann aber noch kommen," konterte Maria und hielt ihn mit dem Arm fest.

Der Notarzt behandelte ihre Kopfverletzungen. „Alles halb so schlimm. In ein paar Tagen sind Sie wieder auf den Damm."

„Aber bitte, lasst in Zukunft der Polizei den Vortritt. Wir sind in solchen Dingen etwas geübter als Otto Normalverbraucher." Thiel grinste und freute sich, dass alles noch so glimpflich ausgegangen war. Peter und Maria nickten. „Machen wir."

Klopf und Braun kamen aus der Einsatzleitung und beglückwünschten Thiel zu dem Ermittlungserfolg.

„Ein bisschen habe ich aber auch dazu beigetragen." flüsterte Peter in Marias Ohr.

Dann kamen die Mädchen die Treppe hinauf und gingen in Richtung Ambulanz.

Ganz vorne ging Nora, Arm in Arm mit Aylin. Daneben Francesca mit Florence und dahinter die anderen zwei, Pia Meier und Carmen Renner, die eine aus Bitburg und die andere aus Schweich, noch etwas wackelig auf den Beinen und mit Sonnenbrillen geschützt, damit ihre Augen in der Sonne keinen Schaden erlitten. Alle bis auf Nora waren deutlich unterernährt und alle bis auf Nora hatten eine blütenweiße Haut.

Nora schrie auf, als sie ihren Vater und Maria erkannte, rannte los und fiel in ihre Arme. „Ich bin so froh, Euch zu sehen."

„Wir auch, Kind, wir auch." flüsterte ihr Peter ins Ohr. Maria hatte den Arm um ihren Hals gelegt und schluchzte ein wenig.

„Und wer drückt mich? Ich hatte hier draußen die Leitung über die ganze Operation Ullmen. Ohne mich hätte gar nichts geklappt." Basti stand neben Nora und sah Peter und Maria vorwurfsvoll an. „Bruderherz!" Nora nahm ihn ganz fest in den Arm.

Ein weiterer Notarzt begann, sich um die anderen Mädchen zu kümmern.

„Wie seid Ihr nur auf den Kerl gekommen?" fragte Nora.

„Na ja, ein bisschen Recherche hier, ein paar Fragen da und der Kreis um diesen Kerl schloss sich immer enger. Freunde von Dir an der Uni haben mir auch geholfen. Und dann hat mir Hauptkommissar Thiel die Adresse besorgt. Und das war's."

SEK-Beamte trugen die Zinkwanne mit dem Leichnam von Sebastian Ullmen hoch und brachten sie in den Wagen des Beerdigungsinstituts. Der musste allerdings noch in die Rechtsmedizin zur Untersuchung. Dann konnte er beerdigt werden.

Klopf, Braun und Thiel kamen hinüber. „Alles in Ordnung bei Ihnen?"

„Na ja. Irgendwie steckt uns die ganze Situation noch in den Gliedern, aber wir sind so froh, Nora gefunden zu haben. Und dass die anderen noch am Leben sind."

„Tja, das sind wir auch, Herr Verteidiger. Oder sollte ich Herr Journalist sagen? Ohne Sie und Ihren unbedingten Willen wäre es vielleicht gar nicht so weit gekommen. Sie würden auch einen guten Polizisten abgeben, wie wär's?"

„Danke, Herr Kriminaldirektor, wenn das ein Jobangebot war. Leider bin ich sehr glücklich mit den beiden Berufen, die ich ausübe. Kein Platz mehr für einen dritten. Und außerdem – Sie haben ja sehr gute Leute." Er lächelte den Beamten zu.

Die gingen zum Leiter des SEK-Kommandos rüber, der ihnen berichtete.

„So, alles verarztet. Sie können gehen." Der Notarzt drehte sich zu den Mädchen um.

„Und was passiert jetzt noch mit denen?" fragte Nora.

„Wir werden sehen, ob sie hier vor Ort Hilfe brauchen. Ansonsten fahren wir sie zu weiteren Untersuchungen ins Mutterhaus. Dort werden sie ein paar Tage verbringen, damit sie wieder aufgepäppelt werden. Medizinisch und psychisch. Sie haben ja ein unglaubliches Martyrium hinter sich."

Nora verabschiedete sich herzlich von den anderen Mädchen und ging dann mit ihrer Familie zum Auto.

Basti nahm sie auf der Rückbank in den Arm, während Peter den Wagen nach Hause steuerte.

„Ich werde sie morgen im Krankenhaus besuchen, Vater" bemerkte Nora. Basti zog ganz leicht an ihrer Schulter. „Ich meine Dad. Okay, Dad?"

„Mach das, Tochter. Ich glaube, die freuen sich. Aber wahrscheinlich am meisten, wenn sie endlich ihre Familien wiedersehen. Die kommen morgen bestimmt auch."

„Und ich werde uns gleich erst einmal was Schönes kochen. Ich glaube, wir haben alle eine kleine Stärkung verdient. Besonders natürlich Du, Nora."

„Danke, Maria. Und bitte ohne KO-Tropfen."

„Ganz bestimmt," lächelte Maria.

Kapitel 29

Schon in den Spätnachrichten auf einigen Kanälen kamen die ersten Berichte über die Befreiung der Mädchen in Trier. Erst in den Lokalnachrichten, dann auch noch in den bundesweiten Sendern. Die Kripo hielt sich mit genauen Informationen noch zurück, gab aber eine kurze Pressemitteilung zu den Geschehnissen ab.

Am Sonntag morgen liefen die Nachrichten dann überall. Auch Peter und Maria (und Basti) wurden ausdrücklich erwähnt. Es gab Bilder von ihnen und Nora und natürlich von Sebastian Ullmen, wenn auch durch die Sender gepixelt, weil seine Eltern bei den verschiedenen Anstalten interveniert hatten. Auch der Nachname wurde abgekürzt.

„Du kannst ausmachen," sagte Peter zu Maria, „ich habe die Geschichte oft genug gehört. Außerdem waren wir beide unmittelbar beteiligt. Und Basti natürlich auch."

Der nickte zufrieden, als er mit vollem Mund sein Brötchen kaute.

Nora sah immer wieder auf die Bilder des Hauses und des Kellers und konnte gar nicht glauben, dass sie diesem ganzen seelischen und körperlichen Inferno, das ihr noch in den Knochen steckte, entkommen konnte.

„Nora, noch ein Brötchen?" Geschickt lenkte Maria sie ab und schaltete dabei den Fernseher aus.

„Ja gerne. Dad, ich fahre dann gleich mal rüber ins Krankenhaus. Ist das okay?"

„Und vergiss Dein Handy nicht." bemerkte Maria mit einem Lächeln. Sie reichte es ihr über den Tisch.

„An das Ding habe ich in den letzten Tagen gar nicht mehr gedacht." Sie nahm es und schaltete es ein. „Oh, kann es sein, dass Ihr ein paar Mal angerufen habt?" Sie lachte und bemerkte weitere Nachrichten ihrer Freundinnen, die sich nach ihr erkundigten.

„Werde die Fragen noch schnell beantworten und dann fahre ich los."

„Ich komme mit. Lasse Dich so schnell nicht mehr aus den Augen." bemerkte Peter.

Eine halbe Stunde später saßen sie im Auto und fuhren zum Mutterhaus.

Sie erkundigten sich am Empfang nach den Mädchen und wurden von der Schwester herzlich begrüßt. Sie gratulierte beiden, dass sie das ganze Geschehen überstanden und den Mädchen geholfen hätten. Sie hatte Tränen in den Augen und war von den Ereignissen ganz offensichtlich sehr gerührt. Sie schickte sie in den zweiten Stock.

Der Gang hinter dem Aufzug war mit Menschen gefüllt. Überall vor den Zimmern der Station standen Familienmitglieder der Mädchen, Presseleute und Polizisten. Einige unterhielten sich ganz angeregt. Beamte der Kripo Trier nahmen Aussagen auf und beantworteten Fragen, soweit sie es konnten. Alle trugen natürlich ihre Masken.

Als die Menschen Peter und Nora erkannten, brachen sie in stürmischen Applaus aus.

Wie durch ein Jubelspalier gingen beide an den begeisterten Leuten vorbei. Einige klopften ihnen spontan auf die Schulter, andere klatschten einfach nur.

„Herr Pfeffer, einige Fragen für den SWR?"

„Danke, Kollege, aber heute nicht. Meine Tochter möchte sich nur mit den Mädchen unterhalten. Sonst nichts. Aber ruft mich gerne mal in den nächsten Tagen bei RTL an. Die bekommen natürlich zunächst das Exklusiv-Interview, aber danach stehe ich Euch gerne zur Verfügung."

Thiel kam mit Braun aus dem Zimmer am Ende des Ganges und besprach sich mit ihm und den anderen Beamten. Peter steuerte auf ihn zu.

Sie drückten ihre Fäuste gegeneinander und Peter nickte den Kollegen zu.

„Schön, Sie hier zu sehen, Thiel. Wie geht es den Mädchen?"

„Schon relativ gut. Die Nacht im Krankenhaus und einige Infusionen haben ihnen gut getan. Sie sind schon fast wieder auf dem Damm. Keine bleibenden Schäden, hoffen wir. Zumindest sind sie alle weitestgehend gesund. Sie bleiben aber noch ein paar Tage unter psychologischer Obhut. War natürlich alles sehr schlimm für sie."

„Klar. Kann meine Tochter mit ihnen sprechen? Sie würde sich sehr freuen."

„Ja, warum nicht? Sie kann gleich hier im Zimmer anfangen. Da liegen Aylin Tecal und Francesca Kross. Wir haben gerade ihre Aussagen aufgenommen. Geht ihnen soweit ganz gut. Freuen sich auch bestimmt."

Nora lächelte und verschwand im Zimmer. Das große Hallo war noch zu hören. Dann schloss sich die Tür.

„Herr Pfeffer, ich muss es Ihnen noch mal sagen: Das war wirklich sehr mutig von Ihnen. Aber auch sehr leichtsinnig. Was, wenn ich später gekommen wäre? Sie und Ihre Freundin haben Ihr Leben aufs Spiel gesetzt. Er hätte Sie mit diesem Schwert töten können. Er war dazu in der Lage. Und ich bin mir sicher, er wollte es auch."

„Stimmt, Herr Thiel, aber dann kamen ja Sie. Ich bin übrigens Peter. Er hielt ihm den rechten Ellenbogen hin. Thiel sah ihn verdutzt an, berührte ihn dann aber auch mit seinem Ellenbogen. „Und ich heiße Jens. Das ist übrigens Christian, Christian Braun."

Die Ellenbogen berührten sich. „Danke Euch beiden." Peter lächelte. „Aber bitte nicht unseren Chef duzen. Der mag das nicht so gerne." bemerkte Braun. Er lachte.

„Was habt Ihr zwei denn noch herausgefunden?"

„Ist das etwa ein offizielles Interview?" fragte Thiel.

„Nein, ich bitte Euch. Ganz und gar inoffiziell. Ich frage nur als Beteiligter und warte als Journalist auf Eure Pressekonferenz."

„Okay. Also, einige Mädchen waren wohl schon mehrere Jahre in seiner Gewalt. Sie wussten es gar nicht mehr so genau. Sie standen in der ganzen Zeit unter Drogen."

„Maria und ich haben seine kleine Drogen-Küche gesehen. War gut ausgestattet."

„Alles von seiner, man muss wohl sagen, Halb-Schwester. Sie war ja schließlich auch adoptiert. Er als Psychologie-Student wäre nicht so einfach an die Drogen gekommen, aber sie mochte ihn wohl und hat nicht gefragt, wofür er sie braucht. Wir haben sie gestern Abend noch ausgiebig befragt. Sie war die ganze Zeit im ersten Stock."

„Während der ganzen Aktion? Hat sie denn das alles nicht mitbekommen?"

„Nein, stand selbst unter Drogen. Psychopharmaka. Schwere Depressionen."

„Außerdem," bemerkte Braun, „waren die Kellerräume komplett schallisoliert. Wegen der Band, in der Ullmen damals spielte. Sehr laut. Die Eltern müssen wohl anfangs Amok gelaufen sein. Dann hatte er die Räume entsprechend hergerichtet. Könnte er natürlich auch im Hinblick auf seine Neigungen und Pläne getan haben. Jedenfalls wusste der Rest der Familie nicht, was im Keller abging. Er hat natürlich auch kaum jemanden reingelassen. Und wenn, natürlich nur in den ersten Raum. Beim Transport hat er penibel aufgepasst, dass niemand etwas mitbekam. Er hat das immer nachts gemacht. Wenn die Eltern oder die Nachbarn schliefen. Ist keinem aufgefallen."

„Ausgefuchster kranker Mistkerl!" bemerkte Peter. „Und das über Jahre."

„Schon seit seiner Kindheit, die im übrigen wohl recht heftig war. Das war wohl auch der Auslöser für seine Störung und sein Verhalten. Er hieß übrigens vor der Adoption Till Heise und war bei den Behörden und Gerichten schon einschlägig bekannt. Das konnte er alles nach der Adoption abschütteln und als Sebastian Ullmen ein neues, unbescholtenes Leben anfangen. Dann wurde er zu diesem 'Nexus', von dem uns die Mädchen erzählt haben. Hatte wohl eine schwere soziale Störung. War immer nett, aber extrem schüchtern. Er wollte die Mädchen, aber die Mädchen wollten ihn nicht."

„Also hat er sie ganz einfach betäubt und verschleppt. Was für ein Arschloch. Hat er sie eigentlich auch...missbraucht?"

„Das wissen wir nicht so genau. Die Mädchen haben uns erzählt, dass er sie zwar im Schlaf wohl heimlich berührte, aber nicht mehr gemacht haben soll. Jedenfalls ist er nie zu ihnen in den Käfig gekommen und sie wurden niemals raus gelassen."

„Na immerhin. Ein Lichtblick in dieser ganzen dunklen Geschichte."

„Und das beste ist: Er ist jetzt Geschichte. Damit dürften wir wieder Ruhe haben."

„Sag mal, Jens. Da fällt mir noch was ein. In dem Glas in der Küche haben wir viele Augen gesehen, die er wohl als Trophäen behalten hat. Ich habe sie nicht gezählt, aber es waren schon einige. Von den entführten Mädchen hat er aber nur zwei getötet und, ich sage mal, zerlegt. Die restlichen fünf haben überlebt und Maja Graf hatte er wohl nicht entführt. Schließlich wurde sie, ich sage mal, am Stück und mit ihren Augen gefunden. In dem Glas waren aber mehr als vier Augen. Eindeutig. Wem haben die anderen denn gehört?"

„Tja Peter, das wissen wir noch nicht, aber unser überaus befähigter Rechtsmediziner wird das schon rauskriegen. Vielleicht stammen die aus der Zeit davor. Als er noch dieser Heise war. Keine Ahnung. Kommt aber alles noch in die Pressekonferenz."

„Okay, dann warte ich das mal ab. Jetzt sehe ich aber erst mal nach meiner Tochter. Möchte die nämlich allzu bald nicht mehr verlieren, wenn Ihr versteht." Peter drückte die Türklinke und hörte schon das Stimmengewirr von innen.

War da auch ein leises Miauen zu hören? Er guckte ins Zimmer und sah einen Korb mit einer Perserkatze neben dem Bett von Aylin, auf dem Nora gerade saß. Sie nahm sie hoch und streichelte sie. Wie die Familie das wohl geschafft hatte? Er drehte sich noch einmal zu den Beamten um.

„Also, Jungs, wir sehen uns dann bei der PK. Und schön weiter ermitteln, damit die Sache auch wirklich geklärt ist."

„Maachen wer." sagte Thiel. „Aber Hauptsach is, der Spuk ist endlich vorbei."

Kapitel 30 (ein Jahr später)

Wir schreiben das Jahr 2021.

Sigi Malessa wurde zu lebenslanger Haft verurteilt. Trotz seiner Geständnisse ist die Trierer Polizei nicht sicher, ob er ihnen wirklich von allen Morden erzählt hat. Peter hat danach nie wieder einen solchen Fall vertreten und unterrichtet jetzt an der IHK Trier Recht und Steuern.
Er ist immer noch sporadisch als Sprecher und Moderator tätig. RTL Radio ist aber mittlerweile von Luxemburg nach Berlin gegangen und sendet von dort aus. Peter hat noch einige Zeit bei Cityradio Trier gearbeitet und schreibt jetzt an einem Buch über die Ereignisse um Sigi Malessa und Sebastian Ullmen. Er hat diesen Sommer Maria geheiratet, die weiterhin im Krankenhaus arbeitet. Nora ist wieder an der Uni und Basti hat sein Abitur mit guten Noten bestanden. Er will jetzt Jura studieren.
Jürgen Klopf bekam großes Lob für seine Arbeit, sowohl vom LKA als auch vom Innenminister des Landes Rheinland-Pfalz, und ist für die nächste Beförderung zum Leitenden Kriminaldirektor von Rheinland-Pfalz vorgesehen. Thiel und Braun wurden beide zu ersten Kriminalhauptkommissaren befördert. Auch der Rest der 'SoKo Graf' fiel die Karriereleiter um eine Stufe nach oben, bleibt aber zunächst noch in Trier.
Rechtsmediziner Dr. Börner schloss sein neues Buch ab und nannte es „Die kleinen Dinge - die Geschichte der Gerichtsmedizin in Deutschland". Er bekam weltweite Anerkennung von vielen seinen Kollegen. Er plant nun auch seine Professur.
Aylin und Francesca sind sehr gute Freundinnen geworden und sehen sich täglich. Die anderen Mädchen

aus Ullmens Keller sind noch in ambulanter Psychotherapie.

Hanna Ullmen wurde von ihren Adoptiv-Eltern in einer Sucht-Klinik untergebracht. Sie verkauften ihr Haus auf der Weismark und sind nach Konz-Roscheid gezogen. Es gibt kein Namensschild an ihrem Briefkasten, nur die Hausnummer an der Wand.

Hiltrud Graf wohnt immer noch in Gusterath und denkt oft an Maja und ihren Mann.

Die Familien der beiden getöteten Mädchen Alina Abboud und Emel Gylcan haben deren sterbliche Überreste auf dem Hauptfriedhof in Trier-Nord bestattet. Sie haben die Initiative „Mädchen in Not" gegründet, die misshandelten jungen Mädchen und Frauen in Familie und Umwelt helfen soll. Sie sind auch in Kontakt mit den anderen Opfern von Sebastian Ullmen.

Die Augäpfel in Ullmens Keller wurden gentechnisch untersucht. Man fand heraus, dass es sich neben Alinas und Emels Augen tatsächlich um ehemalige Opfer aus der Schule von Sebastian Ullmen handelte. Diese Mädchen wurden zwar als vermisst gemeldet, aber ihre Leichen wurden nie gefunden. Die Beamten um Horst Schäfer hatten die Fälle damals nach drei Jahren zu den Fällen ins Archiv gelegt. Sie werden nach dem Tod von Sebastian Ullmen wohl nie mehr gefunden werden...

Die Pandemie hat sich nach einigen unterschiedlichen Wellen abgeschwächt und die Inzidenz ist nachhaltig auf 20 gesunken. Die Hälfte der Bewohner ist mittlerweile gegen das Corona-Virus geimpft und die Zahl der belegten Intensivbetten in den Krankenhäusern ist zurückgegangen. Reisen ins Ausland sind teilweise wieder möglich, sofern man einen negativen Test nachweisen kann. Der Schulbetrieb in Rheinland-Pfalz wurde wieder aufgenommen. Die Außengastronomie auch.

Viele Geschäfte in der Trierer Innenstadt sind ebenfalls wieder geöffnet. Sie freuen sich über die starke Nachfrage, die sie solange vermisst hatten. Der Hauptmarkt, der Kornmarkt und der Platz an der Porta Nigra füllen sich wieder mit Menschen. Auch Fleisch-, Brot- und Simeonstraße sind wieder sehr stark frequentiert. Die Touristen und Einwohner sind wieder in der Lage, ohne Masken im Freien die zahlreichen Schönheiten der ältesten Stadt Deutschlands zu genießen. Auch die Weinmärkte haben wieder geöffnet und die Menschen in Trier treffen sich wieder zum Gespräch unter freiem Himmel. Es fühlt sich an, als würde die ganze Stadt wieder aufatmen.

Auch erste Außenveranstaltungen finden wieder statt. Sei es am Messepark, an der Arena oder vor der Porta Nigra. Es ist fast wieder wie in den Zeiten vor Corona...

Andy Lehnertz bahnte sich einen Weg durch die Menschen. Er war eine Erscheinung, die auffiel. Fast immer schwarz gekleidet und mit einem auffälligen Spitzbart, der nun ohne die Maske wieder zur Geltung kam. Er wollte sich später mit seiner neuen Band treffen, aber jetzt checkte er erst mal die Lage am Porta-Nigra-Platz. Er hatte ein ganz spezielles Ziel vor Augen. Schlank und rot-blond mussten sie sein, sportlich und mit einem mitreißenden Lächeln. Das war seine Zielgruppe. Auf die hatte er es abgesehen.

Plötzlich, an einem Tisch mit überwiegend jüngeren Leuten, wurde er fündig. Sie war etwas ganz besonderes: Bestimmt 1,80 Meter groß. Schöne lange rote Haare und eine tolle Figur. Genau seine Kragenweite. Er ging an einem anderen Stehtisch vorbei und von hinten an sie heran. Nach kurzer Zeit drehte sie sich zu ihm um.

„Hallo, ich bin Andy. Kann ich mich kurz zu Dir stellen? Ich warte nämlich noch auf meinen Bandkollegen Frank Brede. Der spielt bei uns Bass."

„Hallo, ich bin Susi. Susi Taubner. Klar, stell Dich doch einfach zu uns. Du spielst in einer Band? Welche ist das denn? Was für ne Musik macht ihr?"

„Na, ein bisschen was härteres, so in die Death-Metal-Richtung. 'Girls Desire', schon mal gehört?"

„Ja cool, auf einem Fest an der Uni glaube ich. Oder war das vor der Pandemie im Ex-Haus? Ich weiß es gar nicht mehr so genau. War aber gut. Und welches Instrument spielst Du?" Sie lächelte ihn an.

„Gitarre. Spiele ich schon ewig. War früher noch in einer anderen Band. 'Death Wish'. Kennst Du die noch? Haben uns aber schon vor einiger Zeit aufgelöst."

„Nö. Da muss ich wohl noch kleiner gewesen sein."

„Wie alt bist Du denn, wenn ich fragen darf?"

„Letzte Woche einundzwanzig geworden. Wieso?"

„Ach, nur so. Schönes Alter. Ist bei mir schon ein paar Jahre her." Er lächelte.

Ein Freund von Susi sprach mit der Bedienung. „Susi, willst Du noch was?"

„Äh, Susi," intervenierte Andy, „Darf ich Dich auf ein Getränk einladen, so lange ich hier stehe?"

„Klar, sehr gerne," war die schnelle Antwort. „Ich trinke Bier und Du?"

„Ich auch," antwortete Andy. „Na, so ein Zufall."

Susi rief der Bedienung die Bestellung zu.

„Und Susi, was machst Du so den ganzen Tag, wenn Du nicht gerade abfeierst?"

Sie drehte sich zu Andy, während der Rest der Gruppe am Tisch eher mit sich selbst beschäftigt war und sich angeregt unterhielt.

„Ich studiere BWL im vierten Semester an der Uni und was machst Du?"

„Ich arbeite bei einer Firma in Luxemburg. Wir machen so Media-Zeug. Werbung und Filme und so was. Haben auch schon Videos von unserer Band gemacht. Kannst Du Dir bei YouTube mal angucken. Ich zeige Dir gerade den Link."

Er nahm ihr Handy und gab ein paar Wörter ein. „Da isses. Guck mal." Mehrere in schwarz gekleidete Musiker rockten auf einer Bühne zu einem Up-Tempo-Song. In kurzen Abschnitten waren Traumpassagen zu sehen, die in den Song eingefügt waren.

Die Bedienung brachte schließlich die Biere und setzte sie auf den Tisch.

Susi guckte sich das Video bis zum Ende an und war ganz begeistert. „Geiler Song!"

Andy zahlte die Getränke und sah ihr dann wieder zu. Sie war genau sein Typ. Ihr Aussehen und ihre Art waren perfekt. Er tastete mit der Hand zu seiner Hosentasche.

Er fühlte das kleine Fläschchen, das er dort deponiert hatte - das kam später zum Einsatz. Es wird bestimmt ein sehr schöner Abend, da war er sich ganz sicher...

ENDE?

Danksagung und Widmung:

Ich möchte mich bei den Herren Thomas Harris, Chris Carter und Lee Child sowie bei den Machern der Millennium-Trilogie nach Stieg Larsson und des Films „Denn zum Küssen sind sie da" nach dem Buch von James Patterson bedanken, denen ich, neben einigen anderen Einflüssen, die Inspiration zu dieser Geschichte verdanke.

Ich widme dieses Buch allen Eltern, deren Kinder vermisst sind oder waren oder die ihre Kinder durch mysteriöse Umstände verloren haben. Ich wünsche ihnen Kraft und Zuversicht, weiter an das beste im Leben zu glauben, und dass sie sich nie aufgeben.

Und uns allen wünsche ich weiterhin viel Kraft und Zuversicht, falls diese Pandemie noch länger andauern sollte. Wir werden sie überwinden, wenn wir alle zusammen halten und füreinander da sind. Es ist unsere Zukunft, nicht die des Corona-Virus.

Franz von Langen, im August 2021

Vom Autor sind bisher bei 26 als E-Books erschienen:

Alles was Recht ist – aus dem Leben eines Anwalts

Rechtsanwalt Peter Pfeffer hat den Traum von einer eigenen Anwaltskanzlei in die Tat umgesetzt. Zusammen mit seinen zwei Partnern betreibt er zunächst sehr erfolgreich das Geschäft mit Recht und Gesetz. Das dies jedoch nicht ungefährlich ist, muss er am eigenen Leib erfahren. In der Geschichte „Die letzte Mandantin" sitzt er noch spät an einem Fall, als eine Frau noch unbedingt einen Termin bei ihm will und sich nicht abwimmeln lässt. Die Geschichte „Der Hauch von Wahrheit" beschreibt sein Problem bei der Verteidigung eines guten Bekannten und dem Glauben an die Unschuld eines Menschen. Wie hoch „der Preis des Geldes" ist, erfährt Peter Pfeffer in der letzten der drei Geschichten, die zeigt, dass Vertrauen im Leben nicht immer angebracht ist. Als einer seiner Partner eigene Interessen verfolgt, steht die Kanzlei vor dem Aus...

Der tiefe Fall – der Abgrund ruft nach dem Abgrund

Radiomoderator und Ex-Anwalt Peter Pfeffer feiert mit seinen neuen Kollegen ein von ihm entworfenes Sendekonzept. Auf der Fahrt in eine Diskothek verursacht er alkoholisiert einen schweren Autounfall. Nicht nur seine Kollegen sondern auch seine Frau Marlen sterben dabei. Peter sieht sich plötzlich in der Rolle als alleinerziehender Vater vielen Anfeindungen in seinem Umfeld, einem Jobverlust und einem Strafverfahren ausgesetzt. Dabei versucht er mit allen Mitteln, den Verlust seiner Frau und seine Schuldgefühle gegenüber der Familie zu verdrängen, was ihm aber nicht gelingt. Erst die Verhandlung bringt die Wahrheit schmerzhaft ans Licht und treibt Peter in weitere Komplikationen, die ihn bis zum Äußersten treiben...